輾過歲月的痕跡

寒玉 著

走過青澀的時光歲月

——試論寒玉《輾過歲月的痕跡》

陳長慶

《輾過歲月的痕跡》是寒玉小姐的第三本書、第一本小說集。書中的十二篇作品，最早的一篇是一九八九年〈美麗的節奏〉，最後一篇則是一九九〇年〈留下倩影待回憶〉。即使這些篇章都是在兩年內寫成，但迄今已有二十年的光景。倘若以嚴謹的文學觀點來說，顯然地，這些作品與寒玉後期的寫實風格是有巨大差異的。或許，她出版這本書的目的，紀念意義遠勝於實質價值，因此，我們不能以高標準來審視這本書，亦不能只肯定現在而否定以前。倘使沒有之前的努力，現在焉能擷取甜蜜的果實？這是許多人所疏於分析的。

爾時這個島嶼，歷經九三、八二三、六一七等三次砲戰，復經三十餘年的戰地政務實驗。在以軍領政的那個年代，因受到重重的限制，沒有出過遠門的青年男女比比皆是，讓原本民風淳樸的島嶼，社會和資訊更加地封閉。寒玉小姐能在有限的資源下，憑藉著自己對社會的觀察以及對文學的熱衷，再透過想像，並以輕快流暢的筆觸，在短短的幾年內，寫出數十篇散文與短篇小說，並發表在《金門日報》的「正氣副刊」上，的確備感可貴。其散文作品，已分別收錄於《心情點播站》與《女人話題》兩本書中；而十二篇小說，總字數已逾十三萬言，單獨成書已綽綽有餘。然而，在文學這個現實的區塊，我們姑且不論它既有的價值，而該先肯定作者艱辛苦楚的創作過程。尤其是一位苦學的筆耕者，在其少女時期青澀的時光裡，能有如此的佳績，更應當給予熱烈的掌聲。

讀者們都知道，小說著重在敘述故事，也同時在其過程中，塑造典型的人物形象，而其意境，往往要以散文來陪襯。從作者諸多的篇章中，雖然其故事性與人物刻劃略顯薄弱，但作者卻以優美的散文，來加強小說中的意境，讓人有耳目一新之感。即使多數題目有濃濃的散文味，譬如：〈往事如煙情如夢〉、〈憶戀故舊笑靨起〉、〈繽紛耀眼人間情〉、〈彩蝶翩翩迎風舞〉、〈留下倩影待回憶〉等。甚至在篇中的首段，亦以華麗的散文做開端，例如：〈美麗的節奏〉：「山谷滿是林梢，花木扶疏，滿林鳥語，盈谷芬芳，情緻和韻味悠揚祥和，充滿濃郁詩韻氣息，鮮麗清朗，靜謐又婉約。」〈給自己一個春天〉：「初昇的旭日，它的光射著絢爛的燦耀，閃爍著生命的光采，及時地伸開雙臂，擁抱著所愛的人，重重疊疊的憶戀，生活因他而豐富！」〈待嫁女兒心〉：「春暖花開，暑氣漸盛，明麗耀眼的晴朗，增添著生活的色彩。」等等。然而，我們卻也不能主觀地認定作者是以寫散文的方式來經營小說，即便她不善於用傳統說故事方式來書寫，但我們依然能從人物的對話中，清楚地看到她欲表達的意象是什麼。對於一位從未接觸過文學創作理論的文壇新秀而言，她這種獨樹一格的書寫方式，自有其可取之處，似乎也為往後的文學創作，立下一個穩固的根柢，這是不能否認的事實。

綜觀書中十二篇作品，除了〈老人世界〉與〈輾過歲月的痕跡〉外，其他十篇書寫的幾乎都是青年男女青春時期的戀情。依彼時的時空背景以及作者接觸的社會層面而言，我們可以理解她創作的題材為什麼只侷限在男女的戀情而不能有所突破。誠然，小說可以虛構，但它畢竟是生命的呈現，如果沒有親身去體會它蘊藏的深義，豈可貿然下筆。作者選擇以她最熟悉的青年男女為書寫對象，把他們的愛恨情仇以及朝氣蓬勃的年輕氣息表露無遺，也同時以她樸實清秀的文字，為讀者們詮釋每一個故事。

在〈老人世界〉這篇作品裡，作者透過文中主角莊世義，以閩南語來抒發一個孤單寂寞的老年人當時的心境。

> 歹命神，哪有你們好福氣。「柴耙」七早八早跑去躲，留我孤單一個，年輕人又往外跑，攜眷在外築巢。我老了，不中用啦！這身夭壽骨頭，天熱受不了，天冷風濕痛，不知什麼時候要去見祖宗。少年苦沒家，年老苦沒伴，一日一日老，鬍鬚長到肚臍，白拚了！

從這小段中，我們清清楚楚地看到莊世義的的確確是一個「歹命神」。他老伴早逝，兒媳在外謀生，自己又一日一日地衰老，那身「夭壽骨頭」受不了季節的摧殘，時感不適。原以為苦了大半輩子，辛苦有了代價，結果遺留的只是孤寂的身影，不久即將到天堂見「祖公」，這輩子肯定是白拚了！

想當年，作者書寫此文時只是一個未婚少女，然而她卻能以自己敏銳的觀察力，復透過縝密的思維，刻劃出一個惶恐不安、不能揮去心中夢魘的老人心境。尤其是在那個鮮少有人把閩南語言融入小說創作的年代，作者卻能在文中運用自如。倘若對閩南俚語沒有一點概念的話，是難以把它貫串進去的。例如：「歹衫破褲爛草蓆」、「忍屎三畚箕、忍尿沒藥醫」、「壓頭翹尾、壓尾翹頭」、「少年昧曉想，吃老無成樣」、「好飯無密口，三頓吃乎飽」、「喉嚨張開開，五香滷肉來」、「鬍鬚不仁、貓面奸臣」、「生嘴講人、生身乎人講」、「嘴食要腹算」、「一塊疼、百塊憂」、「剃頭三日水，有風度、擱又角度」、「儉腸無人知、儉毛相削代，有錢無錢顧門面」……等等。

從〈老人世界〉中，我們可以看見熱心公益捐地拓寬路面的莊世義，一路相互扶持的陳朝水，而作者僅以「我欠你錢，你不催討，反而對我這麼好」短短的幾個字，來凸顯友情的馨香。「人生在世，過得好就好。百年之後，隨便他們啦！就憑他們的良心，看他們怎麼對待。再熱鬧，也只是擺門面給人看。」除了道出老人的心聲，也寫出人老不中用、準備任人擺布的無奈。當莊世義的兩個兒子攜家帶眷回來探望他而受到他的責罵時，兩個兒子都搬出一套理由來為自己辯護。而次子文善的良知並沒有完全被現實的環境矇蔽，當莊世義提議要用田產抵押還債時，大兒子莊文良不說話，莊文善則說：「爸，別變賣祖產，欠多少我們來還。」此語一出的確讓莊世義相當地感動。莊文善建議要把年邁的父親接到台灣同住時，莊文良則說：「他若住你那裡，好處少不了你！」而一旦住莊文良那裡，不僅要增加他經濟上的負擔，老人家也不好伺候，他建議抽籤決定。最後經過父親的怒斥以及朝水叔的開導，莊文良終於羞紅著臉，帶著贖罪的心情，懺悔地說：「爸，不必抽籤，住我那裡好了。」〈老人世界〉可說是一篇高潮迭起又充滿著人性化的作品。

倘若以爾時那個民風保守的年代，〈輾過歲月的痕跡〉裡的洪梨芊和陳振坤是難容於這個社會的。作者以第三人稱的「有限全知觀點」，為讀者詮釋兩段情境迥然不同的故事。作者首先描述的是洪梨芊為了和陳振坤幽會，經過陳劉幸音的房間做開端，在尚未進入故事的情節時，就直截了當地把陳劉幸音介紹給讀者：

> 陳劉幸音，她十六歲嫁入陳家，冠上夫姓。生來一副孤苦相的她，臉頰瘦削、五官輪廓欠分明，額頭雖廣，細小皺紋卻多。眼角肉薄、目光無采，鼻樑不堅挺。閉口時，嘴巴合不攏，牙齒亦暴露在外。

而她的夫婿陳永記則是：

> 眉薄呈八字，皮膚既粗又黑，嘴亦有一點歪斜，走路更是彎腰駝背，一副頹廢喪志的樣子。

當他們新婚之夜看到彼此的長相後，雖然對於彼此的身分有些懷疑，但自古「龍配龍、鳳配鳳」已是不爭的事實，兩人只好坦然面對這段婚姻。即使婚後過著窮苦的日子，但陳劉幸音卻備受陳永記的疼惜，直到他因病臨終時還不忘提醒她：「不能因惡劣的環境、物資的誘惑而邪念叢生，要懂得潔身自愛的道理。」

相對地，洪梨芊這隻「豚母」，卻因為自己的淫蕩，背叛她的夫婿清團，並以金錢和物資去倒貼陳振坤那隻「土雞」。儘管每次幽會都必須經過陳劉幸音家的巷道，陳劉幸音也經常曉以大義，但那隻淫蕩的豚母則臉不紅、氣不喘，毫無羞恥心。我們請看作者是如何來詮釋這隻淫蕩的豚母：

——土雞的老婆內向又賢慧，從不給我壞臉色看。每次我去找土雞，她都主動幫忙把風，還遞毛巾、拿臉盆水。

——我這隻豚母，孵不出小雞，在找種！

——一個願打、一個願挨。我也沒有虧待他們，他家小孩多，我三不五時會送點東西給他們。

而當陳劉幸音開導她：

「既要獻身、又要給錢，人財兩失，妳划得來嗎？」

豚母則說：

「我歡喜、我願意！」

土雞發覺豚母的老公正想尋機來「抓猴」，以及自己良心的不安，復加陳劉幸音的規勸，有意和她了斷時，豚母則依然以金錢為誘因來討取他的歡心：

「我知道你最近手頭緊，今天賣了甘蔗，也賣了一些私貨，特地送錢過來。這是最後一次幫你，你倦了，還有成景、火爐他們，我不會寂寞的。」

見錢眼開的土雞從豚母手中接過那疊鈔票後，心頭一喜，又推翻了剛才的想法，猴急地說：

「到裡邊去。」

豚母雖然以財物倒貼土雞、換取性的滿足，而當她耗盡家財想求助於他時，土雞則毫不留情地說：

「妳倒貼的男人不只我一個，為什麼不去找他們週轉？」

陳振坤和洪梨芊的姦情，雖然沒有被洪梨芊的丈夫識破，但卻被陳振坤的女兒陳美馨撞到。儘管女兒不屑地說：

「錢財有地方賺，名聲沒地方買！」

陳振坤則如此地回應女兒：

「妳老爸是男人，不會吃虧的！」

看完上述，我們可以清楚地發覺到，〈輾過歲月的痕跡〉它探討的似乎是人性與獸性之間的距離，也是一個活生生的社會和道德問題。陳永記與劉幸音是人性的象徵，陳振坤與洪梨芊則是獸性的代表。倘若小說必須有一個邏輯的結構，當陳美馨發覺父親背著母親私會別的女人而提出質疑和抗議時就該結束，把傳統的倫理道德以及是與非的空間留給讀者去想像。揚棄上述，這篇小說可說是全書寫得最成功的一篇，作者把它選為書題作品並非沒有理由。其他各篇雖然亦有可取之處，但畢竟與作者近期的作品不能同日而語。

讀完《輾過歲月的痕跡》這本書，總的說來雖然略顯生澀，但畢竟是寒玉小姐少女時期的作品，爾時她那份苦學的創作精神以及對文學的執著，確實是值得有志於文學創作的浯鄉子弟學習。況且，書中的每一篇作品都發表在「正氣副刊」上，已過了當年副刊主編博文先生的「火海」，亦禁得起讀者們的考驗，我們豈能再加以苛求。然而，歲月不僅能讓人成長，也會讓人蒼老，身為一個文學的熱愛者，更要把握住當下的每一個時光，寫出更多值得後代子孫傳誦的篇章。

現在，請容我引用已故文學大師朱西甯先生的一段話，做為對寒玉小姐的鼓勵和祝福——

小說藝術生命之境界，也是小說家所尋求的高點，在乎達至由靈性統合感性與理性的和諧，因之，小說所給予人生的貢獻，必是一種真知實感的智慧。

二〇〇八年六月於金門新市里

美麗的節奏

一

山谷滿是林梢，花木扶疏，滿林鳥語，盈谷芬芳，情緻和韻味悠揚祥和，充滿濃郁詩韻氣息，鮮麗清朗，靜謐又婉約。

風光耀眼底，詩情畫意鋪陳了一段美麗際遇。

尋幽攬勝的一群，靜聆著一曲潺涓的悠揚韻律，盎然之喜悅盈滿於懷，跳躍著活潑的音符，在心中輕唱。

人語喧嘩，談笑風聲，打破了沉寂，奔騰的笑浪，震盪著耳膜。

楊菱茹躲在不被注意的角落，謹慎地隱藏著自己，在恬淡的氣氛裡，手握一書，沉於書中，書本散溢著智慧的光輝。

眉目清秀，神采飄逸的詹柏文，未見楊菱茹，苦澀寂寥，裹腹飽餐後，風塵僕僕而來，叩訪清新恬郁之地，語匣開啟，珍視的心情，輕輕呢語。

「嗨，吃飽了沒？」

「吃飽了。」楊菱茹嫣然一笑，嬌怯展開。

「喔，我幫你照張相好嗎？」

「不好！」

「為什麼？」

「你自己知道，還問我！」

「妳不說，我哪明瞭？何必孤芳自賞，拒人於千里之外呢？」

楊菱茹猛回頭，細思量，冗長的日子中，詹柏文的殷勤，日日相伴、步步相隨，內心充滿溫馨，悄悄地融入她多情的眼中，深埋於生活扉頁。而感情豈可濫用，隨意輕忽蹧蹋，摺疊起來的摺痕，深深淺淺，哪堪回首？當她無意間瞧見詹柏文與雷語諾於華燈初上，相依偎，形影不離，不禁流下了孤獨淚，笑顏逐開的年華感空虛無助。然與無垠無邊的時空相較，總是萍水相逢一場，最熟悉的歡愉，成了歲月別離，最陌生的孤寂，站於心悸的黑暗處，遺棄的淒苦、黝黯的夢境、撕碎的心情，孤傲的她，遂一心一意，醒悟於獨來獨往，對詹柏文不瞅不睬，亦不露片言隻語，於大庭廣眾下見面，勉強招呼，笑容亦生硬牽強。

楊菱茹思懷舊誼，無邊的失落，一臉粉淚。遠眺飄飄白雲，波動的樹梢，疊疊憶戀。

詹柏文不知何事，令楊菱茹眼眶濕紅，鬱積情愫冉冉，沉吟片刻，開口道：「何事愁緒上心頭？」

「孤獨、悵惘，如此而已。」

「有陽光相伴，為何輕言孤獨？長長的日子，我們的名字連在一起，妳有我，我有妳，形影相隨，何來悵惘感覺？」

「再追念過去，是一種錯誤，我不再酣睡，亦不再織那毫無邊際的美夢。」

「我們的情感，何時成為過去了？」

「別再裝蒜，也別再欺騙我了，你怎麼忍心？」

「天哪！我真的不懂，妳把我澆得滿頭霧水。」

「認識你之後，我的希望無窮展延，因為我相信你的忠貞不二，而這一路走來，塵土與汗水交融，太辛苦了！喜時極喜，悲時極悲，煎熬的歲月，不因時日的增加而褪色，夢中驚醒，抛不開世事、丟不開心事，跌坐於漫漫長夜，還不都是因她而起。」

「妳指的是哪個她？」

「雷語諾，恨死她了！」

「哦，聽著，我的心裡只有妳，沒有別人，但，還有她！」

「詹柏文，你想一腳踏兩條船？」

「妳們女孩就是這樣，心地狹小，這麼會記恨。」

「我不是聖人，她搶我的男朋友，我的眼裡就容不下她，好在昨日夢已遠，如今已了無牽掛。」

「哈哈，女人心呀，海底針，果真難捉摸，剛剛傷心處，情緒高漲，以眼淚作為發洩，現在又扯下臉，高傲起來，說什麼昨日夢已遠，怎麼，不想再追溯，面子問題哩！」

「你臭美，好馬不吃回頭草，就算天下只有你這個男孩，物以稀為貴，我也不再為你心動。」

「楊大小姐，可惜呀可惜，我倆都是人，不是馬，人是有感情的，我敢打包票，百分之百的保證，終有一天，妳一定會回到我身邊。」

「你等著吧！」

「好！」

二

昏黃的路燈，點綴著夜空，盞盞的霓虹，染亮了街道，五光十色，絢耀奪目。楊菱茹一路上，失望的看著高不可及的繁星，耳邊傳來了一群女孩的嬉鬧聲，她們笑語喧嘩，足聲清脆地朝夜市走去，燈光照映，臉頰煥發。

楊菱茹無神地走，頭感一陣暈眩，經過站牌，宋韻羚剛從公車下站，喊住了她：「楊菱茹！」

楊菱茹半瞇著眼：「哦，宋韻羚，這麼晚了，上哪兒？」

「去看馬岫馨，要不要一塊兒去？」

「好啊，她怎麼了？」

「先告訴我，妳自己怎麼了？無精打采。」

「詹柏文對不起我，他最近跟雷語諾走得很近，還指責我度量狹小，又說什麼，他的心裡不但有我，還有雷語諾。韻羚，妳替我想想，這樣的情形，掙扎的軌跡，精神如何好得起來？」

「妳真的那麼愛他嗎？」

「千真萬確，我曾試圖疏遠，但無名的愛悅，經不起疏離，立刻被征服。」

「喲！不可抗拒的魅力，可見妳已陷得很深。」

「別說風涼話了，幫我拿個主意，該怎麼辦？」

「回到他身邊，調整步調，理智的接受雷語諾。」

「什麼？妳要我和雷語諾和平共處，辦不到的，如果是妳，妳會有那個雅量嗎？」

「當然有！」

「妳總得說個理由！」

「難道妳沒問詹柏文，還是詹柏文沒告訴妳，雷語諾是他的親妹妹，他們只差一歲。」

「親妹妹？不可能吧！一個姓詹、一個姓雷。」

「詹柏文的母親是獨生女，嫁來詹家之前，雷家就要求詹家，第一胎歸詹家，第二胎無論是男是女，一定要從母姓，並送回雷家撫養，近來雷語諾的外公、外婆，年事已高，雷語諾的父母將兩老接來同住，雷語諾自然也回到詹家，人家兄妹情義重，妳總不能太自私吧？」

「死詹柏文，將我矇在鼓裡，都不告訴我，害我難過許久，可惡！」

「現在妳可以安心啦！回到他身邊，享受情人的倩影款款。」

「當時我的表現太驕矜，如何扯下臉，打自己巴掌。」

「何必死要面子活受罪，是妳惹的，該怎麼收拾就怎麼收拾，倘若發生偏差，追悔莫及。」

「好啦，我盡量軟化態度。對了，馬岫馨的家就快到了，她發生什麼事了？」

「還不是那樣，生活放蕩，不加檢點，整日醉生夢死、虛度韶光。」

「那，妳去看她，是為了……」

「勸她少些無謂的紛雜，少增添人家的悲苦愁憤！」

「有用嗎？」

「好歹總得一試，她跟我們有親戚關係，每次聽人提起她，激情的心，眾說紛紜。」

三

足聲敲醒了靜寂的小巷，轉個彎，足履一步步的踩過階梯，兩人以掛慮、矛盾的心情，步上二樓，夜風拂窗，冷入心房，週遭添幾分寂寥。

馬岫馨大門深鎖，屋內的燈光泛著眩人的光輝，小窗未關，透出紅暈臉頰。馬岫馨扭動著唱機，唱片隨著轉盤，翩翩迴繞旋轉，曲調輕柔的流洩，她亢奮，展歌喉，不時哼起醉心的調子，拾起滿杯，斟滿甜潤，飲一杯酒，片刻酩酊，胸間起伏綿綿。

馬岫罄愚蠢的頹唐自己的生活，對家庭背叛、對工作不滿，燈紅酒綠的媚眼，妖媚女郎，宴散寂然，輾過的足跡，聚聚散散，只知斤斤計較，不知捫心自問，壅塞罪孽贖不回。

醉沉沉，尋刺激，鬆散閒適的生活，是她悲劇的開始，當火種燃燒，照亮輪廓，光華四射，獨對孤芳，而冰肌玉膚綻放，燈光幽柔忽熾熱，馬岫罄無驚悸、無悔恨，依舊神氣活現，無憾無怨。

無情的踐踏，芳姿漸損，飲苦澀酒液，等待探訪，深夜夢迴情脈脈，訴殷摯寄望，相互凝眸，只為滿足馬岫罄慾望，酣醉醇美的綺夢泉源。

豪邁地舉著酒杯，一飲而盡，空蕩蕩的日子，一片慘淡，際遇憤慨，一陣吼哮。

楊菱茹、宋韻羚由窗窺睨，眼前景，心怯遲步。

馬岫罄走至窗前，欲拉上窗簾，聞窗外晃動影子，凝神，影子波動，在飄渺中游移。她開門，楊菱茹、宋韻羚悄然飛掠眼簾，她蒼白著臉，柔弱地垂下頭，倚門，咬緊僵硬的唇，閉眼，又猛地張眼，狐疑心起，有種被歧視、受孤立的窘況。

低晦的四周，她吼哮：「妳們是來看熱鬧的？」

「妳誤會了，我倆真心關懷。」宋韻羚回答著。

「殘花敗柳有什麼好看的？歲月悠長、遭遇繁多，人事滄桑，起起落落，嬌俏的姿容已成淒蒼殘影。」

有些醉意的馬岫罄，眼光帶著些許的朦朧，失態地回屋子。

屋內，裝潢得很有氣氛，渲染得好柔美，宋韻羚調著燈光，燈影幽微地搖曳。

馬岫罄滿臉睡意，而唱機那頭，歌聲優美婉轉，一會兒，樂聲已奏終曲，她揉揉惺忪的雙眼，醉於床間，喃喃自語：「柔媚帶刺的玫瑰已經蒼老，就這樣永久的沉睡，生前萬般，隨塵土一起歸葬；世俗平淡，星光日語，深閨寂寥，厭人世，唯酒是知音！」

窗旁的風鈴，響出幾聲清脆的音籟，直達心窩，宋韻羚觸摸，說道：「該醒了，堅定的內涵是卓越成就的先奏，放眼寰宇，多少人汲汲追求，沉迷無聲的界域，不停抖擻著四肢，手法的不對，醒悟時，心靈傷痕抹煞不去，焦急的想讓時光停著，落寞神情，似哀怨、又似無奈，而徘徊沉寂的心靈，沉迷破碎的回憶。」

「我不聽！」

「不聽也得聽，我們的臉已掛不住。」

馬岫罄腦海浮現著起伏欲墜的思動，不哼不響，許久，跌坐起，說道：「我愛怎樣就怎樣，不央求別人教訓，無休止的翻騰與折磨，悠長煎熬，已萬念俱灰，我是不滿現狀的，我們思想略顯差距，作為不能共鳴，就不必強求跟妳們步調走。」

「遲早你要走出自己的枷鎖，起碼要忠於自己。」

馬岫罄怒沖沖，反常行為幾近瘋癲，拿起木棍，凌厲的攻擊，楊菱茹、宋韻羚匆匆奔竄，視線模糊，楊菱茹絆了一跤，膝蓋滲出了血點，還有一些紫痕。

宋韻羚歉疚地說：「為了一樁宿願，引馬岫罄趁早回首，非但不能功德圓滿，反害妳飽受驚悸與傷害。」

楊菱茹握她的手、拍她的肩，撫慰著：「這不怪妳，是我自己不小心。」

四

宋韻羚將楊菱茹跌傷一事，轉告詹柏文，又為他倆能早日重修就好，將傷勢說得嚴重。詹柏文那一刻，隱隱作痛，心情浮躁、思緒煩雜，魂已飛向楊菱茹那兒。

「心疼就去看她喲！」宋韻羚趁機說話。

「她對我有所誤會，只怕去了，她亦不會見我。」詹柏文無奈。

「是你的妹妹語諾，哎！你也真糊塗，明知菱茹有顆易感的心，你卻靜謐沉默，早對她說個清楚，不就沒事了。」

「現在說這些有什麼用，她的脾氣倔得很，又有顆細緻敏感的心，我一時的率性而疏忽，就是解釋，她也不會原諒。」

「雨後總有復晴的時候嘛！漫漫長夜總有黎明的來臨，苦澀後必有歡愉，不嘗試去面對她，你永遠也抖不掉心中憂愁的。」

「天涯何處無芳草，了不起找別的女孩。」

雷語諾說話了：「哥，何必嘴硬呢？你親口告訴我好多次，今生今世，你只愛楊菱茹一人，這麼的依戀漣漪，失去她，真的不在意嗎？」

「雨諾啊，妳懂什麼？人的感情，隨境遇變化，容易產生劇烈的波盪，你老兄，就在此種情形之下，徹底改變主意的。」說完，愴然淚下。

「那就不要哭啊，大男孩掉眼淚，男兒有淚不輕彈，哭什麼勁兒？記不記得，你兩人不是要以身相許的嗎？那一串串的呢喃低語，旁人誇耀，他人艷羨，綺麗的際遇，一生牽戀。」

「我有人格與尊嚴，情感也許脆弱，但人格與尊嚴不能卑微，她叫我離遠一點，我堂堂男子漢，豈能向個女裙釵低聲下氣，這不是惹人笑話嗎？再說，就算我保持風度，萬一吃了閉門羹，她來個拒客入門，傳出去，亦不好聽呀！」

「哥，像楊菱茹這樣的女孩，只稍瞧一眼，心已陶醉，你再踐，將要品嘗失戀的苦果，屆時，傷痛不已，可別怪我們沒事先通知你。」

「聚散離合，匆匆而過，注定沒結果，何必再難過，水聲已遠矣！」

「記憶猶新哩！不要再猜臆費神了，怎麼說，菱茹亦是知書達禮、明辨是非的女孩，你不要她，我可要！」雷語諾呶著小嘴。

「妳在說什麼？」

「我就是要她做我們詹家的人。」

「女孩子嫉妒心最強的，妳不怕她的美，搶盡了妳的風采？」

「別把我們女孩子看成那麼小心眼，你這樣講，我們滿腔苦水傾洩無處。」

「對不起，我失言了。」詹柏文道歉。

「不要你道歉，只要你去找楊菱茹，跟她解釋清楚。」雷語諾拉著他，說著：「走，我陪你去。」

「菱茹恨死妳了，我看妳還是乖乖地待在家裡，免受炮火轟擊。」

「事因我起，我一定要去。」雷語諾堅持。

「放心的去吧，不會有事的。」一旁的宋韻羚跟雷語諾使了個眼色。

「妳保證沒事，這麼有把握？」詹柏文還是放心不下。

「看你對我的信賴度如何？」

「這，嗯！我相信妳。」詹柏文的心層層省悟。

五

楊菱茹待於室內，深邃的眼眸充滿哀怨，頭昏昏、幾分陣痛；尋覓從前，採一筐回憶，無言無聲、無語無話，流淌的淚水涔涔然。

一聲尖銳刺耳的煞車，將楊菱茹的思緒拉回，傾耳細聽，熟悉的聲音吸引，暖絲入心扉，心靈低語，衷心的微笑，清甜汁液沁心脾。

將會見白馬王子，楊菱茹神情雀躍，萌生心田快樂，心神舒坦神爽，急至房間，回頭闔上門扉，已好久沒有妝扮了，她應該為詹柏文而化妝、而梳髮、而打扮，失去的將獲得補償，不可能的也將成為可能，一段小小的插曲，兩人將結出甜美的果實。

飄然溢逸的詹柏文、馨香素淨的雷語諾、樸實無華的宋韻羚，三人踏過庭園，踩著柔軟細嫩的綠茵，心醉的綠草，閃著油亮光華，風吹過，泛著波波碧浪浮動，臨風舞姿。

推門而入，四周白茫茫、靜悄悄，帶點神秘。雷語諾打量四周，說道：「菱茹去向何處？無從知曉，我們在此等她歸來。」

宋韻羚挪動著腳步，朝楊菱茹的房間走去，邊說著：「也許她正在房間梳妝打扮，我去瞧瞧，順便傳播喜訊。」

宋韻羚敲門：「菱茹，是我，韻羚啦！」

「喔，門沒鎖，請進！」楊菱茹邊回話，邊在髮上繫了個相思結。

宋韻羚進入房間，上下打量楊菱茹：「姑娘要出嫁呀？我就說嘛，不見芳蹤，必然躲入房內，為情郎擦眼影、塗腮紅。」

「別鬧了，韻羚，妳看看，我的眼睛，像不像兔子眼？」

「是啊，這就是妳美中不足的地方，平常啊，就那對水汪汪眼睛，最討人喜愛，今天呀，全身上下都美，就那對眼睛，珠淚如雨滴，一看就知道水龍頭沒關緊。」

「怎麼辦呢？」

「醜媳婦總要見公婆，何況他是妳未來的另一半。還有喔，你那誓不兩立的小姑也在場。」

「又糗人，人家以前誤會她了嘛，早知道，疼她都來不及了呢！」

「好現實哦！」

「快快快，幫我把眼影塗濃一點，以掩飾眼睛的紅腫。」

「滿盈滂沱，惹他心疼，就不必矯飾，讓他了解，離情依依的擾神思，出現心醉與離去心碎的低沉悽婉。」

說完，宋韻羚到屋門口，揮手示意雷語諾進去。

雷語諾見了楊菱茹，支吾地：「菱茹，我……呃……我哥來看妳了，他在客廳。」

「嗯！」楊菱茹搬張椅子，示意她坐下。

「我們之間的誤會……」

「什麼都不用說了，韻羚已告訴我。」

「妳……要不要見我哥哥？」

「我現在這個樣子，見了他，多難為情。」楊菱茹指指膝蓋、又指指眼睛。

「妳在我哥的心目中，永遠是最完美的，他一聽到妳受傷，眼淚盈盈地溢出，拭擦而去，過一刻，又如水潺潺。」

雷語諾扶著楊菱茹，宋韻羚也上前：「走出房門，重溫舊夢，化蹙眉換笑顏。」

楊菱茹停留激盪的心湖，徘徊不前，兩人將她拉出房外。

詹柏文、楊菱茹兩人照面，拂去了心中愁，揮灑了鬱結，夢起夢落，終歸消失，他倆迎接嶄新的未來。

詹柏文烏黑光澤的眼睛，眼含慈暉，彼此心田，甘美豐碩。

雷語諾、宋韻羚，大功告成，手挽著手，異口同聲地：「我們還有事，先走了。」

她倆走後，楊菱茹掩面涕泣，說不出心頭壓住的可悲，多麼沉重，而詹柏文萬般憐惜，他的一席話未交代清楚，無心無意無從緒，致楊菱茹誤解、怨懟，聽到她的嗚咽，他也淚珠欲滴。

六

朝陽爬上窗扉，闊別幾日的陽光又重臨窗前，帶來了鳥雀的歌聲婉轉與一季燦然，青蔥綠綠的絢麗，又耀眼於陽光下。

綠浪碧波，山巒蒼蒼，詹柏文、楊菱茹攜手舞過郊野，站於山巔眺望遠景，一覽世界奇珍，群山起伏，阡陌田野則綠波盈盈，一片遼闊肥沃。

秀氣靈巧的楊菱茹，依偎在詹柏文肩膀，卿卿呢語。風低吟，送來屢屢清爽，花花樹樹的馥郁，每一株綴滿幽趣。

楊菱茹順手摘一朵花兒，花輕落，微微柔柔，怡情地賞玩，「這花好美！」

詹柏文將她摟緊了，「花再美，人比花嬌媚。」

「誰啊？」

「當然是妳囉！」

「我哪有？」

「我見過無數漂亮的美女，亦看過無數美麗的花朵，訴不盡的韻緻，她們比不上妳雙頰的笑窩、輕柔柔的情愫，網住了我躍動的心，沉迷幽柔，如影隨形。」

楊菱茹笑顏飛掠，再取一片樹葉，指甲刮葉脈，垂頭，不言不語。

「妳在想什麼？」詹柏文輕聲問道。

「我在想，你是不是對每個女孩，都說同樣的話、獻同樣的慇勤？」

「要不要我發誓？」

「我沒有這個意思。只是，愛得越深，就越怕失去，想想我們之間，從認識到現在，有時陽光燦然，有時陰雨霏霏，我又是那麼易感，心中常有淡淡愁，怎堪承受愛情的離別依依。」

「好傻的女孩，我詹柏文不是個朝三暮四之人，細讀我們的情，色彩揮麗，與妳結伴，是我一生的榮幸，我怎會辜負妳呢？如果不相信我的虔心，就到山下的廟裡，我願意跪在菩薩前，請菩薩作證，若輕言棄妳，必遭天譴！」

「人家不要你去發誓，有這些話就夠了。再說，如果你要變心，拜菩薩有何用？」

「為使妳寬心，我就掏心肝，以證心口如一、心好無疑。」

「你討厭啦，就愛逗人！」

「妳歡喜，我心亮麗；妳愁眉，我心黯淡，逗妳開心，是我應盡的義務。」

逸韻潺潺、淡淡陰柔、靜謐沉默，楊菱茹又擦拭著淚液，鬆開詹柏文，向前走了數步。

詹柏文跟上，「好好的，怎麼又哭了？」

「人家感動嘛！」

「別哭得像個淚人兒，當心眼睛變了樣！愛妳，對妳好，這是應該的，來，快擦乾眼淚，再哭，恐怕引人側目，不知道，還以為我欺負妳。」

「好嘛！好嘛！」

七

雨盪漾、曲柔和，細雨濛濛，流落人間，珍珠灑落，彩傘繽紛。

一簾細雨，無數遐思，劈頭而下臉凜然，淒迷的簾幕，細碎雨絲舞空間。

路上萬車奔騰，寒風瑟瑟，詹柏文、楊菱茹並肩撐傘，楊菱茹隨風娉婷，散盡了如昔的美麗。斜雨，微溼了她的身軀，關懷的氣氛升起。

「菱茹，我看還是叫輛車吧！淋了一身，小心感冒了。」詹柏文細心貼切。

「好啊！」楊菱茹點頭答應。

他倆在候車亭等候許久，車子一輛輛地飛奔而過，車內亦都客滿，兩人以焦急的眼光探尋。

雨勢漸微，又守候不著車，兩人相偕走出亭外。驀然，一輛轎車停在身旁，車內的人，打開車門，說道：「菱茹、柏文，快上車呀！」是宋韻羚的聲音。

在車上，楊菱茹環顧四周，訝異地問：「韻羚，妳何時買了這麼豪華的車子？」

「車子不是我的，我哪有這多錢呀！」

「那……」

「是男朋友的，我們就快結婚了。」

「交男朋友了，妳不是不交男朋友、不結婚的嗎？」

「時間會改變想法的，身邊的你們，一個個拍拖，我有種孤獨、被冷落的寂寥感。」

「想不到這麼快，妳就要揮別單身的日子，太意外了，耶，他是誰？」

「給妳個驚喜，就是我的冤家、死對頭。」

「喔，妳是說，張克亞？」

「對，就是他，奇怪吧？」

「是啊，妳和張克亞，打從求學開始，就誓不兩立。出了社會，巧在同一公司上班，就拿一樁企劃案來講，你們各有各的想法，老爭得面紅耳赤，每當我們這群女孩在一起，提起他，妳都恨得牙癢癢，也從未給他好臉色看，更別談結連理了！」

「這就是關鍵所在，同樣一件事情，我有我的想法，他有他的想法，如此僵持不下，最後，總要交給主管定奪，到目前為止，兩人還分不出勝負，妳知道嗎？他居然跟我求婚。」

「再鬥下去，不就要雞犬不寧了？」

「妳說對了，他肖雞，我屬狗，果真應了雞飛狗跳這句話。不過，我們公私分得清，儘管在公司互不相讓，下了班，恩愛有加，我溫柔、他體貼。」

「絕配哩！耶，他今天上哪兒？妳怎麼自己當駕駛？」

「他去準備婚禮的事宜，我嘛，落個清閒，沒事兒，開車兜風，偏不巧，遇著大雨，掃了雅興。」

「那，見到我們，有沒有掃妳的興？」楊菱茹故意開她玩笑。

「哪兒的話，我正想找你們傳播喜訊呢！這禮拜天，大夥兒都放假，我們的婚禮就訂在這天，到時，一定要來哦！」

「我們一定到。」

八

小鳥由天邊飛過，回到自己的巢穴休息。

晚宴，張克亞摟著宋韻羚，他的情絲將她緊緊地繫住，影深深，宋韻羚的眼中散發著幸福的光彩與掩不住的笑意。

張克亞情意綿綿地說道：「韻羚，妳是群星中最亮的一顆，感激上蒼讓我認識妳，當妳娟秀的容顏、有思想的節奏，走入了我的生命，我不知道該以何種心情去詮釋這種感受。」

「既然如此，為何老是與我爭……」宋韻羚嬌柔柔地說。

「人前的堅強、果敢，乃是為了武裝自己，其實我是很脆弱的，只是固執的心，不願承認。見妳之後，即心有所繫、有所屬，還以為平日的勾心鬥角，無法挽回逝去的愛。那日，瞬間的勇敢，而能繼續一段情，抽痛的心，再也不用日以繼夜了。」

「我……克亞，久夢終歸醒，拾煩憂、拋雜念，我們生活中的點點滴滴，無論喜怒，已凝聚成永不褪色的快樂光陰，你不拋棄我，我也不會遺忘你。今後，願你在工作上，充份的準備，這才是必勝的因素，除了這些，我不知道如何才能讓你無所掛念，無後顧之憂的在工作中，求得突破，所以我決定不再左右你的意見。」

「韻羚，不要為了我，而放棄了妳的所學，與其如此，不如我倆共同投入心血，相互耕耘，有什麼意見，相互切磋。何況，有競爭才有進步。」

「不，以前是同事，現在是夫妻，對我來說，名利已不重要，我不想做你的絆腳石。」

「不會的，夫妻本是一體，再說，每個成功的男人，背後總有個偉大的女性，未來的日日精進，需要妳的扶持。」

「人家才需要你的照顧呢！」宋韻羚表現得無限嬌羞。

「好了，好了，眾目睽睽下，卿卿我我的，也不害臊！」雷語諾帶頭起鬨，鬧成一團。

新人一一敬酒，來賓相繼乾杯，紛紛獻上祝福。

宴散，紛紛歸去，走在路上，方才喝了一點雞尾酒的楊菱茹，頭有些暈眩，詹柏文牽掛不已，雷語諾先行返家，給他兩人單獨相處的機會。

雷語諾哼著小曲子，走了一段路，耳聆淒迷聲勢，冒了一身冷汗，回頭猛跑，楊菱茹正靠著詹柏文的臂彎，在草坪休憩，雷語諾顫抖地指著前方吶喊：「有鬼！」

詹柏文扶起楊菱茹，陪著雷語諾往回走，四下張望後說：「都什麼時代了，哪來的鬼？一定是妳喝了酒，產生幻覺。」

「真的，我真的看到，她走路拖泥帶水似的，又發出淒厲的叫聲，好可怕！」說完，摀住臉，猛地叫了起來，「哇！在那裡啦！」

「哪兒？沒有啊！」詹柏文說。

楊菱茹甩甩頭，瞪大了眼睛，「妳……」

「怎麼啦？菱茹！」詹柏文問。

「她……」楊菱茹說不出話來。

「妳看見了什麼？快告訴我！」詹柏文急切。

楊菱茹愣了一會兒，掏出手巾擦拭汗珠，然後說：「柏文，你看，馬岫罄耶！」

雷語諾回神：「是人，不是鬼呀，嚇我一跳！」

詹柏文順著她們的手勢，看出了馬岫罄，三人走向她；馬岫罄的身上，發出了一陣陣的臭味，往日的妖媚樣已不復見，滿身滿體的污黑、臭溢，頭髮疏鬆、禿塊纍纍、身影佝僂、醜態百出，手中玩弄著路人丟棄的口香糖，自得其樂的將口香糖，由此端拉到彼端，臉上的表情時有變化，有時痛哭、有時狂笑，樣子失常！悽楚的場面，在他們之間迴響、心靈震動。

馬岫罄模糊中，看到了人影浮動，吼著：「不要過來！」又拿著石塊拋向他們。三人躲散。

雷語諾說道：「自作孽，不可活，這是罪有應得，咱們回家，不要理她。」

「她好可憐喔！怎會精神異常到這種地步？究竟是受了什打擊？」楊菱茹不解。

「我們還是打個電話，通知她的家人。」詹柏文理出了頭緒。

楊菱茹走到電話亭，撥向馬家，馬父接起電話，楊菱茹將原委說明。

「真是家門不幸，早勸過她，不要做有辱門楣的事，她不聽，擺門風、辱祖公，我就說，舉頭三尺有神明，報應啊！」電話那端傳來馬父的哀怨聲，他不恥馬岫罄的作為，不認她這個女兒，已和她斷絕父女關係，她發癲，他不予理會。

多次的協調，楊菱茹等人說破了嘴，才勸著馬父，馬家終於答應出面，為馬岫罄覓一住所，將她送入精神療養院。

朋友一場，馬岫罄不再流浪街頭，他們鬆了一口氣，撥時間，一行人至療養院探望，馬岫罄的邋遢，隨意撿拾東西往嘴裡送，又和病患搶呀、鬧呀，他們一陣感慨，祈求馬岫罄不再陷入黑暗的深淵，早日康復，做一個正常人。

九

晨曦濛濛，輕煙飄升向天空，接著，草坪被陽光照得耀眼奪目，晨風無限歡欣，亦舒坦心胸，詹柏文帶著早點，穿運動服、著運動鞋，活力充沛地來找楊菱茹，楊菱茹尚未起床，門窗深鎖，詹柏文想吹口哨，喚醒美嬌娘，但一大清早，又怕引人側目，於是，蹲坐庭院等候。

楊菱茹一番梳洗，啟開門窗，見詹柏文早已來到，喜孜孜地迎上前，說道：「對不起，我睡晚了，讓你久等。」

「沒關係，等久了，就是我的。睡眠充足才有活力，且也是簡便的美容方法，我多等一會兒，不礙事的。」

「你好有耐性哦！」

「是啊，沒有耐性、不耐磨的話，怎麼追女友、討老婆，尤其現代的女孩，她說東，你就不能往西的，恰的不得了。」

「我呢？」

「差不了多少。」

「你走！」楊菱茹生氣了。

「我沒地方去呀！」

「你家的事，七早八早找人吵架呀，哪根筋不對？」

「別那麼兇嘛，像母老虎。」

「什麼？你說我像母老虎，你，你才是個大壞蛋！」

「唷！口不擇言啊，睡不夠再去睡，恰查某！」

「哇……」楊菱茹哭了。

「妳別哭，妳別哭嘛！我是逗妳的。瞧！我不是來吵架，是幫妳送早點。」

「我不要吃你的東西。」楊菱茹哽咽中回話。

「這東西不是我的。」

「不是你的，也敢叫我吃，不怕有毒。」

「妳呀！聰明一世，糊塗一時，妳看，我們平日吃的、穿的、用的，哪一樣是我們自己的？不都是各行各業、辛辛苦苦所努力而來，我們只不過花錢去買。這些早點也不例外，它的確不是我的，妳不吃我的東西，我不勉強，但這是別人的，他們的辛苦，妳忍心拒絕？」

「貧嘴又歪理。」楊菱茹終露出一絲笑容，伸手接了過去，之後說：「先聲明，我沒有吃你的！」

「但妳用我的錢，沒有錢，哪來的東西？」詹柏文又逗她。

「那，還你好了。」

「我拒絕回收。」

楊菱茹進屋，回頭瞟詹柏文，詹柏文移開視線，在楊菱茹要關門時，一個箭步迎了上去，按住門，「不歡迎我嗎？」

「進不進來，隨你便！」

「不進去！怎麼可能？」

十

璀璨的陽光流洩，醉人心扉，悄悄地探進了心房，亦捎來喜訊。
喜訊的溫醇、激躍的浪花，串成了笑聲縷縷，永永遠遠地，譜成了美麗的節奏。

原載一九八九年十月三日至十月十日《正氣副刊》

往事如煙情如夢

一

雞鳴報曉，遠天明媚透麗，天清氣爽。室內，鬧鐘的響聲劃破了寧靜的早晨，連影姿一躍而起，見其妹連鳳姿還在昏睡，搖醒了她，「快起來啊，上班來不及了！」

連鳳姿急忙爬起，一下床鋪，看了腕錶，「姊，妳吃錯藥啦，上班八點，現在才六點哩，七點起床，還足足有餘呢！」

「妳知道什麼？今天是妳第一天上班，入境隨俗，第一件事就是要先認識週遭的環境，當然要早早報到，才能給人好印象。」

「妳呢？今天輪休，待在家裡多無聊，不如陪我去認識環境，第一天，滿緊張的。」

「學校剛出來的，就是天真，既純真、又憨笨，妳以為社會像學校，開學註冊，由父母、兄姊陪同。已踏出校門，走入社會，還要我陪伴一旁，惹人笑話呀！」

「我自己去唷？」連鳳姿踟躅徬徨。

「妳必須學習成長，不能老依賴他人的呵護，想當初，我也和妳一樣，大小事都由媽媽處理，將它視為理所當然，茶來伸手、飯來張口，如溫室裡的花朵。直到步入社會，看他人，同時觀自己，才發現自己的懵懂，於是，不斷的學習，也開始調整步伐，現在，我也和別人一樣，凡事自己來，會的儘量做，不會的儘量學習，以謙和的態度向他人請教。你要記得，千萬不能擺個七月半的臉孔，否則，難有被提掖的機會。」

「姊，我……好久以來，我心中一直有個疑點，不知道能不能問？」連鳳姿心怯怯。

「妳心裏有什麼話儘量說，有什麼事儘管問，姊知無不言。」

「妳……妳有今天，是不是跟妳的長相有關？」

「長相？哈……」連影姿笑得合不攏嘴。

「妳笑什麼嘛？」

連影姿笑個不停。

「這問題很好笑嗎？難道我真的很笨，問這種幼稚的……」

「哦，不，妳不笨，有問題就該隨時發問。有些行業，比如影星、模特兒，天使面孔本來就比較吃香，或許可一躍成名，而長相不佳，要在這種行業嶄露頭角，必須循途徑補救。世間行業千百種，找實力、覓優點，適合做什麼，就做什麼。」

「不要兜圈圈啦！正視我的問題。」連鳳姿急切。

「好，我問妳，如果妳是一位主管，選擇左右手，在發掘期間，有兩個人，一個胸中藏書千萬卷，但面貌不佳，另一個嘛，渾身散發魅力，但胸無點墨、腹中空空。妳會選擇誰？」

「用膝蓋想也知道，當然是前面那一個。」

「這就對了，一個才識卓越者不會看走眼。」

「可是……」

「可是什麼？」

「妳的面貌並不醜呀，妳有秀逸的神采。」

「五官端正的相貌比他人幸運，但我不因此自滿，隨時警惕，努力充電，以免落個空殼，一戳即破。」

連鳳姿用手攏一攏髮絲，感懷良深。

二

艱辛的路橫在前頭，連鳳姿將受磨練，她邁出了豪壯的步伐，面臨著嚴格的挑戰，亦迎接著嶄新的機運。

趁著休假，連影姿欲辦些兒私事，兩姐妹同行，小徑的黃泥路，經路人無數次的踩踏，地質已益形堅實。

抵達站牌，很幸運的，公車剛好駛來，緩緩蠕動，她們上了車，找了座位，閉目養神，將抵下一站，遠道而來的老先生，欲拉鈴下車，一位婦人好心的勸止：「阿伯，不對啦，你要去的地方，還有一站。」

駕駛瞟了婦人，怒吼地說：「妳知道，妳送他去好了，雞婆！」

全車的目光望向駕駛，有人議論紛紛，正闔眼的兩姐妹，亦被驚醒地張開雙眼，看這一幕。

婦人也怒道：「少年仔要多積陰德啦！我如果會開車，直接送他過去，也不用在這裡受你的氣。我做大人的時候，你不知道還在哪裡呢，沒大沒小！」

駕駛一陣驚悸，被紛紛投來的目光與言語，轟得面紅耳赤、啞然無聲！

有人說：「真是路見不平，氣死閒人。」

隨著老人的下車，車內又恢復了平靜。

又過了些時候，抵達了總站，乘客三三兩兩地散開來，各奔路程。連影姿送連鳳姿到她上班地點，在大門口揮別了她。

風，撩動鬢髮與裙角，連影姿將眼光投向銀行辦事處，整了整衣領，朝著清雅、綠草如茵的山坡走去，背後傳來男子低沉的聲音：「小姐，小姐，妳上哪兒？」

連影姿轉過身，恐懼瀰漫心懷，眼前的男子，身態臃腫，年約五十，戴墨鏡、咖啡帽，著白襯衫、黑色西裝褲、黑皮鞋。見連影姿轉頭，把菸蒂扔在地上，用腳蹉了數下，陰陽怪氣的咧咧嘴。

連影姿腦海匆促過濾，確定此人從未見過面，一時僵在那裡，心中焦灼，不知如何應付。

他掀開上衣的口袋，抽取一根香煙，又點燃了起來，雙眼一望，載欣載奔地跑到連影姿面前說：「妳要上銀行？需要錢嗎？我擁有幾千萬的資產，只要妳願意，花花綠綠的鈔票，馬上進妳荷包。」

連影姿瞪他，無聊的男人，厭惡、憎恨、討人嫌，渾身起雞皮疙瘩，握拳頭，手中沁出汗水。他的眼光咄咄逼人，開門見山地說：「我跟妳介紹男友。」

「不必了，好意心領。」連影姿征征地望著路的那端，惶恐又不安，腦中閃現，打個電話叫朋友來接，她匆匆的撥電話，他急急地跟在後頭，一次、二次、三次，偏偏公用電話撥不通，放下聽筒，加快腳步，朝斜坡處走去，並不時地回過頭，天不怕、地不怕，最怕看見他。

他在後面拼命的揮手，大喊著：「小姐，走慢一點，稍等我！」

連影姿很慶幸自己，以往都穿高跟鞋出門，今日卻心血來潮的穿了平底鞋，使腳步在無形中加快了許多，與他拉了一段長長的距離。

她推開門，走進櫃檯邊，由皮包裡取出了銀行定期存款單，交給了櫃檯人員，多次接觸已熟識，人員面帶微笑的問她：「這張已到期，要續存還是提領？」

「拿利息就好了。」連影姿回答。

「銀行利率已調高，可以多存一點。」辦事員和善地說。

「可是，定期存款，如果日期未到，中途有急用，怎麼辦？還是留一些在身邊好了。」

「當然囉，身邊沒錢是不行的，只是，如果用不著，擱著多墊本，不如將它存了，中途有急需的話，還是可以領，利息較少而已。」

「這樣子啊！」連影姿打開皮包，拿出了十張千元大鈔，然後說：「麻煩你了。」

「不客氣。」辦事員低頭填寫，不一會兒，將單子交給連影姿。

「謝謝。」連影姿道謝後離開。

三

連影姿四下張望，看不到他的跟蹤，掃陰影，盡棄陰霾。

路上車塵飛揚，她望著參差樹影，影姿安然恬靜。當她漫步而行，走過小店鋪，她突然想起，粉餅將拭盡，於是，進了化妝品代銷處，長髮飄逸的專櫃小姐盈盈笑臉相迎。

連影姿道明來意後，忽然，寬厚的手掌，落在她的肩上，連影姿一陣驚悸，有著眩然欲泣之感。轉首，發現是他，剛才那位不速之客，他的荒唐，她很懊惱，心裡猛嘀咕。

「阿伯，你要買什麼？」櫃檯小姐熱切招呼。

「這位小姐買什麼，通通算我的。」

「我不習慣花別人的錢。」連影姿很不是滋味，急忙說。

「小意思，就當見面禮。」

「我有我的原則。」連影姿決定下回再買，走了出去，他尾隨在後。

車站，人群喧嘩之處，連影姿擺個面孔說：「我一向獨來獨往，不需要侍衛。」

「看妳可愛，才對妳好。」

「我無福消受。」

「妳家住哪兒？搭公車太擠，我叫計程車。」他繼續獻殷勤。

「不必了！」連影姿的兩眼似要噴出火來。

他表情失望、面容沮喪，整個人像癱瘓似的，失神落魄地跌於車站座椅，語音急促而顫動地說：「有空時，我能請妳吃飯嗎？」

「不行！」

「什麼原因？」

「食慾大減！」

「尋求的應該是機會，我想，妳大概沒見過什麼場面，雖然妳的內心故作鎮靜，但臉上的慌張神情，明白地告訴我，妳很緊張，也很害怕。」

「以你的年齡，想必兒女承歡膝下，如果妳的女兒，遇到了窮骨頭、無聊漢，怎能不為他的荒唐舉止感難為情，內心深處自會湧出一股畏懼。」

「小丫頭，還會拐彎罵人，妳認為我是無聊漢、窮骨頭？」

「素昧平生，莫名獻殷勤，不害臊嗎？」

車來了，連影姿躍上車，車移動，車內的乘客笑語連連，連影姿望窗外，孤獨的他，呆坐出神，猶如淒涼充斥人間。

四

晚飯後，度過了漫漫的涼夜，夜色朦朧半山腰，連影姿將白晝的不如意擱心裡，既樸實又寧靜的村莊，只隱約聽見風聲、狗吠聲。

連鳳姿於就寢前，暢談了一些第一天上班的新鮮事，心頭甜膩的汁液汩汩溢散，浸沉其間。

連鳳姿倚床邊，喝著飲料、啃著餅乾，她遞了一片薄餅給連影姿，連影姿擺擺手說：「妳吃吧！」

「姊，妳怎麼了，我們每晚都吃宵夜，今晚怎麼沒胃口？看妳好像心事重重的樣子，是身體不舒服嗎？」

「我很好呀！」

「少騙人了，姊妹有什麼不能說的，心情不好，吐吐苦水吧！擺在心裡多難過。」

連影姿拗不過連鳳姿的再三追問，傾訴哀怨，最後說：「沒面子死了，長這麼大，第一次遇著這麼無聊無趣的事呢！」

連鳳姿偷笑許久。

「有啥好笑，牙齒白呀！如果被妳遇著，只怕妳會哭得沒眼淚。」

「我只是覺得好笑，妳把他當做瘋子就好了，何須泛起愁緒。」

「妳不知道，他那副德性，看了作嘔，分明就是老色狼，當時，我可是忍住哭聲、控制眼淚。」

「在大庭廣眾之下，他又能奈何？憑妳的機智，還怕他不成？下次再遇見，給他點顏色瞧瞧，找個人修理他。」

「打架不能解決事情，如果他受傷，我們還得負法律責任，反正眼睛利一點，能避則避，自己小心就是了。」

「他要是窮追不捨，怎麼辦？如果追著妳跑，又怎辦？」

「他胖得像肥豬，走得慢，跑得也慢，不足慮。他要真不知死活，我就告他，法律總是保障好人。」

理出了頭緒，連影姿擠出了一絲笑容，伸手抓起薄餅往嘴裡送。夜，靜得出奇，依稀可聽見連影姿嚼餅乾的聲音。

「妳不是不吃嗎？」連鳳姿故意捉弄她。

「飢餓嘛！食慾高漲。」

「說飢餓好聽，八成是嘴饞，看餅乾鬆鬆脆脆，嚼得津津有味，牙齒癢喔！」

「好啦，有得吃，管妳怎麼講，寧可做飽鬼，也不做餓鬼！」

「是啦，吃給它死，卡好死沒吃！」

「死丫頭，給我記住。」

連鳳姿突然：「姊，妳不說，給我記住，我差點忘了，明天是李梨卿的生日，下班時在街上，看她老爸載她去訂蛋糕，她叫我們明晚過去參加她的生日派對，要不要去呀？」

「我們禮物照準備，如果有再邀請才去，說不定人家只是招呼而已。」
「她是我同學，妳也見過面，她不錯的，而且，她已經好幾年沒過生日了，我們也少聯絡。」
「生日年年有，怎會……」
「是她下午告訴我的，我也不清楚，她匆匆走進店裡，沒來得及問。」
「哦！」

五

門鈴響，連鳳姿一頭短髮，剛從水裡撈出來，趕忙包上毛巾，在髮間搓揉，迅速的開門，
「嗨！李梨卿，壽星駕到。」
連影姿由廚房出來，「嗨，妳好，坐嘛！」
「大姐，您在忙呀？」
「哦，做晚餐！」
「不必煮了，我今晚來的目的，乃誠摯邀約妳們姊妹到我家，參加慶生會。」
連影姿先看了連鳳姿，然後說：「鳳姿正打算要去呢，很不好意思，勞妳跑這一趟。」
「那，我們走吧！」
「鳳姿去就好了，我留著看家。」連影姿說。

「房子不會丟的，走吧，接送有車。」

「這……」

「好啦好啦，我跟郭美英她們保證，一定請妳們過去，如果撲了空，我這生日就過得沒意義了。」

「郭美英？妳是說，那個善變又任性的女孩？」連鳳姿瞪大了眼睛。

「她現在溫順柔情多了。」

「改變這麼快呀？」

「是啊，當小生命默默地成形，光彩照耀，郭美英為護胎兒成長，獻出了女性特有的光輝，這一切的大轉變，都歸功於他那英氣煥發的先生。」

「郭美英中途退學，原來是結婚去了。」

「是的，女娃兒像極了郭美英，大大的眼睛、小小的嘴巴，好討人喜歡。」

「以前在學校，聽說她有個差六歲的男友。」

「就是那個。」

「差六歲不是大沖嗎？在男女配婚吉凶中，夫妻相剋、命理複雜、病弱短壽、災禍迭來，她不怕？」

「郭美英不信邪，也不顧家人的反對，隱瞞家人，悄悄去找他，幸虧，他也是愛她的，他倆有了婚姻自主權，公證結婚去了，既省時、又省錢，簡單隆重。」

「後來呢？」

「她家人知道後，氣得暴跳如雷，可是生米已煮成熟飯。」

「沒有親人的祝福，亭亭姿影的嬌羞新娘，不覺落寞？」

「沒辦法，情愁從四面八方侵擾，她的胸口被愛所形成的重壓，擠得喘不出氣來，哪還顧得那麼多。不過後來，郭家也有補請喜宴，亦認了這個女婿，爾後的日子，他的表現，終平息了郭家的怨波。」

「鳳凰于飛，共締良緣，郭美英的作為，果真有膽識。」

六

李梨卿走在前頭，領著連影姿姊妹走進李家庭院，屋內，騰起了一片歡笑的氣氛。一踏進門，美得出奇，腳踩的是軟綿綿的地毯，身坐的是豪華的沙發座椅，寬敞整潔，予人舒適感。

女管家好像無法閒著似的，雙手不停地忙這忙那，這兒抹抹、那兒擦擦，見她們入屋，急急端了兩杯飲料，遞給她們，然後打躬作揖地對著李梨卿問道：「小姐還有什麼吩咐？」

「這兒沒事，妳忙妳的吧！」李梨卿突然想起：「耶，我爸回來了沒有？」

「剛回來。」

「噢！」

柔和樂曲伴奏，燭光搖曳、火焰吸引，她們吹熄了生日蛋糕上的小蠟燭，大夥兒相聚傾談的機會不多，但相知頗深。

連鳳姿一一寒暄，參加者除了連影姿外，全是連鳳姿的同學，而李梨卿的父親為使年輕的一群由歡顏來串聯，能有她們繽紛的夢、永恆的記憶，於返家後，隨意裹腹，自願錯過愛女的盛宴，以免因他這位長輩在場，掃大家的興，不敢放懷狂歡。

連影姿泰半不熟識，而連鳳姿正和他們鬧成一團，醉人的青春，嫵媚又真純。大快朵頤，醇酒淺酌，閃掠而過的燦爛，充滿著熱情。

連影姿獨坐，滋生一份孤獨感，她望著天花板，又望向牆壁四周，屋裡這麼多人、這麼熱鬧，縱然無酒也會醉倒，而她們痴醉地陶醉其中，渾然忘我地舉杯猛飲。

靜動分明，連影姿步向室外，打算欣賞一下夜色。室內高歌，室外靜得似乎聽得見心跳的聲音，伴著夜色，噴水池靜謐的閃耀著波光。

外邊沒半個人影，只有連影姿輕微的腳步聲，不熟悉的地方，心一好奇，到各處逛逛，她看到了一個熟稔的身影，在一棟好大房子的客廳。他彎腰蹲身，手中焚燒著一堆堆的冥紙，烈火熊熊。

連影姿躡手躡腳地走近，果然是他！那天跟蹤她的無聊漢，她的心中極度嫌惡。

他在靈前鋪上了草蓆，點燃了三炷香，跪於地，淚水滾燙的淌在臉上，喃喃道：「老伴，妳的走，我如半路斷扁擔，中年喪偶，面對一雙兒女，教養令我壓迫眉睫，我不是怕挑擔子，而是以前，一切有妳。」他擦拭眼淚後繼續說：「現在，房價水漲船高，我獻出大片土地，供人建築，再利益均分，一夜間，由早出晚歸撿破爛，變成擁有千萬資產的大老闆，長久的勞頓，總算揚眉吐氣。但有財有勢，妳不在了，無論用多大的聲音喊妳，也喊不回來，我依舊孤獨地活著。」昨日的挫折與創痛，在心田，永不泯滅。

空氣如此凝重，他滿面淒涼，淚液欲滴地說著：「前些天，我投下了偌大的賭注，為了替我們唯一的兒子，覓房媳婦，我以金錢引誘，試探了一位女孩子，自信的以為她會上鈎，因為在她之前，我用同樣方法試了幾個女孩，都為之心動，花了不少錢，看了人性的另一面，拜金女，當然不會讓她做我們的媳婦，好不容易看上一位，卻自討沒趣，老伴，我用錯方法了嗎？」

他那粗糙龜裂的手掌，撫著面頰，理不斷，心傷悲不已。

連影姿的心弦撥弄了一下，「原來他是李梨卿的父親？」

連影姿走回來時路，一路暗忖，為了晚輩的境遇，他的付出也太多了，而他那唯一的兒子又是誰？是李梨卿的哥哥或弟弟？她不再想下去，他給了她難忍的第一印象，縱然明瞭不是他的本性，知曉原由，值得原諒，可是，她無法接受他那有錢萬事亨通、自命不凡的樣子。她想，有其父必有其子，富裕的環境，定存驕矜，管他哥哥或弟弟，絕對不是談情說愛的好對象。

連影姿回到李梨卿處，已一片靜止，連鳳姿迎上前，緊握住連影姿的手，手心滾燙，「妳上哪兒？」

「出去走走。」

「我剛才太高興了，忽略了妳，不生氣吧？」

「怎麼會呢，我是興致來潮，想去逛逛，哇！李梨卿家好美！」連影姿隱匿方才那一幕。

李梨卿靠近連影姿，「大姐，我們已吃光喝盡了，不過還有節目。」

「時間太晚了，我和鳳姿明天還要上班。」

「沒關係啦，這是個特殊的節目，留下來，待會兒專車送妳們回去。」

「真的太晚了。」連影姿一刻也待不住。

連影姿堅持要走，李梨卿、郭美英等人，一再說服她倆留下來，就在說話間，俊秀的男孩出現了，李梨卿介紹了彼此。

連影姿與他互相點頭招呼，然後攜著連鳳姿的手，謝絕了下一個將上演的節目。

就在門口，李梨卿的父親走了出來，一眼認出了連影姿，真摯的關愛與慰留，連影姿不好說什麼。

長輩在場，其他人感拘束，不一會兒，紛紛告辭離去，無外人在場，李梨卿的父親說道：

「那天的冒昧……」

「伯父，我也有錯，以小犯上……」

「記不記得，我那天說要幫妳介紹男朋友？」

「有點印象。」

「要介紹的人，就是我兒子。」

「令公子一表人才，您不必為他費心。」

「話不能這麼說，有些女孩缺少自重心，靠不住，我以過來人的眼光，為兒子挑媳婦，他應該感激。」

「這只能做參考，他對你，不能存有太多的依賴；你對他，也不能存有太多的呵護，他自己的事情應該會自己處理吧？」

「言談間，妳似乎在表態什麼？莫非，還在生我的氣？」

「您都不計較我的傲性，我豈能存恨意。」

「那，和我兒子走走看？」他狀似懇求，又說出他兒子的生肖。

連影姿盤算後，他兒子的年歲比她小，這是拒絕的最佳理由，於是說：「我的年歲稍長。」

「無所謂，某大姐，坐金交椅！」

「姊弟戀，會招來異樣眼光。」

「夫妻和諧就好，管人家怎麼說。」

「承受不起批判，老伯的盛情，恕難接受。」

白髮，是智慧才識的結晶，此際，連影姿心意已定，滿頭白髮的他，竟也想不出絲毫的途徑，這是第二次，他又碰了釘子。終於，他想通了，急不得也，就讓他兒子自由發展。而自己事業已有成，也已有了接棒人，逍遙的日子趁時享受吧！

李梨卿送她倆回家，面有難色的對著連影姿說：「不知道我爸會對妳開口，我會不會因此而失去妳們？」

「一碼歸一碼，我們還是好朋友。」連影姿說。

李梨卿思慮了一會兒說：「大姐，我真的很希望妳成為我家的……」

「好朋友，這還用說嘛？」連影姿打斷她的話，接腔道。

「我指的是……」李梨卿不敢說下去。

「就這個意思嘛，我懂。」連影姿轉了過去。

七

連鳳姿腹痛如絞，連影姿急忙將她送醫，下了車，連鳳姿反而沒事了。連影姿暈車暈得厲害，走路踉蹌。

進了急診室，連鳳姿雖然不痛，但仍需要觀察，連鳳姿躺到病床，連影姿說：「休息吧！我來照顧妳。」

「姊，妳還好吧？」連鳳姿關心地問。

「我沒事。」說完，連影姿一直想吐，連鳳姿挪著身軀，指著另一半床鋪，要她躺著休息，連影姿順勢一躺，舒服多了。

護士來了，看著連鳳姿，又瞪著連影姿，開口問：「病患是哪位？」

「是我。」連鳳姿說。

護士疑惑的眼神，望向連影姿：「看妳很虛的樣子，還以為妳是病人。」

「沒有啦，暈車。」連影姿說。

連鳳姿搶著問：「我沒事了，可以回家嗎？」

「醫生說可以。」護士回答。

「太好了，姊，我們回家之前，先去逛街。」連鳳姿高興地說。

「妳是為了逛街，謊稱肚子痛的吧？」連影姿沒好氣地說。

連鳳姿扮了個鬼臉：「我哪有！」

八

氣溫驟降，陽光少露臉，風瑟，氣候陰冷，天空中還飄著雨絲，路上的行人如旋風似的，走得很快，路邊的攤販亦都收拾起攤子，只有一位上了年紀的阿婆，在電影院的門口賣著口香糖，她的臉溢滿著慈祥和笑意，來往的人多，卻少有人上前捧場。

連影姿姊妹由電影院出來，看了廣告板的下集預告後，不約而同地走向阿婆那裡，連影姿拿起一條口香糖後問道：「鳳姿，要不要吃？」

「只要別自掏腰包，我舉雙手贊成。」

「好吧，那買兩條。」連影姿順勢拿了二十元交給阿婆，俯身，帶著關切的口吻問阿婆：「這麼冷的天氣，您怎不早一點回家休息，在這兒受罪。」

「歹命啊！」阿婆神情黯然。

「怎麼一回事？」連影姿疑問。

「人一老就什麼都輸，手不靈活、腳難移動，連一碗稀粥糊口都難喲！」

「您那些年輕的少年仔咧？」

「那些喔，娶一個媳婦，死一個兒子！」

「會有這種事？好可憐喔！」連影姿同情。

「我那老伴在世的時候是多麼有錢，身邊有好幾百萬，兒子、媳婦，一天跟前跟後，伺候得服服貼貼，當年，我哪需要出來吹風淋雨，那些死囝仔，有錢喊爹娘，沒錢甩一旁，咱是憨，老伴病勢十分危殆時，叫我把錢存好，我說反正有子媳，那些以後也是年輕人的，幾百萬就將它們均分了。沒想到他們拿了錢後，不管我們的生死，遠走高飛，一個走一路，老伴氣得刎頸，我只有露宿街頭，賣口香糖維生，以微薄的利潤養活自己。」

連影姿滿懷激昂的心情，若有所悟。

阿婆道不盡的煩惱，嘮叨滿腹。

連鳳姿打岔道：「阿婆，您不要這麼辛苦了，乾脆到我們家來。」

「我跟你們既不沾親，也不帶故，這樣住進去，人家會以歧視的眼光來看我。」

「不會啦，人間處處有溫情。」

「乖女孩，老太婆很感謝妳們的好意。妳們這一提，我倒想起來，這些年來，對我那最小的兒子與媳婦，很愧疚，想當初，小兒子居住在外，未拿家裡分毫，成家立業也都靠自己，我想，年長的應該會扶持他，人算不如天算，一個個變了，只有這對夫妻，孝心不滅，兩夫妻多次要接我同住，深覺對不起他們，一直不敢打擾。」

「有如此賢德的兒媳，您應安享晚年，何苦拋頭露面呢？」

「妳們不知道，他是我從小抱來養的，我把錢分給親生的，親生的都不孝順，怎能寄望他們，於情於理也說不過去。」

「您這想法就不對了，生的拋一邊，養的功勞還大天，他記住您的恩情，您就不要再堅持了。」

郭美英抱著她女兒，和她的先生由遠處走來，阿婆瞇著眼睛說：「就是他們，我的兒子和媳婦來了。」

連鳳姿一驚，「啊！郭美英，我們跟她很熟。」

「妳們認識我媳婦阿英啊！」

「是啊！是啊！阿英是個不錯的女孩，我們前些時候還碰面呢！」

連鳳姿跑了上去，抱起郭美英的女兒，郭美英驚愕：「是妳們！」

「很意外是吧？其實，我們和妳婆婆，也是剛認識。」

「我婆婆，不知道怎麼說才好？無論怎麼勸，她就是不和我們同住，老人家一個人在外，叫我們牽腸掛肚，擔心不已。」郭美英傾吐了心中話。

「找阿嬤！找阿嬤！」連鳳姿將小女孩抱到阿婆面前，又說：「阿婆，您就跟他們回去吧！」

「我這要死的人，怎能拖累他們年輕人，他們也沒有耕作，店面也絲毫沒有擴充的跡象，會被我吃垮的！」

「生意好，未必要大店面，他們夫妻有這番心意，您就過去吧！」姊妹異口同聲地說。

阿婆終於答應了，她不必再過風吹雨淋的日子，連鳳姿高興的拍掌，收拾起攤子，一夥人有說有笑的離開。

九

目送郭美英一家團圓，她倆樂融融，天依舊下著雨，連影姿哼歌，連鳳姿和聲：「把你留在路邊，我無情的離開，關上我的車門，踩下腳底油門，就這樣的離開。抬頭望見鏡中，有你落寞的神情，多麼想回回頭，多麼想揮揮手，還是狠心離開。啊，綿綿不斷的雨；啊，昏暗不明的燈，猶如此刻心中，糾結的留戀情懷。帶走我的歉疚，減少你的負荷，一切讓它過去，一切屬於無奈，讓我默默離開。」

「姊，妳還在想他？」

連影姿未回答，繼續來一首「歷史重演」：

「每當夜幕已緩緩來臨，我凝望著天邊，等待著盼望的明天，雖然今夜迷濛的小雨，正細細又綿綿，依舊會撩起我思念，回想著過去相聚的一切，是那麼短暫的瞬間，而你的笑靨刻骨銘心，從來不停止和間斷，多盼望歷史重演，那怕是曇花一現，我渴望我愛情不可憐，展開新的一面。」

與魏逸清分手後，連影姿理不斷一懷眷戀，欲覓無蹤，心傷悲，心緒紊亂。

魏逸清的大男人主義，連影姿無法接受，他的求完美，連影姿惱怒，跳出了枷鎖，置他空等候，事後，又存強烈依眷。

這個地方，典雅樸實，它和青山為鄰，唯一的缺憾是，晴時塵土飛揚、雨時泥濘滿地，在這裡，兩人有著說不完的趣事，他們在晴空的日子，於山腳下仰望著聳入雲霄的山峯，那樣的蒼鬱深邈，亦許是站得太久、太累了，連影姿遍體筋骨疼痛，想打消觀山的念頭，魏逸清驚艷於大地的神奇，乃以「既來之、則安之」說服，氣得連影姿掉頭就走，臨空雨滴遍落，魏逸清悔悟未憐香惜玉，仰天際，悵悵然。

魏逸清雖然多次想道歉，礙於尊面，一次次徘徊，暗地裡啃噬著自己；連影姿只要走過曾踏的足跡，傷情難受。

哼完了兩首歌，連鳳姿看著她，說道：「姊，想開一點吧，難過有什麼用呢？」

「就是想不開，要不然怎會這麼痛苦。人真的很奇怪，相聚時，吵吵鬧鬧，分開時，又憶念深深！」

「那些追求者當中，該有一個適合妳吧？」

「合適者，談何容易？以前和魏逸清交往，受不了他的作風，而今呢，所認識的，任何事情都以我為主，長期下來，反倒覺得太柔弱，想想，還是魏逸清比較有個性。」

「繞了一大圈，妳還是投他的票？」

「有什麼用呢？不想見的，一天到晚來煩，想見的，又沒這個緣。」

「那就聽天由命吧！」

「除了這樣，又能如何呢？」

高挺的身影，逐步向連影姿接近，連影姿低著頭，未曾注意，連鳳姿跟他點頭後，推了連影姿一下，說道：「夢寐以求的王子，終於出現了。」

「在這節骨眼兒，心情低潮之際，妳還拿我開玩笑。」

「此刻，玩笑開不得也！我先走了，祝妳美夢成真，拜拜。」

「妳在搞什麼？」

「自己看吧！他來了。」連鳳姿甩甩頭髮，輕盈的跑走了。

「影姿小姐，好久不見了。」魏逸清許久未見連影姿，有些生疏，連名字下面都加上「小姐」兩字。

「你……魏先生！」連影姿驚喜。

「叫我逸清好嗎？喊魏先生，太見外了。」

「你自己還不是一樣，小姐小姐的。」

「喔！影姿。」

「太突然了，我在作夢嗎？剛才還在想……」連影姿差點道出相思之情，但欲言又止，未讓對方察覺。

「妳能原諒我嗎？」魏逸清輕聲問。

「原諒你？」

「呃，我是說那天……」

「你有你的思考，你沒錯。」

「如果沒錯，妳也不會氣憤地離開，為了妳，我情願改變自己，符合妳的要求。」

「你知道我中意何種類型嗎？」

「唯有體貼的男孩，方能贏得妳的芳心。」魏逸清說。

「沒錯！」

「所以從今以後，我會全力配合妳，聽妳差遣，妳怎說，我怎做。」

「你對我的了解，就屬如此，你以為，我要一位侍從官嗎？」

「能不能，請妳說清楚一點，我不太明白妳的意思。」

「希望你，還是原來的你，不要做任何的改變。」

「為什麼呢？」魏逸清不解。

「因為我……喜歡。」連影姿羞著臉回答。

「那，為什麼要離開我？」

「一時想不開嘛！」

「現在想開了？」

「嗯！」

化憂為喜，兩地的相思戀情，又能面對面的傾談，深深地交融在一起。

十

婉約的山色，風景調和，魏逸清和連影姿聚一堂，拾掇歡笑，在她的耳際呢噥，賦入心坎的，儘是甜言蜜語。魏逸清風趣的言談，滿懷情愫的連影姿蜜膩心田。

再相聚，難以割捨的情緣，彌足珍貴，無怨無悔的情懷，在彼此心中繚繞。

他倆並肩走著，一理平頭的少年仔，由後搶了連影姿的皮包，得手後，急奔逃竄，連影姿叫了起來，魏逸清快跑捉賊，追了一大段路，手到擒來。

偷賊漲紅著臉，將皮包丟給連影姿，嚥下口水後說：「東西已還，可以走了吧？」

「別想走！」魏逸清攔住他，氣憤難抑地說著。

「你想怎樣哩？」偷賊無悔意。

「怎樣？像你這樣品德敗壞、心存依賴性格的人，以短暫快樂為滿足，真該將你送法辦。」

魏逸清聲聲責罵。

「送就送嘛！有什麼了不起，老子倒樂得輕鬆，待在裡面，三餐有得吃，外面可沒這麼好混，運氣好，吃香喝辣，失手了，吃了這餐、沒那餐，腸肚大小條！」

「你對裡面很熟嘛！」

「廢話，老子早上才放出來，呸！感化教育不管用。」

「老子？你才幾歲？三隻手也有這個顏面？」魏逸清數落。

「過癮啦！」一副不屑的樣子。

「你老爸浪費米，養你這不肖子，人高馬大在做賊。」

「爽啦！」

「這麼惡極，該讓你受一點教訓。」

「皮包已還她，錢也沒到手，你沒證據，奈何不了我。」

「你敢撒野，給你一點顏色瞧！你有前科、我有人證，你習慣吃軟飯，我就成全你。」

偷賊一聽，緊張極了，「你真要把我送進去？」

「嗯！」

「不要啦！裡面恐怖極了。」

連影姿不想生事端，代為求情，對著魏逸清說：「不要為難他啦！」

「這要看他的表現。」魏逸清瞄了他一眼說。

「只要你們不追究，肯放我一馬，以後不敢再偷了。」偷賊舉手發誓。

「還有以後，要改就從現在！」魏逸清說。

「好嘛，小姐對不起。」偷賊向連影姿深深地一鞠躬。

「過去種種譬如昨日死，未來種種譬如今日生。你有善良的本性，亦有年輕的本錢，趁早回頭，將來在社會上，做個有用的人，絕不能怕吃苦，不做正經事，知道嗎？」

「知道了！」

「你可以走了。」

「你不能找我麻煩哦！」偷賊擔憂地看著魏逸清。

「只要你樸實認真守規矩，勤勤快快、安安分分的做人，保證不讓你難堪。」

「一言為定哦！」

「好，一言為定。」

十一

「好久沒去看郭美英了，不知道要不要去？」連鳳姿猶豫不決。

「見不見面也困惑著妳？」連影姿笑著說。

「是她婆婆啦！」

「她婆婆得罪妳了嗎？」

「不是她得罪我，是我怕得罪她。」連鳳姿的愁緒繚繞。

「妳對她說了什麼或做了什麼？」連影姿問。

「沒有啦！我是擔心她和郭美英住一塊兒，是否習慣？是我們說服她的。」

「對呀，好久沒見面了，我們是該去看看。」

兩姊妹撥冗前往，阿婆喜出望外，郭美英亦露出欣喜的神色，連影姿對著連鳳姿說：「我們真是杞人憂天。」

「我們憂慮了。」連鳳姿也回腔。

郭美英遞茶之後，低頭切著薑片，阿婆在一旁說：「要切七片喔！」

「我知道，還要加細鹽。」

連影姿感奇怪，問道：「美英啊，妳切薑片做什麼？」

「肚子痛啦，婆婆教我切七片薑，加細鹽熬湯來喝，我以前試過，有效哩！自從婆婆和我們同住，輕鬆不少，她傳授經驗給我們，又幫我們照顧小孩，減輕我這做媽媽的負擔，家有一老，如獲一寶，果然沒錯！」

「小孩呢？」

「上洗手間去了，這小丫頭，每晚臨睡前才上大號，老是在那兒呆坐半天，我婆婆又教她，上完洗手間之後，踢著馬桶下方，嘴裡喃喃唸道，屎公、屎婆，白晝有、夜晚嘸，靈驗得很哩！第二天開始，丫頭的這門功課，恢復了正常，白晝有，夜晚沒有耶！」

「阿婆好厲害喔！」連影姿翹起大拇指稱讚。

「沒有啦，是你們捨不得嫌棄啦！」阿婆靦腆地說。

「改天教教我們好嗎？」

「儘量啦！」

「師父不能留一手喔！」

「不會啦！不會啦！」阿婆樂得笑呵呵。

「你們來我房裡一下。」郭美英叫著她倆，而後帶路。

兩姊妹進了郭美英的臥房，連影姿瞄了一下說：「妳的房間既整齊又清潔。」

「隨便撿撿而已。」郭美英謙虛地說，並啟開衣櫃，拿了幾套衣服出來，裝在手提袋裡，接著說：「結婚後，身材都變了樣，這些個衣裳，對我來說，是個累贅，妳們帶回去，它們適合妳們苗條的身材。」

「妳留著吧，我們衣服很多的。」連影姿推辭。

「我又不是特意去買。」

「不久的將來，給妳女兒穿。」

「到那個時候，流行的款式又不同，而且衣料放太久，也會變質。」

「這些宜古宜今，不退流行，質料也不錯，置放衣櫥又不佔空間，放回原位吧！」

費了一番唇舌，說不動她倆，郭美英又將衣服收了起來，「多大歲數了，還這個脾氣，有夠氣人！」

「我們來，妳生氣，那我們走好了。」連鳳姿扮鬼臉。

連影姿則說：「臨走之前，要先問一件事情，耶，妳婆婆好不好相處？會不會很古板？」

「她很明理，像前幾天，我們的鄰居死了一隻貓，老一輩的說，死貓吊樹頭、死狗放水流，要將那隻貓吊在樹枝頭，我婆婆知道了，趕緊出面，在新俗未設、舊俗未除之間，呼籲大家不要太迷信，要為環境衛生與大家的健康著想，不要將死貓吊起來，以免屍體腐臭。鄰居聽了我婆婆的勸，將貓屍葬了起來。」

「將來要是有這樣一位明理的婆婆，該有多好。」連影姿羨慕地說。

「魏逸清的媽不錯啦，會很疼妳的。」連鳳姿說。

「妳戀愛啦？」郭美英滾著眼珠子，等連影姿回答。

「妳別聽我妹妹胡扯！」

「這裡也沒外人，告訴我沒關係。」

「只是很要好的朋友，很談得來就是了。」

「談得來就夠了，青春有限，人家李梨卿，要結婚了哪！」

「什麼？她要結婚了！」連鳳姿瞠目。

「是啊！」

「太快了吧？」

「不快，就得想辦法。」

「什麼意思？」

「不瞞妳們說，她的情形和我當年一樣，先上車、後補票，不過，我比她幸運就是了，她差點被拋棄。」

「是哪個沒良心的男人？」

「我也不清楚。」

「那妳如何知道？」

「前些天她來找我，一進屋，昏亂模糊的樣子，我一眼看出異樣，她的肩膀變寬、臀部變厚，我煮了點心，她嫌油膩，說了幾句話，進洗手間嘔吐好幾次，皮包裡又裝了一大堆蜜餞。」

「妳沒問個清楚？」

「有問，但她一直哭，不知說些什麼，不忍心加重她的心理負擔，讓她睡了一覺之後，就叫了車，送她回去。」

「妳還有去看她嗎？」

「沒有哩！她那種心情，需要撫慰，看妳們哪天有空？作伴啦，一塊兒去。」

「下班後就可以，時間由妳安排，我們配合。」

十二

「小姐，妳的好朋友來看妳了。」女傭稟明了李梨卿。

李梨卿揉著惺忪的睡眼，下了樓梯，郭美英攙扶著她說：「妳這麼早就睡了？」

「想睡就睡，累死了。」

「有人來看妳了。」

「誰啊？影姿、鳳姿，妳們，來來，坐嘛！坐嘛！」

女傭端來了茶，鞠躬後又轉身離去。

空氣凝結，李梨卿緩慢地說：「我的事，美英都告訴妳們了？」

「我們不懂，機伶的妳，怎會這般糊塗？」連鳳姿說。

李梨卿哀怨地追述：「是我自己願意的，我以為這樣，他就會要我，恰好相反，他說我太隨便，他說，他瞧不起隨隨便便、自己送上門的女孩，我只是太愛、太愛他了，愛得昏頭昏腦、昏昏沉沉的，他不想負責任，我不怪他，可惡的是，他將我說得一文不值，說如何證明孩子是他的，要結婚，也要等孩子出世，驗了血之後再說，他徹頭徹尾地否決了我，天哪！這公平嗎？怎麼說，我也是個身家清白的人，又不是歡場女子，怎堪他這樣侮辱！在他揮手離去時，本姑娘提得起、放得下，狠下心腸，打算拿掉孩子，他不要他的骨肉，我何苦兀自折磨。」

「他知道嗎？」

「這種大事，當然要讓他知道。」

「他的反應如何？」

「他的父母在我面前，狠狠地摑了他一巴掌，又一再苦苦地哀求，叫我別張揚，留給他們面子，他們會負完全的責任。」

「妳答應了？」

「我很在乎別人對我的評語，甚且，有他父母出面，他們的誠摯，我除了點頭，還能搖頭嗎？吃虧的人可是我呀！」

「他有沒有表示？」

「他說，不會辜負我。但從頭到尾，只有我去他家，他連我家住哪兒，都不知道呢！」

「妳相信呀？」

「能不信嗎？自找的，有這樣的禮遇已不錯，至於以後，幸與不幸，聽天由命。」

陷入沉思，一片靜寂，誰也不想多開口說話，只感鬱悶充塞。

十三

女傭進來，打破了沉寂，「連小姐，有一位姓魏的先生找妳。」

「請他進來坐。」李梨卿說。

「是。」

女傭領著魏逸清進來，連影姿看了魏逸清說：「你怎麼知道我在這兒？」

「一路探訪，終於抵達，我來接妳回去。」

李梨卿起身，「你，魏逸清！」

魏逸清第一次上李梨卿家，看到了她，惶恐的問：「這是妳家？」

「不是我家，難道是你家！」

連影姿不知究竟，急急問：「這是怎麼回事？梨卿，妳認識他？」

「何只認識，他還是我腹中孩子的爸爸！」

「什麼？妳跟他，他是我男朋友耶，你們倆人太過分了！」

「我不知道呀，影姿，我不是故意的……」李梨卿很懊惱。

連影姿痛哭失聲，指著魏逸清罵：「沒有良心，騙子！」

「影姿，妳聽我說，我不會拋棄妳的。」魏逸清已無計可施。

「她呢？大腹便便的她呢？難道就要受無妄之災？」

「是她自願的，我一時迷了心竅。」

「你說得出口？」

「我說的是事實。」

「從此刻起，我不再見你，你給我滾得遠遠的！」連影姿氣急敗壞地說。

「影姿，給我機會，一次就好。」魏逸清哀求。

「你如果是個有魄力的男人，就彌補李梨卿，善待她。」

連影姿奪門而出，李梨卿追上，拉著她的衣角，泣不成聲，連影姿甩開她。

李梨卿哭著：「影姿，原諒我，我不是故意要傷害妳，破壞妳和魏逸清，我是真的不知道。我不會再纏著魏逸清了，我讓他回到妳的身邊。」

「妳怎麼辦？」連影姿問。

「不要管我了，我已經對不起妳……」

「是妳的，終歸是妳的，我的心已冰冷，就算讓他離開了妳，我和他之間，也不會再存愛的火苗。」

「千錯萬錯，錯在我，妳不要怪他啦！」

「誰都不怪，只怪自己。」連影姿不再回頭，連鳳姿和她一起離開李家；郭美英僵在那裡，不知所措，李梨卿傷情地上樓，魏逸清跟了上去。

「這是我家，沒有我的允許，請你出去！」李梨卿抽噎地說。

「我也不想待在這兒，但有些話，必須講清楚。」魏逸清說。

李梨卿不作聲。

魏逸清說道：「我不想再做負心漢，連影姿的話，妳也聽到了，不可否認，我喜歡連影姿，但妳已懷有我的骨肉，我會娶妳。」

「你走吧！」李梨卿下逐客令。

「我還會回來。」魏逸清邊走邊說。

魏逸清下樓，女傭送他出去；郭美英上樓安慰李梨卿後，也隨後步出，魏逸清發動著車子，問著：「要我送妳一程嗎？」

「不必了，回去好好反省。」郭美英叫了輛計程車，即刻離開。

依照往常，受如此晴天霹靂的一擊，連影姿滿面憂容，而與魏逸清之間，這是二度分手，難過數天，漸次看淡。連鳳姿不敢輕觸，倒是連影姿談笑風生，連鳳姿疑團莫釋，終開口：「姊，妳真的不再憂愁難過了嗎？」

「妳喜歡看姊一臉憂容啊？」

「我只是不解。」

「已經歷一次，他回來，我撿到；他走了，算丟掉。」

「如果他再折回來？」

「他是聰明人，不會自討沒趣。」

「妳有何打算？」

「我要快快樂樂的過日子，我會活得很好的。」

「他走了，妳是不是應該為自己打點？」

「這還用說嗎？」

「找一個比他更好的來刺激他！」

「對，生我者父母，知我者妹妹也。我要他知道，沒有了他，下一個會更好。」

熟悉的聲音迴盪空中，清晰可尋，猶在耳畔迴響，而如昨往事，似氣候變遷，將化為雲煙。

有時，連影姿胸懷一疊心事，憶點點滴滴溫和的夢、惆悵的日子，抹不去心頭人影，但他，已如縷縷煙圈，了無蹤影，不再回頭、不再眷戀，終究，情如夢呀，朦朦朧朧已遠矣。

原載一九八九年十一月七日至十一月十九日《正氣副刊》

給自己一個春天

一

初昇的旭日，它的光，射著絢爛的燦耀，閃爍著生命的光彩，及時地伸開雙臂，擁抱著所愛的人，重重疊疊的憶戀，生活因他而豐富。

迎面綠浪翻風，湧得人心曠神怡，清新的氣息，盪漾在沉寂的心田。

「雯萱嗎？我是葉俊毅，告訴妳一個好消息。」葉俊毅打了通電話給夏雯萱。

「什麼好消息啊？」夏雯萱不解。

「那位才華洋溢、有目共睹、受稱道的易坤爵要見妳耶！」

「怎麼會呢，你沒搞錯吧？」

「百分之百正確，他要我問妳，何時有空？」

「不知道哩！這，來得太突然，我簡直不敢相信，是不是你引薦的？」

「他自己發現了妳，我剛好和他認識，順理成章地代為傳話。」

「他為何要見我？」

「他看過妳的創作，覺得還不錯，不過，還有所缺失，亟待改進，這方面，他是過來人，本職學能好，而且，有著格外敏銳的觀察力。高人願意指點迷津，妳才會有所進步。」

「能如此擁有，我何其幸運。」

「妳說個時間，我好回覆人家。」

「明天下午三點。」

「好！」

「地點呢？」

「就在我家茶藝館，二樓，妳要準時赴約喔！」

「我會的。」

「就這麼決定了，明天見。」

夏雯萱滿心喜悅，眼角、唇邊，掩不住笑，一種奇妙的感覺，浮現心底。

二

空氣清新醉人，匆匆地足聲，敲醒了靜寂的小巷，趕赴茶藝館，猶如赴盛宴。

夏雯萱順著階梯，步上二樓，進入茶藝館。易坤爵亦從另一扇門進來，二人同時抵達。

葉俊毅遞上一壺茗茶和三個小茶杯，四周瀰漫著濃郁的茶香，葉俊毅一番介紹，眼前的男孩，飄逸、瀟灑，臉上是開朗的微笑、嘴中是懇切的話語，無限詩意和關懷。一股溫馨和熟稔的情愫，瀰漫在夏雯萱的心田底處，輕輕地翻騰起來，如沐浴柔和的春風、如啜飲甜美的甘露。

易坤爵飲茗茶，放下杯子，然後吸了一口菸，作吞雲吐霧狀，一口接一口輕吐，在一根小小的煙蒂裡，盡情地吐露，他的食指和中指，有著被煙燻黃的痕跡，在彬彬有禮與構想指引，他的一舉一動，均散發著一個成熟男性的魅力。

易坤爵妙語如珠，屋內笑聲頻起，夏雯萱正襟危坐，默默凝視他的臉，像著了魔似的，捨不得離開。當葉俊毅將眼光擲向她，她才驚覺自己的失態，立即收回目光、收斂容顏。

夏雯萱抑遏不住欣喜雀躍的心情，他已不知不覺的探進了心房，縈繞的思緒，溫馨細膩，一面之緣，瀰漫了心間，誘入了幻夢，編出了雅緻的情網、綺麗繽紛的色彩。

時間一分一秒的過去，沐浴在茶藝館的時間短暫，終須辭別，短得令人惆悵，未能多待片刻，夏雯萱感遺憾。

臨走前，易坤爵一番無心的關懷，靜悄悄地進入了夏雯萱的心靈。人，畢竟是情感的動物，夏雯萱終留下屬於自己的夢。

茫茫天地、茫茫人海，夏雯萱的心裡，只容得下易坤爵一人。

一見鍾情，幾度醉於相思海，數不盡的夢、話不盡的情，在微風中，細細地低語。夏雯萱回頭，迫不及待想藉理由、找藉口，再回轉，看那溫柔的雙眸，只稍瞧一眼就足夠。她的腳步踟躕，而風，揚起了塵土，氣候柔涼清爽，人卻緊張冒汗！自知無奈，礙於少女本能的、應有的矜持，收回了步履，鎖住了一片愁情。

夕陽為西天抹上一層胭脂、塗上一片彩暉，夏雯萱駐足等待，期盼易坤爵在回程時，亦能走這一條路，未摻雜任何的疑問，這閃耀的名字，在心中萌芽。

此時此刻，一番豁然的景緻，如果他來，倩影雙雙的景象，該是如何的美好？尤其易坤爵的言語間，那如斯的叮嚀，愜意萬分。但是，夏雯萱茫然的望去，連一個人影亦沒有。

夕陽已漸漸黯淡，夏雯萱呢喃著企盼的心語，觸發起無數的感嘆，表面上，夏雯萱冷若冰霜，而實際上，她比任何人更需要友情的安慰。

此際，心神動盪，表露著一臉希冀的神情，揚起了輕愁，心情起伏不定，思慕與回憶間，久久不能平復，他，還是沒來！

蒼黑的夜裡，迷濛灰暗，視線模糊，夏雯萱不由自主地想起了易坤爵，陣陣冰涼的風，從窗口襲來，一股沁涼的滋味，深入室內，浸於未眠的孤獨，心中想著：「易坤爵，你該入夢了吧？你的夢境該是多麼的甜美，你知道嗎？為了想你，我乃與夜為伴……」

三

經過了易坤爵細心的指導，夏雯萱果然更上一層樓，而醉於情感的萌生，尋夢更近，無止無盡的憧憬。

記憶的存在，溫柔是她有心要的。長長的旅程，夏雯萱只盼早日抵達終點。耳畔，迴盪著爽朗的笑聲，有易坤爵的陪伴，對她何其厚待，那些長長的日子，夏雯萱的生活被填滿，不再感刻板寂寞。

「我覺得妳越陷越深。」好友唐婉苓如是說。

「喜歡他、愛他，就該投下情感，這麼做，是為了下一個目標。」

「嫁他嗎？」

「嗯！」

「喜歡歸喜歡、愛歸愛，這是兩碼子事，豈能混為一談，得搞清楚呀！」

「我不想為自己辯解什麼，人與人之間，有許多時候，是解釋不通的。」

「妳要慎重考慮，短暫的、爆發性的快樂，未必能持久。」

「我們兩人，一直守在彼此身旁，眷戀著對方，有時相距遙遠，卻也心相繫。」

「當局者迷，旁觀者清。」

「妳話中有話，在暗示些什麼？莫非他，根本不愛我，是嗎？」

「不是他愛不愛的問題，關鍵在於妳自己，妳自己耶！」

「妳是說，我不夠誠心？愛他，愛得不夠深，我已投入了全部的情感，虧妳還是我的好朋友，都看不出來？」

「我要說的是，妳和他，根本是兩個世界的人，妳太癡傻了！」

「妳和葉俊毅，起先，不也是兩個不同世界的人，意想不到，他竟是你的終身伴侶，吵吵鬧鬧，無非也是點綴情調。而我與易坤爵之間，從未有過紛爭，一路走來，順順暢暢、平平穩穩，雖沒有羅曼蒂克的氣氛，倒也樂得愜意。」

「這是妳自己一廂情願的想法，妳會錯意了，知道嗎？」

「是他要妳傳播訊息？」

「與他無關，是我不忍見妳一頭熱，不知天高地厚，跌得鼻青臉腫。」

「沒那麼嚴重吧？男女之間，那層戀愛階段，彼此考驗過關，才能儷影成雙，否則，就別勉強，了不起，各走各的！」

「妳當真想得開、看得破？我很懷疑。」

「不要懷疑，他活在我的心域裡，我的心底掀拂著漣漪。」夏雯萱只要提到易坤爵，有他的薰染，內心洋溢著快活。

「纏綿悱惻的故事，有時，也是很容易消失幻滅的。」

「不會發生在我身上。亮麗的情，永遠映耀，我的感情將獲得寄託，祝福我吧！」

「說了半天，妳還是聽不懂！」

「怎會不懂，我知道妳在吃醋，死會啦，認命吧！」

「妳以為我在跟妳爭呀？那個易坤爵，就那麼多女孩喜歡他。」

「妳不也是其中之一？」

「都過去了，還提它幹嘛，觸景傷情哪！別再說了，被葉俊毅聽到，定把我給休了。」

「他敢？」

「當然不敢啦！」

「那還怕什麼？妳老公又不在這兒，有什麼不能聊的？」

「過去式，自己不配，趁早死了心，我家葉俊毅也不錯呀！」

「葉俊毅和易坤爵常在一起，妳不覺得怪怪的？」

「剛開始見面，是有點兒難為情，現在習慣了，大家都是朋友嘛，何苦計較太多。」

「將來我跟他……」

「甭想了！」唐婉苓帶著些許嘲諷的語氣。

「甭想……」夏雯萱以困惑不解的表情詢問。

「人家已經有妻室。」

「胡扯！」

「不相信妳去問他。」

「既然已有妻室，為什麼要對我這麼好……為什麼？」

「是誰規定……男孩結了婚，就不可以對另一個女孩好呢？」

「我一直以為……」

「以為他未婚，所以就一頭栽進去，當初我的想法和妳一樣，愛他愛得發狂，後來知道，他已有老婆，立刻抽身，不再深陷，我的性格就是這樣，妳有這個勇氣嗎？」

「老實說，沒有！」夏雯萱柔腸寸斷。

「他的影子是如此的虛浮與飄緲，妳不該再存有太多的奢望。」

「妳怎不早告訴我……」夏雯萱心頭鬱悶難耐，有著說不出的空虛。

「妳這麼快就墜入情網，我始料不及，是葉俊毅發現妳的不對勁，告訴了我，經過連日來的觀察，種種異常的舉止及不被人瞭解的行為，相信了葉俊毅提供的情報，現在說，並不會太晚。」

「截斷的愛情，多麼可恨，我真的會錯意了嗎？」

「他根本不知道妳喜歡他，他常在我們面前提起妳，說妳是個好妹妹。」

「妹妹，我才不要當他妹妹。夢裡千萬回，感情已繫在他身上。」

「要明瞭的是，他已有一個如花似玉的美嬌娘，小倆口很恩愛。」

「我的頭腦很清楚，沒有理由拒絕愛的到來。」夏雯萱滿腹愁緒。

「你們僅能侷限於兄妹之愛，看他平日堅定的意志，是個性情中人。」

「笑浪之餘，有著一份慰藉，無形中心底升起，如今失落的影子，緊繞四周，現實的驅迫與心靈的衝擊，如何忍受？告訴我，婉苓，我們兩人，都為同一個男人，而陷於無法自拔的地步，妳已是個快樂的新嫁娘，我呢？我該怎麼辦？要怎麼做才好？」

「忘了他。」

「忘掉了某些人事物，卻仍然有某些無法忘懷，他的震懾，如何能忘？」

「容易動容動心的情懷，嚐著沉重的衝擊，記憶裡，乃存有太多的跡象，妳要運用天賦的聰慧，將無謂的瑣碎，加以摒棄。」

「好難！」夏雯萱有著無限的空虛與無限的孤寂，搖著頭說。

唐婉苓挽著夏雯萱的手，又細柔輕撫她的髮梢，說道：「雯萱，無法挽住一份曾經久盼的情，就不要任紅塵心事荒廢了妳未來那絢麗的日子。」

夏雯萱百感交集、若有所思地說：「對，韶光易逝、青春難再，我該改善週遭的世界。」

「妳準備怎麼做？」

「我要愛得徹底，今生無緣，如果有來生，下輩子的選擇依然。」

「妳：……」

「聽我把話說完，在現實的生活裡，無法和他相守，不可否認是一樁遺憾，自從認識了他，如枯木逢春，且機運降臨，心靈相扶持，日子很充實、很快樂，今後，一片清朗的感受，猶如奢望，我不敢苛責、也不敢怨懟。縱然嘻笑臉靨逝去、幾許離愁淒涼，怪我看錯情、會錯意，醒來的一陣疼痛，終會過去。他擁有的性格，我仰慕、佩服，我會試著學妳，和他保持距離，並坦然地面對！」

昨日，無奈已遙遠，夏雯萱抑止了滿腔夢碎般的痛楚。

四

飲香醇的懷念，在心間留下深刻印象。

樹梢掛滿粲然的陽光，鳥兒正奏著慶祝的樂章，而雙雙對對的情侶，攜手漫步，在這景色優美的地方，別有一番情趣。

日頭曬暖了身軀，夏雯萱的愁情濃如霧，心境黯淡無光。

嫁為人妻、做為人婦的唐婉苓，為驅散夏雯萱心頭的愁雲，說道：「天氣這麼好，我們出去走走，調劑一下心情。」

「怎好意思，讓妳分憂我的痛楚。」夏雯萱的神情蠢蠢不安。

「好朋友願意為妳分擔一些，過去的，別放在心上。」

「不談這個，走吧，去瘋一下！」

眼前，花朵綻放，百花開得很盛，釉綠的嫩葉，滿林遍野，處處是生機。

一路上，唐婉苓唱作俱佳、笑聲頻起，夏雯萱心裡明白，唐婉苓的表現都是為了她；而唐婉苓為了好友能一展歡顏，無論說笑話，或做滑稽的動作，只要逗她一個笑，再多的勞累也褪散了。

恍惚之間，夏雯萱聽見有人在呼喚，由遠而近，四下張望，臉龐暈紅，「好像有人在叫我！」

「看妳唷，神經過敏！」

「我真的聽見有人在叫夏雯萱、夏雯萱的，那聲音好熟悉。」

「鬼話連篇，我都沒聽見。」

「妳只顧自彈自唱，自然未加留意，我的耳朵剛掏過呢！」

「人呢？在哪兒？怎沒看見？」

「我在找啊！」夏雯萱四下張望。

「甭找了，找不出一絲鬼影的，既然出來，就放鬆心情，不為別人，為妳自己。」

夏雯萱豎起耳朵，「好像是易坤爵吔！」

「哇塞！走火入魔啦！盲盲目目，不斷付出真情，妳完蛋了！」

「我，不知道什麼時候，可以擁有他？」

「問命運，等下輩子吧！你能不能暫歇片刻？」

「婉苓，我告訴妳哦，我有一個很可怕的想法。」

「多可怕？說來聽聽。」

「這種自私的心理要不得，但出發點，也是為了愛，妳知道嗎？我巴不得他倆夫妻離婚、他老婆出意外。」

「多可怕的想法！真那麼愛，去做小的算了。」

「當小老婆，多沒面子，臉上掛不住呀！不管怎樣，我也是個黃花大閨女。」

「妳的意思是，如果他老婆有個三長兩短，妳就可名正言順？」

「只是想而已啦！說不定我比她早死，哪天想不開，先走一步。」

「開什麼玩笑，這種死法值得嗎？妳以為死了，一了百了，壽命未盡，自我了斷，到陰曹地府還要受苦受難哩！」

「只要他明白我殉情之因，吃一點苦、受一點罪，心甘情願。」

唐婉苓摘了一朵花，愣愣地站在原地，神情不安的說：「糟了，真的是他！」

「婉苓，妳怎麼了？」

「被妳說中了，我婚前的夢中情人來了。」

「誰？」

「還有誰？唯一的一個！」

「易坤爵，哇，真是他！」剎那之間，夏雯萱心中的陰霾一掃而光。

「先別高興的太早，他的身旁，還挽著一個她。」

「啊？」夏雯萱有些醋意。

「小姐呀，認清立場，看看對方，有認證的，人家可是他老婆。」

「喔！」

「來了，鎮靜點兒。」唐婉苓又提醒：「要面帶微笑喲！」

「他老婆在，我笑不出來！」夏雯萱徬徨。

「有易坤爵的扶持，妳才有今天的高枕無憂，雖然他高不可攀，只能遠觀，但妳的戀曲，只有妳知，他並不知情，收藏了吧！」

「愛一個人，並沒有錯！」

「錯在找錯對象，稍加不留意，又瀟灑地無端揮霍，醜陋便比美麗多。」

「聽妳一說，我不能見他。」

「拒絕訪客？」

「唯有如此。」

「妳無法逃避一輩子，這檔子事，我是過來人。」

「那，總要等我償還淚債之後，方能心平氣和地和他見面，妳也清楚，失去他，我會每天以淚水洗滌顏容。」

望著夏雯萱情不自禁地反省自己，唐婉苓勸著：「情感之事，總會牽引出意想不到的事，不要因為他的離開而落淚，不要刻意去盼望，等一切遠了，自會平靜無波，該面對的，總是要面對。」

五

四周，洋溢著潔淨清新的氣息！

面對面，夏雯萱心中隱藏著千萬句甜言蜜語，不知從何說起。便說道：「易大哥，好久不見，這位是？」

「他是我女朋友，叫駱夢詩。」

「女朋友？」夏雯萱訝異。

「是的，我們就要結婚了。」易坤爵說。

「你不是已經結婚了嗎？」夏雯萱滿頭霧水。

「妳聽誰說的？哪個人那麼愛瞎掰？」

「大概是我聽錯了。」夏雯萱心神不寧。

「怎麼可能？」唐婉苓也嚇了一跳。

唐婉苓的目光移向駱夢詩，注視著她，上下打量，驚叫道：「妳是俊毅的表妹？」

「妳認識我表哥？」駱夢詩問著。

「何只認識，我還是妳表嫂呢！披嫁裳當天，我見過妳，我還聽俊毅說，妳平常喜歡中性打扮，戀愛之後，在穿著上，較像個女生。」

「表哥最愛說笑。」駱夢詩說。

「有相片為證喲！」

「表嫂，我的眼力差了點，而且只見過一次面，當時見到的妳，是新娘妝扮，現在……」

「我卸妝之後差很多喔？前後判若兩人，難怪妳認不出來。」

「表嫂化妝時，婀娜嫵媚；卸妝後，樸實純真，擁有一份自然美。」駱夢詩解釋。

「自家人甭用讚美的言詞來恭維，省略啦！」唐婉苓笑著說。

「表嫂，我講的是真心話。」

「真假對我來說，一個死會的人，已不重要，倒是妳們，正要給人標，須下一番功夫、費點神！」

「妳說到哪兒去了嘛？」駱夢詩垂下頭，面色暈紅。

「看妳害臊的，不逗妳了！」

唐婉苓轉頭，看到夏雯萱的表情凝重，自然也收起笑容，隨意拿一個目標當藉口，辭別了易坤爵與駱夢詩，帶走夏雯萱，跳出了尷尬的場面。

夏雯萱苦悶地詢問唐婉苓：「妳不是說，他已經結婚，早已有了妻室？」

「我是說過。」唐婉苓回答。

「事實擺在眼前，妳怎麼說？不能因為妳得不到他，就搞破壞。」

「冤枉！」

「妳口口聲聲說，我們是好朋友，想不到，妳會暗藏手段！」

「我也是聽說的。」

「妳又是聽誰說？無憑無據的話，妳也相信？」夏雯萱忿忿地指責唐婉苓：「是妳瞎掰、是妳自編、自導、自演，對不對？」

「妳這樣氣勢澎湃……」唐婉苓眼眶濕濡濡地。

「我終於深刻地認識這個世界，我雖然擴大了生活領域，卻遇到了小心眼的人……」

「我也很難過啊！看到了易坤爵和駱夢詩，燒沸在心頭，妳懂嗎？」

「最得意的莫過於妳，妳難過？天曉得！無非是要降低我的怨憤而已。」

「受夠了，我坦白的告訴妳，是我老公，葉俊毅他透露，說易坤爵已結婚，當時，彷如晴天霹靂，我在痛不欲生的情況下，嫁給了他。」唐婉苓不耐煩地說。

「原來，他是要將易坤爵留給他表妹，既然如此，他又何必介紹我和易坤爵認識？太恐怖了！」

「他為贏得芳心，為了娶我，使出欺矇手法，我太笨了，輕而易舉的上當，我跟他沒完沒了！」唐婉苓氣憤地說。

「可是，他對妳很好呀！」夏雯萱緩頰地說。

「也許，他良心難安，為了贖罪！」唐婉苓的眼睛直視前方。

「我們……」夏雯萱欲言又止。

「同病相憐！回去之後，我會問個水落石出，我的眼睛容不下小人。」

「他對妳疼惜許多，已結婚了，夫妻何苦反目成仇？」夏雯萱一番省思，忠言相勸。

「他對我的確呵護許多，多得使我想要拋夫，哼！不回去了，讓他急！」

六

屋子裡，人影晃動，唐婉苓從未有過晚歸的記錄，今夜，葉俊毅深情如斯地等待。

雷光閃現、雨滴降臨，交擊不斷。夜晚，活動的空間受限制，唐婉苓未歸，葉俊毅心急。

葉俊毅撐起一把傘，推門而出，欲尋唐婉苓，而唐婉苓正佇立於雨中，風雨濕垂了頭髮。

雨，自頭上紛紛散落於地，唐婉苓被淋濕了一身，衣裳緊連貼於肉體，隱約可見唐婉苓細緻均勻的身軀。

「婉苓，趕快回家啦，淋了一身，像落湯雞似的。」葉俊毅純樸執著的臉龐，有著關切的神情。

葉俊毅攙扶，唐婉苓的手臂冷顫，怒火在胸中燃燒著。

「不要你管，偽君子！」唐婉苓鬆開他的手，狂奔而回。

「婉苓！婉苓！」葉俊毅緊隨於後，他不知唐婉苓何以行為異常？

回到了家，葉俊毅照常細心慰藉，「快把衣服換了。」

「走開，你身上帶有糞臭味！」

葉俊毅拉拉衣袖，貼近鼻子，嗅了嗅說：「沒有啊！」

「你在我眼裡如一堆糞土。」唐婉苓的手足已被凍僵。

葉俊毅聽不懂她的胡言亂語，使性地說：「妳今晚是哪根筋不對？先是瘋狂的淋雨，再是瘋言瘋語。」

「問你自己呀，為達目的，不擇手段。」

「我做錯了什麼？」

「裝蒜！」

「我沒有對不起妳什麼，也從未傷害過妳，自結婚以來，凡事老婆至上，這還不夠？」

「你欺騙我！」

「此話怎講？」

「在我們論婚嫁之前，你明知我喜歡易坤爵，偏告訴我，他已名草有主，結果都是謊言，今天我還碰見他，他才要和你表妹駱夢詩成親。」

「不是駱夢詩，是龍麗甄！」

「我親眼見到，他亦親口告訴我們。」

「妳們？還有誰？」

「還用問嗎？當然是夏雯萱！」

「不對，龍麗甄才是他老婆。」

「鬼扯！別以為我不知道，你在為你自己和你表妹脫罪。」

「我沒必要騙妳。」

「你見過龍麗甄嗎？」

「從未謀面，不過，易坤爵告訴過我，龍麗甄是他的初戀情人，也是最後一個，這輩子，他不會為其他女孩動心，還說，他們已私訂終身，這與結婚沒兩樣，可見龍麗甄的魅力。」

「這麼說，易坤爵還是個花心大蘿蔔？」

「不會的。無論情感或事業，易坤爵都很專一。」

「他是你好友，你就幫他辯解？對他那麼好。」

「我最愛的是妳呀！」

「那就跟我說實話。」

「知道的都說了。」

「你真的沒耍詐？」

「出於虔誠，絕對沒有耍手腕。我喜歡妳，也早知妳喜歡易坤爵，由始至終就等妳回頭，千等萬等，妳終於成了我的終身伴侶，而我，也不是心胸狹窄之人，否則，也不會讓妳和易坤爵有碰面的機會。」

唐婉苓相信了他的說詞，猛然想起：「對了，夏雯萱怎麼交代，她誤會你騙她，這段友誼恐怕要面臨破裂的危機。」

「我就搞不懂，易坤爵私訂的對象，既是龍麗甄，又為何要娶我表妹？夢詩有男友，我清楚得很，又為什麼會和易坤爵扯上關係？」

「都被搞迷糊了……」

七

葉俊毅收到結婚喜帖，拆開一看，易坤爵結婚的對象果真是駱夢詩。

陰冷的天氣，葉俊毅寒冷的頸子圍上一條圍巾，騎著機車，找上了易坤爵，「我以朋友的身分勸誡你，一個有理想的人決不隨波逐流，人格重要啊！」

「好兄弟，來意不善為哪樁？」易坤爵以慣常瀟灑的語氣問。

「你為什麼要娶駱夢詩？」

「情投意合。」

「你不像三心二意的人，豈可胡來？與龍麗甄盟約在先，怎能做個負心漢？」

「我沒有辜負她呀！」

「還狡辯！」

「你不贊成我娶你表妹，原因何在？」

「就因為她是我表妹，為她將來設想，不希望扯不清呀！你娶了我表妹，龍麗甄擱哪兒？」

「龍麗甄就是駱夢詩、駱夢詩就是龍麗甄。」易坤爵解謎。

「搞什麼？」葉俊毅還是不懂。

「龍麗甄是駱夢詩的化名，她和我交往，不想讓別人知道，連你也不例外，她說，等成定局之後，公布消息，讓你驚喜。」

「我就說嘛，易坤爵怎會是個花心大蘿蔔呢？」葉俊毅抓抓頭髮說。

「大蘿蔔？該是葉俊毅吧！」

「哈……」

「哈……」

有著完整內涵及歷練的易坤爵，無論歲月如何凋逝，他的良善、細膩與柔情，已汩汩地進入了駱夢詩的心房，亦印證了葉俊毅的說法。

八

淡淡的霧、朦朧的美輕輕灑下，輕飄迷離，飄於身，人飄然。

山迢迢、海茫茫、煙渺渺，別後，再無易坤爵的音塵訊息，記憶裡存有太多的跡象，夏雯萱寸心欲碎，無以復加，擁抱著沉重的孤獨，看來，是多麼地哀怨。

青春，悄悄的溜過去，翹首遙望，憔悴、苦澀。思索點滴，在眼前氾濫，易坤爵的身影，不再站眼前。夏雯萱滿腦胡思亂想，晦澀的日子，將自己弄得孤獨單調。

夏雯萱吃不下飯、睡不著覺，過去為易坤爵活，現今一人孤獨的在大海遨遊，久久遠遠，飄傳著落寞，心酸、無奈。

夏雯萱拋下自尊，壯起膽子。她想，自己是天底下最沒志氣的弱者，但無論如何要再見他一面。

人群魚貫的下車，她由皮包內，取出了鏡子，端詳了好一會兒，粉撲沾粉，在臉上補起粧，然後，又拿起口紅，在唇上輕輕劃過，如此看來頗有精神。見他，怎能忽視自己的容顏妝扮，她振奮起來，強作微笑，朝易坤爵住處走去。

夏雯萱內心苦的要命，見了易坤爵，裝作若無其事，生性剛直豪爽的易坤爵發出讚美聲：「妳今天好漂亮！」

「哪裡，都是化妝品的功勞。」

駱夢詩走來，聽到他倆的對話，坐在易坤爵身側，小鳥依人，嗲聲地說：「雯萱姐，好美哦！」

夏雯萱並不想見駱夢詩，然而，這是她和易坤爵的家，千百個不願意，亦得忍住。只是，在言辭上，夏雯萱不饒人地回答：「我哪比得上妳的天生麗質，不然，易坤爵也不致於迷得暈頭轉向。」

易坤爵未察，玩笑地補上一句：「雯萱呀，下輩子迷的對象就是妳！」

易坤爵一句無心的話，讓夏雯萱以為他已窺出她的心事，漲紅著臉，不知怎麼答腔。

夏雯萱暗生悶氣，從此，對易坤爵真正的死了心。

九

走離暗室，追屋外陽光，夏雯萱徹底的忘了過去。她，變得活潑。

商家求才若渴，她輕鬆覓得一職，過著規律的生活。

為培養烹飪技術與興趣，小型公司裡員工輪流做飯。四周靜悄悄，無人來打擾，夏雯萱忙得起勁，一會兒去皮、一會兒切菜，衣服油污、雙手滑膩，而雙頰通紅、汗珠滴淌，看著手錶，時間一分一秒的接近用餐時刻，而她，還未弄出名堂，急得如熱鍋中的螞蟻。

夏雯萱打開廚房的門，探出頭，祈禱同事經過，好找個得力幫手，然則，隔一層玻璃，同事們均聚精會神的做事，沒人朝她這兒張望，她失望極了，等挨罵吧！

關門之際，駱鵬飛問道：「需要幫忙嗎？」

「好！」夏雯萱求之不得。

三兩下的功夫，駱鵬飛以萬能的雙手，烹飪出人間飄香的美味，幫了大忙，夏雯萱感激不已。

「你一個男孩子，煮飯、炒菜，這麼行？」夏雯萱好奇的問。

「小意思！」

「煮飯和炒菜是女人的專利，我卻手忙腳亂，今天看到你的傑作，大嘆不如！」夏雯萱感到汗顏。

「我也是學來的。」

「既然你這麼厲害，公司為什麼不直接找你掌廚？如此一來，上下都有口福。」

駱鵬飛伸個大大的懶腰，思索片刻後說：「叫我每天待在廚房，才不要哩！」

「你現在還不是走廚房？」

「幫忙嘛，隨我高興，一旦被定位了，要抽身也難呀！」

往後幾天，駱鵬飛每天來，夏雯萱在他的調教下，很有心得的學會了幾道菜。

輪到別人時，駱鵬飛止步。

駱鵬飛傳遞著無言的詩意與訊息，夏雯萱考慮是否和他交往時，猛然，由駱鵬飛的口中，知道了駱夢詩就是他妹妹，心結由此而起，她猶豫徘徊，慼命運多舛，而與駱鵬飛的往來，漸趨冷淡。

十

相對無言，駱鵬飛心中納悶，他不知道，究竟哪裡得罪了她？

「女人心，難道真如海底針，不可捉摸嗎？」駱鵬飛在心底想了許久，終於開口問起：「雯萱，我究竟哪裡得罪了妳？」

「不要問啦！」

「不問就不知道原因，心裡難過呀！」

「問了也是白問，不告訴你啦！」

「不講原因，也得跟我講幾句話，總比不理不睬來得好。」

夏雯萱不吭聲地掉頭離開，留下一臉茫然的駱鵬飛。

拋開白晝的煩惱，星光閃起，靜悄悄的黑夜，憑添幾許生動與活潑，夏雯萱躺在床上，思這想那……

經歷了這些事情，一會兒笑、一會兒愁，沒有個固定，導火線彷如駱夢詩而起，她與易坤爵的愛形成了她的恨；而她和駱鵬飛之間，偏偏又因駱夢詩是他妹妹，令她心頭難受。

失去了易坤爵，夏雯萱不想再失去駱鵬飛。前者是她單戀，後者卻是情投意合，衡量下，根本兩碼子事，就算駱夢詩未出現，易坤爵未必會看上她，亦或許還有更多的駱夢詩出現。

串串銜接，本有許多巧合事，若對什麼都不滿，難覓好搭檔。

心情放輕鬆，坦然了些，睡一宿好覺，明日迎他！

原載一九八九年十二月五日至十二月十二日《正氣副刊》

陽光閃爍著音符

一

街道的景觀喧亂，人車來往頻繁，陳美芳為了亮麗的色彩，欲覓一職業，那是驗證能力的最佳途徑，於是，求職心切，似無頭蒼蠅般地到處飛奔。

往往店家的手中如握一把利刃，狠狠的刺進了她的胸膛，他們的嘴臉，她怎看都不順眼。

店家翹起了二郎腿，看著她的履歷表，沉思的表情若有似無，最後，總會重重的丟下一句話：「高中肄業，幹嘛不唸完？妳的學歷不足，我們要的是學歷完整，所以，愛莫能助。」

「請給我一次機會，不懂的，我願意學。」

「等妳學會，要花掉我們多少心血，搞不好，因妳關門。」

「不會的。」

「除非妳不計較薪水多寡，才勉為其難用妳。」

在現實生活裡，沒有錢，腳抹油走不了路，學歷低人一等，被人看輕，沒錢沒勢者想闖出一番天地，比登天還難！

陳美芳走過了一家又一家，她的心在淌血，她的淚兒腹裡吞，只因思緒難平靜。病一場，毅然決然的放棄了學業，李婷笑她，並且態度冷漠，日漸疏遠。李婷的父親李俊，每見陳美芳，異樣眼光襲來，連那群最佳拍檔，亦訝異地指指點點。

「李叔，我來找李婷。」陳美芳有禮地說。

「不在，她不在！」李俊擺著臉回答。

「我在老遠的地方就看見她，她是不是不想見我？」

「是又怎樣？不是又怎樣？臭地瓜相染，妳離我女兒遠一點，她還要唸大學呢！我警告妳喔，不要帶壞了她！」

「我不會！」

「難說哦，自己的書都唸不下去了，還找個理由來搪塞，笑死人了！」

「我不會拖他人下水，我沒有害人之心。」

「壞瓜多籽，壞人多言語，連一張文憑都沒有，怎跟我女兒相提並論。」

在一旁的周自富亦說：「一個人都活潑活潑的，怎會唸個肄業，無論如何，總要支撐到底，一樣是查某，我那唸書的女兒，每一科都考滿分，每次都第一名哩！」

陳美芳的肄業，在鄉里流傳，李俊與周自富洋洋得意、樂此不疲，久而久之，習慣成自然。

陳美芳將思緒拉回了現實，她又走入了另一家書局，老闆正招呼著顧客，陳美芳在書架上，隨意取得一書在眼前翻閱，腦海卻想著待會兒該如何開口？

好不容易客人都走了，她將目光擲向站立櫃檯的老闆，老闆笑盈盈地問：「看書啊？」

「嗯！」

「小姐在哪兒上班？」

「無業遊民。」

「怎麼可能呢？」

「我說的是真的。」陳美芳見機會來了，便開口問：「你們這裏生意這麼好，有否缺人手？」

「以前啊，請了一位小姐，月薪一萬，她嫌錢太少，跳槽了。這個年頭啊，夥計比老闆跩，稍一不順心，說走就走，完全不顧情誼的。」

「書店上班很單純，工作又輕鬆，她走了，一定有人來應徵吧？」

「喜歡蹦蹦跳跳的女孩，不會來這種安靜的地方上班。」

「這環境不錯呀，另有一番清雅幽靜的寫意。」

「如果每個人的想法都跟妳一樣，就好辦多了，妳看！卡拉OK及一般餐飲業的吧檯小姐，根本不缺人手的。」

「主要是她們到那裡上班，接觸到不同的場合，觀察到不同的人事物，見聞比較豐富，薪水也高，而到書店來，每天與書本為伍，浸在書中，知識的增長，則有另一番天地。」

「是啊，各有利弊。」老闆又低頭忙他的。

陳美芳把要吐出來的話又給嚥了回去，拿了手中的書找他算帳去。

老闆攤開最後一頁，看了價目表後說：「一百塊，打九折，算九十就好。」一面用包裝紙包妥，交給她後，一面說道：「擱再來。」

「謝謝！」陳美芳步出店外，悵然若失，她好後悔沒把意願說出來，說了，或許運氣好，得了老闆青睞，立即上班，口袋就有收入，現在，不但無法上班領餉，卻還花錢。

陳美芳一路盤算，再給自己一次機會，不妨孤注一擲，勝敗間就看天意了。

摸了摸口袋，僅存的十元，那是方才買書找的，還可搭公車回家，扣除車票八塊錢，還有兩塊，就用這兩塊錢賭運氣，她撥了「一〇四」，從查號台那邊，得知書店的號碼。

「喂！您哪位？」是老闆的聲音。

「您好，我是剛才那位小姐。」陳美芳禮貌地說。

「有事嗎？」

「想問您，店裡要不要請小姐？」

「是有這個意思。」

「不知道我是否適合？」

「為了慎重起見，我想了解一下妳的學經歷，能否麻煩妳過來一趟？」

「在電話中說也一樣嘛！」有了前車之鑑，陳美芳怕萬一見了面，老闆知道她的學歷，不給機會，和藹可親的臉變了顏色，她如何踏出店門？

「關於工作性質及待遇問題等，面對面的溝通，會說得比較清楚，我有這個誠意，請跟我合作。」

老闆已明明白白地說出重點，陳美芳遲疑半晌，終應允折回書局。

陳美芳心中暗忖：「有適合的機會切莫錯過，了不起再被挖苦一次。」

二

寬敞的客廳擺著古色古香的茶几，座椅四周亦都鑲著各式各樣的圖案，書店老闆請陳美芳坐下，兩人面對面，老闆和顏悅色地開口說：「在彼此誠意的合作下，願結局美滿，我缺職員、妳缺職業，是否一拍即合，就看現在了。」

「我願意合作。」

「好極了！我叫李良義，是這家書店老闆，大專畢業、三十歲、未婚、獨子，這是我個人資料，在妳應徵時，不妨做個參考。」

陳美芳心裡暗嘀咕：「又不是在徵婚，不問我的來歷，一意地自我推薦。」

李良義打破了她的思潮，說道：「輪到妳了。」

「我？」

「妳的學經歷。」

「呃……」陳美芳由皮包內取得一份履歷表，交給了他。

「妳留個電話號碼，等我通知。」

「不能馬上答覆嗎？」

「這，我還要請示一下上面。」

「上面？」

「我必須請示一下雙親，如果他們沒意見，我一定錄用妳。」

「真的？」

「當然！」

「我的學歷？」

「學歷不代表一切，實力才重要，像我，大專畢業，還不是為生活而忙碌，再說，妳懂的，我不一定懂。」

「我回去了。」陳美芳起身。

「等等，妳比上一位女孩來得有親和力，我抱著樂觀態度，假設，我父母要先見見妳，妳可願意屈駕前往？」

「前一位小姐也是經過重重關卡？」

「她的學歷和我一樣，我做主就行了。」

「令尊、令堂一定是坐擁書城之人囉？」

「可以這麼說，妳還未回答我的問題。」

「再說吧！我覺得今天的求職如相親，一時之間，無法適應。」

聽她一說，李良義驚慌而倉皇，以激動而堅定的口吻說：「好！妳明日就來上班。」

「不要太勉強！」

「我說不過妳的伶牙俐齒，但不管怎麼說，我決定用妳。」

「好，我也決定留下來，不過，國有國法、家有家規，等你的長輩應允，我才來。」

「如果他們有異議？」

「我另謀他職！」

「結果如何，我都會通知妳，在未獲消息之前，答應我，別到他店工作。」

「我答應你。」

辭別了李良義，陳美芳暗思，獨生子的李良義，從小孤孤獨獨地長大，籠罩在他雙親的陰影下，依賴性強，又嬌生慣養，他的事業想必也是他父母賜予，這種情形下，事業想必遭到過份的干涉，此次，她的成功率又有幾成？

三

「爸、媽，女店員有著落了。」李良義回到了郊區的別墅，一進門就急忙說。

「咱們沒有刊登廣告啊，你是怎麼物色的？」李母挪進身子，輕輕地問。

「她來店裡買書，我藉機和她搭訕，她表明來意，想應徵店員。」

「她今年幾歲？」

「虛歲二十，有一個好美的名字，叫陳美芳。」

「才二十，你要知道，你已這把年歲了，我們就你這個兒子，讓你去開店，真正的目的不是要你去賺錢，咱們家又不缺錢用，主要是擺個門面，好去追女友，這些年來，你一點都不爭氣。我和你爸，盼媳婦、盼孫子，都被你給耽擱了。」

「媽，這種事急不得嘛！我今天不是又有一個機會了。」

「那太稚了，年齡不相當，思想也不同，這樣嫩，你也看對眼？」

「八字都還沒一撇，只是覺得她不錯。」

「不行，我不答應。」李父也衝口而出。

「爸……」

「你老爸辛苦了大半輩子，全都是為了你，你給老子爭氣點兒。」

「我知道您們都是為我好。」

「知道就好，你先把她叫來給我們看看。」

「爸、媽，只不過是請個店員，何必如此大費周章？」

「我們是在選媳婦，你聽懂了沒有？」

「媳婦長、媳婦短，這是咱們一廂情願的想法，人家陳美芳純粹是覓職。」

「書呆子，近水樓臺你懂吧？你今天要不是對她有好感，不會用她吧？你終於對異性展開攻勢，我們為你高興，然則，覓錯了人，你會後悔。」

「我從小在您們的羽翼下成長，如今已不是小孩，怎能再存依賴心，連擇偶都麻煩您們費神？」

「傻小子，這是哪門子話？你知道，我對你的期望有多大嗎？」

「我當然知道，相形之下，壓力好重喲！」

「把心情放輕鬆，聽我們的勸，打通電話給陳美芳，就說人手不缺，叫她別來了。」

「怎麼成？我就屬意她。」

「書唸到哪裡去了？不聽父母的話，就是不孝！」李父大發雷霆。

「算了，他既然喜歡，就隨他去吧！兒孫自有兒孫福，我們只是借他看，不能跟他一輩子。」李母勸著。

「妳說的也有道理，好歹就看他的造化，再說，店裡的確也需要一位助手，他想追人家，人家未必會看上眼。」李父深深地吸了一口氣後，對著李良義說道：「人嘛，不用看了，你愛僱她，就僱她吧！如果你想追她，只要學問相當，儘管去吧！」

「學問？」李良義欲吐露陳美芳的學識，但若出口，遭判出局，如何面對先前對陳美芳的承諾，於是，將話縮了回去，反正，船到橋頭自然直，眼前，不就是一個最好的例子。

四

陳美芳輕盈的身影，穿梭於書局的各個角落，心靈得以寄託，在李俊和周自富面前，表現著十足的信心，有了立足之地。

李婷見陳美芳脫胎換骨似的，氣質比往昔佳，她的談吐、她的感受，完全由內心散發出來，過得如此的充實、快活，而李婷本身被課業壓得喘不過去來，接二連三的大學聯考失敗，被擠於大學窄門外，見了陳美芳，心慌意亂，面上有著慚愧的神色。

「我真不該取笑妳，風水輪流轉，我終嘗到了苦果。」李婷感羞愧。

「努力也要加運氣，妳之沒有進大學，是運氣差了點，還年輕，有的是機會。」陳美芳勸誘。

「妳不怨我無情、輕友？」

「一個技不如人的人，能怨什麼？也談不上。」

「妳不要這樣說好不好？我的不饒人，妳一向清楚，還記不記得，以前考試的時候，偷作弊，我寫在大腿上，被老師抓個正著，我還死不認帳，就認定了那位男老師不敢掀我的裙子。」

「我記得不太清楚，後來呢？」

「下了課，趕緊跑到廁所將它洗淨，好糗喔！經過那一次，再也不敢作弊了。」

「妳就是這副德行。」陳美芳笑了。

「妳不生氣了？」

「生什麼氣呢？以前，咱們可是憂喜相共的，算算，好久沒這等閒情。」

「是啊，都怪我，還有我爸和周叔。」

「小孩子不能說大人的是非哦！沒大年也大月，這樣不禮貌的。」

「妳知道嗎？我爸和周叔的刻意渲染，是我故弄是非。」

「時日已久，早已淡忘，再追昔，再熱的新聞，一段時間之後，亦會飄走。」

「周叔他……」

「他怎麼了？」

「他帶他女兒到鎮上找工作，全家都搬走了。」

「他女兒？妳是說，很會唸書的那一個？」

「那是周叔跟我爸起鬨，誇張的宣傳，才十五歲就到工廠去做女工。」

「這一代的年輕人為了一張文憑，被搞得暈頭轉向。」

「妳想不想提高學歷？」

「我已經放下書本太久了。」

「沒關係的，只要妳想，就有捷徑，又快又準。」

「真有那麼好？」

「以往不懂事而欺侮妳，現在，我可不敢囉！告訴妳這項好消息，算是跟妳賠罪後的第一樁補償。」

「快告訴我。」

「別急，就是時下最流行的……」

「空中大學？」

「不是啦，妳聽我說嘛，花錢少、利益多的……」

「妳在拉保險呀？」

「別打岔，函授學校啦！」

「函授？」

「照字面的解釋，妳繳學費，並選擇科系，學校會寄書本給妳，它有分普通班和速成班，簡單的說，就是花錢買文憑，何樂而不為？」

「那有什麼意思？不是真正的求知。」

「我好多位朋友都在唸哩！那是政府立案，信用又可靠，她們大部分都唸速成班，大約半年就可以拿到畢業證書，身分證的學歷欄可大大方方的填上大學畢業，妳看，多威風。」

「妳忘啦！現在的身分證已去除了學歷欄。」

「換了新的身分證，我還沒仔細瞧過哩！」

「迷糊蟲！」

「這也不打緊呀！還有其他的用途。」

「我有了安定的工作，已非常滿足，其餘的事，毫無興趣，提不起勁兒。」

「別澆我冷水嘛！妳不再考慮看看？」

「我想，沒這個必要。」

「既然妳不再求得更深一層的學識，我自己去報名，妳可不要後悔。」

「妳要報名，我沒意見，但我認為，妳可以試著去考空大。」

「唸空大好辛苦哦！必須有極大的毅力。」

「求學問，本來就不能怕辛苦，做事亦一樣，一旦畏縮，則一事無成者，大有人在。」

「我挑穩當的，學期末的考試，學校寄了考卷過來，不會的，還可參考書本，作答輕鬆、畢業自然，又無後顧之憂。」

「任何人都無法左右妳的思想，但我提議的妳不妨做個參考。」

五

陳美芳昂起頭、挺起胸，正忙得不亦樂乎。李良義由外邊帶回了西點、牛奶，遞到她的面前說：「這些給妳。」

「你吃啦！我要做事，客人買書等著付帳。」

「交給我，交給我，別太累。」

「老闆，這是我應盡的責任。」

「走啦！去休息。」

顧客一陣竊笑，陳美芳發現，李良義卻渾然不覺。

初識的心緒，凝聚在李良義的心田深處，純潔的情，不含雜質。情到深處無怨尤，李良義備極呵護，一點亦沒有老闆的架勢。白晝，同處一屋宇，李良義心曠神怡，當陳美芳下班或休假，李良義像缺了什麼似的，失魂落魄。

書店裡，幾個熟悉的客人走得很勤，李良義開始意識到不對勁，按理，生意愈好，他該眉開眼笑，但他們來的次數愈多，他愈雙眉緊鎖。

這是個危險的訊號，對他，絕對不利。

他完完全全的喪失了信心，好怕失去了陳美芳，目光渴求，陳美芳避開了他的視線，他的內心很不是滋味。

他終於做了一個重大的決定，不能再讓陳美芳的身影日夜徘徊，他要穩穩地網住她。

也許是緊張，李良義的一顆心直跳，髮梢的汗珠兒往下滴，手心也沁出濕濕黏黏，他眨了眨眼睛，微微感到酸澀。情字這條路，易寫、易讀，但要說出口，實在難以啟齒，尤其是面對陳美芳，一個少他十歲的女孩。

恬靜的環境，李良義散發著愛意，對陳美芳懷著永不熄滅的熱情，與理智掙扎了許久，微張嘴唇，問道：「美芳，將戶籍遷到書局來，乾脆住在這兒，省得每天上下班，太煩累了。」

「不會啊！我覺得挺有規律的，這樣的生活，我喜歡。」

「喜歡，就住下來。」

「我有自己的家。」

「就把這兒當自己的家，讓我來照顧妳。」

「老闆對我已夠好了！」

「別老闆長、老闆短的，喊我良義好嗎？」

「不習慣耶！」

「沒關係，慢慢來，久了就習慣。」

「你為什麼要對我這麼好？」陳美芳瞪著眼珠子問道。

「朋友易找，友情難尋，唯有真誠相待，方能天長地久。」

「你是說……」

「希望我，能給妳美滿的歸宿。」

「惻隱之心，人皆有之，想必你是在可憐我？」

「妳的自卑心應趕快糾正，要不然，日久成習慣，就難以更正。」

「我這樣子，雖高不成、低不就，在比上不足時，卻也比下有餘，哪來的自卑？」

「不要瞞我，打從妳第一天上班開始，就擺明了姿態，老闆是老闆、職員是職員，妳根本在拒絕我。」
「我不是個上下不分的女孩，我只知道，拿人薪水，替人做事。」
「我不要妳那麼拼。」
「笑話，有誰願做虧本的生意？」
「就有人！」
「除非他是傻瓜，天下第一號笨蛋。」
「為了妳，我寧願當蠢材！」
「老闆，我……我不是故意要消遣你的。」陳美芳支吾地說。
「不怪妳，換作是我，也會有這等想法。」
「你……」
「幫我一個忙。」
「請說。」
「這些日子，我的精神壓力頗重，情緒也不穩，妳來減輕我的負擔，免我吃苦受罪。」
「什麼忙都可以幫，就屬這個，無能為力。」
「妳可以的。」
「我知道自己不配，也不敢高攀。」

「男女情愛，只要兩情相悅，哪有配與不配，這樣會害了癡情兒。」

「你叫我怎麼回答你？」

「妳只要點頭或搖頭就可以了。」

「我不是啞巴！」

「嚴重的問題、緊要的關頭，妳別不當一回事兒。」

「我很重視你提出的，只是，需要時間。」

「還要多久？」

「我不知道！」

「形影不離間，我對妳的感情已深。」李良義專注而柔情地投入。

「這些，我通通知道。」

「都知道，竟不理睬！莫非，妳嫌我太蒼老？」

「我從來就沒有這種想法。你記不記得，當初你要讓我來工作，自己做不了主，還要請示你父母？」

「晚輩當然要尊重長輩一下。」

「那，跟我交往，如果他們反對，你還會濃情蜜意嗎？」

「我會據理力爭。」

六

「回來啦！去把鬍子刮乾淨，順便換套衣服，晚上我們家有客人。」李父嚴肅的說。

「家裡不是常有客人走動，您從不叫我刻意打扮的。」

「今天例外，你不急、我們急，就在今晚的飯局替你相親。」

「不必了啦！」

「土掩到頸子了，還不會想。」

「您別生氣，我就要結婚了，您的願望將完成。」

「是哪家千金？」

「就是陳美芳。」

「人家怎會看上你？」

「這就是你兒子的厲害之處。」

「也好，省得麻煩。對了，陳美芳也是專上程度囉！新郎、新娘，學問相當，才夠匹配，想當年，我和你媽完婚時，羨煞多少人。」

「媽的書唸那麼多，不也要相夫教子，走入廚房，每天柴米油鹽醬醋茶的忙個不停。」

「唸多一點總是好。」

「可是，美芳只有高中學歷。」

「高中？不行！不行！不准你跟她交往，晚上準備相親，現在就去打點。」

「爸……」李良義眼波閃爍著淚光。

「不必說了！」

「你不能拆散我們，逼我離開她，我不能忘懷，也捨不得。」

「叫她走路！」

「我做不到。」

「你敢違背我的意思？」

李母由廚房走了出來，解下圍裙，問道：「什麼事？大吼大叫的！」

「妳那不成器的兒子，要娶陳美芳！」李父氣憤地回答。

「那好啊，咱們還巴不得哩！」

「好什麼好，學識差了一大截，門不當、戶不對！」

「他們如果真心相愛，就成全他們。」

「怎麼妳也幫他說話？」

「他是我兒子，不幫他、要幫誰？」

「等我見了人再說！」

「老古板，他喜歡就好，他能做老婆，我們就能做媳婦。」

「想進李家的門，除非她再深造，否則休想！」

「這不是強人所難嗎？」

「條件已夠輕鬆。」

李母拍拍李良義的肩膀，低聲說：「把意思轉達給陳美芳，你們的未來，就看她的抉擇。」

「媽，我早問過她，她不想再升學，結婚後，她要安心的做個家庭主婦，或者職業婦女！」

「你就不會勸勸她。」

「我勸過了，她很堅持。」

「難道她，是個不長進的女孩？」

「她說，社會亦是一所大學。」李良義看了李母之後說：「媽，您幫我說情，勸爸答應。」

在一旁的李父聽了，語氣堅定的說：「誰來說都一樣，不准就是不准！」

七

「美芳，為了我，委屈求全吧！」李良義哀求。

「有條件的唸書，很不是滋味，我不願意這樣。」

「妳不答應？」

「我為什麼要當個應聲蟲，沒有自己的觀念與想法。」

「我也不能違背他們的意思，生命裡，這段美麗的姻緣，已無法再譜下去，以後，我是老闆，妳是職員。」

「你很現實。」

「不要怪我。」

「不怪你、但怨你，不是說過，要據理力爭？」

「既知無法如願，爭不過，又何必煞費苦心！」

他倆並肩走著，李良義卻沒看她一眼，芳心暗許的陳美芳逆來順受，哽咽地說：「沒有任何的力量，會將我們的距離拉遠。」

「斷了線，從此不再有牽連，友誼已完全碎裂。」李良義的眼光黯然。

「說變就變。」

陳美芳辭去了書局的工作，尋不著可以停泊之處所，狂風和驟雨的侵襲，她無法承受如此的打擊，失業、失戀同時壓得她喘不過去來。

李婷已取得函授學校所發給的畢業證書，她幸災樂禍地說：「陳美芳，我欠妳一次，想還妳，妳卻不要，被判出局的滋味不好受吧？」

「妳懂什麼？」

「我是不懂，妳早聽我的話，也不必如此耗力氣。」

「妳以為有那一張就萬能，凡事手到擒來？」

「至少目前是這樣，質、量均等，要不要我幫妳報名，還有機會。」

「不用了。」陳美芳堅持初衷不變更。

「妳打算放棄他？」

「見風轉舵的他，一點也不顧慮我的想法，我還挽救什麼？」

「但妳也沒必要辭職啊，丟了飯碗沒飯吃。」

「我才不厚臉皮，看人臉色吃飯，那會度日如年的。」

「跟他慢慢磨，久了就是妳的。」

「他的三心二意，失望透了，不值得我去愛。」

「先說清楚，是妳自願放棄，別怪我橫刀奪愛。」

「假如妳有這個能力的話！」

「我會努力爭取幸福，李良義是座金屋，挖不盡、鑿不完。」

「別妄想他會藏嬌。」

「難說，只要我使出渾身解數。」

「不要低估了他。」

「也不要低估自己。」

「信心十足嗎？」

「一試便知！」

「不是我潑妳冷水，妳會跌得慘兮兮。」

「幫妳報仇，不加油，反滅我威風！」

「天生的直腸子，有什麼說什麼。」

「這次行動，只許成功！」

「萬一失敗了呢？」

「那……就算了。」

「實實在在地來，別動歪腦筋。」

「好偉大的情操。」李婷說得酸溜溜。

「別再刺激我。」陳美芳無奈地說。

「我不刺激妳，我自個兒尋刺激去。」

「李婷……」

李婷揮揮手，頭也不回，陳美芳孤獨地留在原地，目送她離去的背影，漸行漸遠。

八

「你叫李良義，是這家書局老闆？」李婷神氣活現地說。

「嗯，沒錯，妳知道我的名字？」李良義抬頭看她。

「鼎鼎大名的李老闆，無人不知、無人不曉，我知道的事還多著呢！」

「妳還知道些什麼？」李良義笑著問。

「你跟陳美芳之間的事。」

「呃？」李良義提高了嗓音。

「夠神通廣大吧？」

「妳是來揭我隱私的？」李良義面露不悅。

「不，我是來接替陳美芳的位置。」

「誰請妳來的？」

「李婷。」

「李婷又是誰？」

「是我，本大小姐。」

「哦！」

「我需要這份工作。陳美芳真不知好歹，老闆好，待遇又優渥。」

「請不要道人長短！」

「都分手了，顧什麼情誼？」

「她雖離開，我依然希望她的日子過得順遂、生活波瀾不驚。」

「明裡、暗裡各一套。」

「妳跟陳美芳是什麼關係？」

「很好很好的朋友。」

「她有妳這種朋友？」李良義斜瞅著李婷。

「每個人的朋友圈不同，我雖鼓譟，卻很照顧陳美芳。」

「那，能否麻煩妳，帶口信給她？」

「沒問題。」

「告訴她，我依然想她，我父母的態度也已軟化。」

「趁早死了心，她已有新歡，我是看你忠厚老實，才要告訴你。」李婷撒了個謊。

「交往的程度如何？」李良義很吃驚。

「好到手牽手、嘴對嘴，相互摟腰的地步。」

「既然如此，我只有祝福她了。」李良義垂頭喪氣。

「就是嘛，天涯何處無芳草。」李婷在心裡竊笑。

「妳當真要來這裡工作？」

「當然囉！」

「現在生意不比以往，不請人了，所以，很抱歉，讓妳白跑一趟。」

九

「我今天見著他了，少了當家花旦，要關門大吉了。」李婷噗噗直笑地說。

「妳撈不到了吧？」陳美芳攤開手說。

「他要我帶話給妳。」

「準沒什麼好事！」

「他根本不愛妳，叫妳徹底忘了他。」

「是妳自己要去找他，幹嘛扯上我！」

「我生氣嘛！他怎可以這樣對妳，他沒良心，我自然要數落他一頓。這個李良義不但不認錯，還挖苦妳，不照照鏡子，敢攀他家！」李婷達不到目的，心生濊意而顛倒是非。

「他，太過分了！」陳美芳氣極。

「就是說嘛！」李婷應和。

「我找他理論去！」陳美芳不知李婷欺騙她，暗生悶氣。

陳美芳的心情糟透了，終日以淚洗面。

李婷受不了良心的譴責，畏首畏尾地說：「美芳，不要傷心啦！我騙妳的。」

「妳……」

「李良義要我轉達的，他的說辭，我講反了。」

「我跟妳有什麼仇？要把我耍得團團轉！一會兒要我忘了他，一會兒又說他沒變心。」

「我……氣不過。」

「我惹妳生氣、叫妳狠心生變？」

「我也不知道，妒意加恨意，一時也說不清楚。」

「有妳這樣的朋友，我感到羞恥。」

「誰都有犯錯的時候。我一向自信能力比妳強，可是，卻沒有妳幸運。我不是真想跟妳過不去，而是無法忍受妳的機運比我多。我苦心孤詣的計畫，就為抓住李良義的心，當他表明心中還有妳時，霎那間，妒恨交加。」李婷又接著說：「給個面子，幫我在李良義面前說好話。」

「面子？先前的妳，逮住我的小辮子，惡意中傷、落井下石，使我羞愧得抬不起頭，好不容易，當我要仰頭之際，妳又狠狠地推我一把，妳徹頭徹尾將我踩在腳底，我何來面子可言？又哪配談給妳面子？」

「陳美芳，妳以為跟了李良義，妳就能抬頭挺胸？我不告訴妳實話，妳的腦筋想得出來嗎？」

「我指的不是這個！」

「他是妳唯一的牽掛，所不能釋懷的，妳為他所流的淚水，我最知情。」

「別儘談他，我要說的是……」陳美芳看了她一眼說：「我那餐廳服務生，是誰打的回票？

昨天經理說要用我，今天就沒下文。」

「妳問我，我問誰去？」李婷裝蒜。

「妳最清楚。」陳美芳斬釘截鐵地說。

「妳不能什麼事都牽扯到我，好像我專門搞破壞。」

「他們已經告訴我，這是妳的主意。」

「我的人面沒這麼廣，旁人的話不能聽啦！」

「妳的話就能聽嗎？」

「不跟妳扯了，我要走了。」

「李副理！」

面對陳美芳的稱呼，李婷訝異，「是誰告訴妳的？他們答應不說的。」

「若要人不知，除非己莫為。」

「他們背信。」

「妳忘義。」

「妳都知道了，我也沒什麼好隱瞞，沒錯，是我搞的鬼。」

「妳滿意了吧？」

「還好啦，世界本如此，適者生存，不適者淘汰。」

「江湖意味很重。」

「我的個性本如此，也沒刻意矯飾。再告訴妳一個消息，我一直有個願望，開間餐飲部，自己當老闆，然後請妳來上班。」

陳美芳滿腹委曲地說：「妳的露水吃得很深。」

「有能力的人，高人一等，沒能力的人，乾瞪眼。」

十

花枝的容顏，那迷人的姿影，有著沁人的芬芳，陳美芳一片思緒，在靜謐的一角，幽幽地凝視花影，霎時，心情變得開朗許多。

花的香氣和大自然的訊息，遮掩了陳美芳心中的惱事，她睜著雙眼，接觸著每一株，享有那一份柔和，溫暖的感覺伴著她。

回到了自己的窩，頻頻回首，心中總有許多愁。開窗透氣，瞧見李良義就站在屋外，打量著這棟屋子，陳美芳問他：「你找誰？」

「找妳！來找好多次了，一直不見蹤影，以為妳搬走了。」

陳美芳若有似無的輕瞄一下說：「要進來坐嗎？」

「主人歡迎的話，我當然樂意。」

「各佔百分之五十。」

「那就由我自己選擇囉！」李良義推門而入，「我終於再次踏入了妳的世界。」

「別說得太早。」陳美芳激動不已。

「我是真心的。」李良義說。

「鬼才相信！」

「難道李婷沒告訴妳？」

「她帶來的情報，要我忘了你，這是你說的。另外，她又說，她是騙我的。」

「這些我都知道，李婷在臨終前，一五一十的告訴我，她說她對不起妳，她撐著最後一口氣，找到我，要我跟妳解釋，並求得妳的原諒，她才能安心閉眼。」

「李婷死了？」陳美芳驚訝，「前些天還好好的，我還跟她吵一架，這是怎麼一回事？」

「新官上任三把火，裡裡外外都要插一腳，什麼事都要管，惹火了人家，差點被宰，噓聲四起、心生畏懼，在匆忙之間，下樓梯時，摔了一跤，就走了。」

「你怎麼知道？」

「出事那天，我正要去找妳，聽說副理一職原本是妳的，但總經理是她的親戚，妳一下被降為服務生。」

「我連服務生都不夠格，根本沒去上班。」

「李婷奄奄一息時，是我送她去醫院的，可惜還是熬不過。」

「做人何必這樣計較，到頭來還不是一抔黃土。」

「他們總經理叫我轉告妳，近日去接替李婷的職位。」

「免談！我才不要被呼之即來、喚之即去。哪天，他又冒出個親戚，我不是又要被踢到一邊，提行囊走路。」

「那，回來吧！」

「回到那兒？」

「我那兒。」

「我要做我想做的事。」

「妳來我這兒，愛做什麼，就做什麼，我絕不干涉，夢寐以求的是只要妳回來。」

「你說得很清楚，我也聽得很明白，斷了線，從此不再有牽連，友誼已經完全碎裂。」陳美芳帶點責備的語氣。

「說那些話也是不得已，事後很後悔。」

「難過糾結心頭時，誰來管我死活？你有你綺麗的人生，要我何用？」

「結婚是最好的歸宿，年紀大了，總得找一處避風港，我會給妳安全的港灣。」

「別忘了，我們學問不相當，你們曾經取笑過我的。」

「我的父母已完全接納妳，就等妳點頭。」

「我慎重地搖頭，我們沒有未來。」

「妳又何必這麼堅決呢？」

「當初，你們不也堅定地拒絕我。」

「妳明知我愛妳很深。」

「是你對不起我在先。」

「所以報復我在後？」

「不要用『報復』這樣難聽的字眼來形容，你是有學問的人。」

「說了一句錯話，永遠無法求得妳的原諒。」

「不是不原諒，而是我的心已碎。」

「夫妻做不成，是否可以心無芥蒂地接納我這位朋友，可以嗎？」李良義誠懇地說。

「嗯，我會的，又不是什麼深仇大恨，不是嗎？」陳美芳笑了。

李良義、陳美芳終於握手言和。

開著的窗，亮麗的陽光照射進來，帶來了溫暖，灑在屋裡的每個角落。

原載一九八九年十二月二十八日至一九九〇年一月四日《正氣副刊》

憶戀故舊笑靨起

一

柔軟的朝陽，喚醒大地的沉寂，晨曦一起，飄來了花香、鳥語和涼風，清爽宜人的氣氛，和諧於其中。

獨居斗室，窗明几淨，李麗美的內心交織著悲歡喜樂的情緒，凝聚不散。她重複審核每個廣告欄所流露的字眼，幾乎大同小異：

「使您擁有光滑細嫩的肌膚、玲瓏有緻的身材。」

「精心獨到諮詢方式，專業護理每一吋肌膚。」

「獨家引進歐洲革命性美容新科技，雙極電場感應治療法。」

「專業的技術、高品質的服務，美胸堅挺護理，不打針、不開刀、不吃藥，脫離舊式吸放法。」

許多人為了追求美貌，無所不用其極，於是，報章的廣告版，成了廠商宣傳的最佳管道。

不少家喻戶曉的藥物，一旦被報導為對美容、美顏、豐胸有相當助益，便有一群女人蜂擁而上，瘋狂地購買、服用，但最後吃虧、上當的還是消費者。

李麗美明知其中道理，花朵綻放過之後，總會凋謝。外號陸小芬的連怡珍，經過她的身旁，總會說：「乾扁四季豆，努力，能使妳美夢成真！」然後，揚長而去。

「哼！連珠炮，有什麼了不起，母牛一條，還不是靠打針、吃藥。」李麗美再也按耐不住沉默，不甘示弱地說。

「妳管我，斑馬線！」連怡珍譏諷地說。

「連怡珍，妳不要那麼過分好不好，笑人家斑馬線，妳也好不到哪裡！」朱靜芳抱不平的說。

「連珠炮是妳叫的嗎？妳也配？」連怡珍歪斜著頭說。

「有什麼不對？本來就是這樣嘛！」朱靜芳難掩憤怒和激動。

「靜芳，別理她，她是衝著我來，妳別自討沒趣。」李麗美拉著朱靜芳，搖頭說。

「來呀，兩個一起上，誰怕誰？難看就是難看，怕人說，失調啦！」

「妳啦，先天不足、後天失調啦！人家自然就是美，經過人工刻意修飾的，不會長久，妳等著瞧吧！」朱靜芳說。

「人家吃米粉，妳在喊熱，我找的是技術一流的高級美容師，藥材都是上等，萬無一失的。」連怡珍擺弄一面鏡子，頗有觀照之趣。

「我看過美容失敗的人，藥式的多寡與藥量的多少，對她們起不了作用，藥效一過，比原來難看好幾十倍。」朱靜芳說完，瞇著笑靨走了。

連怡珍心裡微微的寒慄，懷疑的眼光，怯生生地凝視著朱靜芳，自我安慰地說：「朱靜芳也不是專家，她的解說一定是偏狹性的，不能聽、不用怕。」

連怡珍咧嘴一笑，沒有一絲兒懊悔。

二

無聲的夜晚，只有夢在現實的邊緣掙扎，李麗美躺在床上好久，卻怎麼也睡不著，她努力地強迫自己入睡，一陣酸楚在無奈的悲歡中。

時間的小溪緩緩流露，清晨，天空還掛著幾顆流星，一夜沒睡，李麗美找不出一絲倦意，昨日事栩栩如生映眼前，原以為可在睡夢中抖落飄逝，接住的憂鬱隨睡夢輕飄走。

李麗美的心起起落落，翻著報紙的手在顫抖，左右瞄看，低頭默想凝思，心中集聚一股衝力。

朱靜芳風塵僕僕的來，關懷的口吻，掠過耳際：「昨晚沒睡好？」

李麗美不回答，只一味搖手。

朱靜芳瞄了李麗美手中的報紙說道：「想再找好一點的工作？」

「目前的工作，非常輕鬆，也勝任愉快，但我仍決定離職。」

「為什麼？」

「不見不想見的人。」

「妳是說連珠炮？」

「嗯。」

「她有什麼好怕的？敢出風頭而已。」朱靜芳憤慨與嘆息。

「至少離開之後，看不到她，心情好過一點。」李麗美淚眼對長空。

「不要怕她，我給妳撐腰。」朱靜芳流露著自信，仗言道。

「我只是想暫時離開，等得到美麗的安慰後，才回來。」

「喔！原來妳不是在找工作，而是在覓得……」

「是呀！」

有人懷美夢，美夢成真，但亦有例外，時而幻夢破滅成空。朱靜芳於是勸道：「逞一時之憤慨而意氣用事，將來受傷害的人，是妳自己耶！」

「我管不了那麼多了，異樣的眼光，我坐立難安。」李麗美訴說著疲竭。

「如果弄巧成拙，身子隨之萎縮，更得不償失。歡樂的背後，隱藏多少辛酸，得到的又是什麼？只是空虛的歲月而已。」

李麗美心一橫，堅定地說：「我一定要整容！」

「那些電影明星可是公眾人物，這門玩意兒，若真有效，不都群起效仿，這世上，人人都漂亮，也就沒有醜女人了。」

「有位美容專家說，世上只有懶女人，沒有絕對的醜女人。在她的雕塑下，整個人煥然一新。」

「廣告本來就比較誇大宣傳，蓋得天花亂墜，只有靠我們自己的判斷力。」

「妳不相信啊？妳自個兒看過廣告，有明星推薦的那種，不也曾買過？」

「說到這個就火大，前陣子誤信花言巧語，郵撥購買的美魯面霜，貴得離譜，說什麼保養滋潤皮膚、道什麼專治面皰，花冤枉錢不說，面皰也沒治好，一張臉還紅腫痛！」

「妳現在不是好了嗎？」

「我不是治療，而是自療。」

「怎麼說呢？」

「沒有治療效果，就自己療養，首先，要有充足的睡眠、充沛的活力。再來，身心要愉快，像妳，就欠缺這些，人家講一下，妳就氣在肚裡，最好的方法，就是忘了塵俗的紛擾。」

「看破紅塵嗎？」

「還出家為尼哩！」

「妳的葫蘆裡，究竟賣什麼藥？」

「愈是生氣，愈容易抑鬱而死，氣濊易催人老！所以，我們要表現青春與健康，誰支撐得最久，誰的耐力夠，擁有的就最豐實。」

「這與今天的主題何干？」

「她走了，妳就年輕了。」

「可是，她美容過。」

「花沒灌溉，易凋謝呀！」

「妳說的好像都有理，可是，我仍然沉酣美夢，而且，遇有愛戀之心，一股腦兒啜飲。」

「目前，妳認為應該、且當然這麼做，也許，妳根本不將我說的話當一回事，然則，如此衝動的舉止，後果怎堪設想？」

「我知道，這麼做很冒險，實在也想不出其他的方法。」李麗美停頓了一會兒，跳了起來，「我想到了耶！」

「什麼好主意？」

「快速療法。」

「妳想來想去，依然脫離不了這些。」

「我聽說有一種紫外線的診療方法，它直接照射肌膚，可使皮膚健康，同時治療皮膚病。」

「一定也有負面影響。」

「妳又有話說了！」

「沒戴眼罩，萬一眼睛受到傷害，或者瞎掉，痛苦一輩子。」

「我不會自己帶在身上，如果他們沒有，我再拿出來用。」

「妳不怕黑眼圈嗎？」

「怎麼會？照射之後，又白又嫩。」

「妳忽略到了黑暗角落。」

「哪裡？」

「就是妳戴眼罩的地方，四周白嫩嫩，眼睛周圍卻黑漆漆，能看嗎？要不然，為什麼治療時不戴眼罩，就是為了整體美。」

「聽妳這麼說，我倒是有些灰心而裹足不前了！」精神的壓力，李麗美緊繃著鬆弛不下的心，她想一試，卻又幾番猶豫。

沉默片刻，各有不一樣的心情體會，朱靜芳經年的記憶，偶然間拾起，一無保留的告訴李麗美：「除了看皮膚科之外，中藥也有助美容，且有健身作用哩！」

「種類那麼多，也不知道那一種有效？」李麗美遲疑，情緒抑鬱不順暢。

「問啊！」

「問誰？」

「中醫師呀，難不成還看西醫拿中藥，看中醫拿西藥，豈不成了中西合璧。」

「可靠嗎？」

「妳沒聽說，中醫博大精深，中藥奧妙無窮，寧可信其有。」

「妳試過？」李麗美燃起疑問的眼神，不能置信地問。

「現在的我，容光煥發，其來有自。」朱靜芳甜甜地說。

「我這就去買！」李麗美喜出望外，不再思索。

「妳可得經醫師指示服用，別亂買亂吃，花錢受罪。」朱靜芳叮嚀。

「謝謝妳透露我知。」

「謝什麼，我們來自不同的家庭，但我們的默契緊緊扣住彼此的心靈，我知道的，當然要告訴妳。這段日子，妳心情的低沉，我看在眼裡，只願妳，在不受傷害的情形之下，完成妳想要的每一樁心願。」

「靜芳，我好感動。」李麗美緊握著朱靜芳的手，充塞著溫馨。

三

美好的情誼在李麗美與朱靜芳間滋長，朱靜芳熱情盈懷，溫柔的撫慰，使李麗美有足夠的勇氣，承受更多的風浪。

藍得透明的天，叫人沉醉癡迷，醉人的浪漫，這美的季節，讓年輕的心青春而跳躍。遼闊的天空，白雲拂動，陽光閃動著晶瑩的金浪，那爍爍的翅膀，可愛極了。路上相遇，李麗美臉上泛著笑意，「嗨，靜芳。」

「是妳啊，麗美。」朱靜芳回頭說。

「上哪兒？」

「飢腸轆轆，找吃的。」朱靜芳摸摸腹部，接著說：「餓死了！」

「正好，我也要去覓食哦！」李麗美接腔。

「我們成了麻雀啦！走啦，找個窩身之地，餵飽它再說。」

兩人並肩走著，欲同尋一處，李麗美問道：「要吃什麼呢？」

「梅花餐。」朱靜芳回答。

「妳什麼時候成了口號主義著？」

「梅花餐省錢啊！不必將腹慾建築在口袋的痛苦上。」

「妳怕花錢啊？」

「賺錢不容易呀！」

「多花多流通、少花少流通，乾脆，不花不流通，咱們別吃了，儘讓它唱空城計，錢不就置於口袋，沒腳跑不掉。」

「妳的歪理說得讓我實在無話可答。」朱靜芳搔搔頭髮說。

「我們誰也別浪費口水，這樣好了，到小吃店叫兩、三碟小菜，再來一瓶香檳，佳釀醇酒，細細咀嚼。」

「喝酒呀，破壞形象。」

「有什麼稀奇，妳呀，思想陳腐、觀念落俗，這個時代，不會喝酒，就落伍了。」

「我不會喝耶！」

「淺嚐即止，不會逼妳的，主要是，我要慶祝一下。」

「妳得意外之財囉？」

「天上掉下來的。」

「天上掉下來？還地上鑽出來呢！」

「妳看我的臉。」李麗美將臉貼近朱靜芳。

「沒有蒼蠅、也沒老鼠屎，很乾淨。」

「去妳的！你不覺得我的臉金亮閃閃？」

「妳擦了桐油？」

「金漆啦！還配上廣告顏料，跟妳講哦，妳的提議很有效哩！安內攘外的效果，果然不錯。」

「我聽不懂！」

「就是先以食療法，內服中藥，使它調和，改善了體質之後，再外攻，從敷面著手。」

「敷面很簡單呀，蛋清調和就可以啦！」

「蛋清的用途很多，一般皮膚過敏，敷上它有解毒功效，不過，臉緊繃得半死。像我現在，下班後的首要步驟，清潔皮膚後，使用敷面劑，再有效使用去除角質成份的乳液，讓表層皮膚的細屑脫落，使皮膚處在不斷的新陳代謝之情況中。」

「還有沒有？」

「多攝取含有維他命C的蔬果。」
「我上次到妳家，那些置於庭院、曝曬在陽光下的蔬菜，不是豬食，是妳要吃的？」
「對啊，我每次買回來，就放在那裡，要的時候再拿。妳怎會以為是豬食？」
「我小時候住農村，親睹菜農將不要的蔬菜隨意堆放，太陽曬啦、雨水淋啦，任它腐爛，反正是豬菜。」
「上一趟市場買菜回來，平日要上班，哪有時間整理？」
「要多少買多少，比較新鮮，亦較方便。」
「我就是為了方便，才多買一些，吃不完，又覺得棄之可惜。」李麗美解釋。
「曝曬在陽光下的蔬果容易流失維他命C，妳應將它們儲放於陰涼之處。」
「應該沒什麼差吧？」
「差多了，經過日光照射，又枯又扁，水分已乾，原味盡失。」
「田裡的蔬菜也受風吹、雨淋、日曬呀！」
「那有水的灌溉，連根拔除之後，就大不相同了。」
李麗美兩耳傾聽，之後說：「我聽妳的，妳真是我的活菩薩。」
「求美心切的妳，敢不敢再有做腐蝕性換膚的念頭？」朱靜芳問她。
「不敢啦！正常的皮膚組織遭到破壞，留下後遺症就難過了。」
「妳終於開竅了。」

「不開竅行嗎？走了好幾家專門店，也請教了技術一流、權威第一的美容專家，他們挺有良心的啊！說換膚是不得已的事，叫我別冒險。」

「妳已逐漸改觀，對於乾扁四季豆的稱呼，要不要改變一下呢？」

「凹凸之間，乃正常的生理反應，管連珠炮怎麼說，不理她就是了。」

「妳進步了！也長大了！」朱靜芳讚嘆。

「誰叫我今天又多了一歲。」

青春的秧苗，重新播種；寧謐的思考、周全的思維，充滿希望的生命，精神充沛。

四

沒有風雨的人生，一如平靜無波的湖水，起不了迷人的漣漪；許多事情，經過了一連串的折騰，往往結出了更甜美的果實。

朱靜芳溫馨的關懷，有起無終地隨侍左右。

李麗美沉痛的重荷竟是不能去高聲吶喊，當夜夜肆虐，多少夢迴醒來，淚垂，未停歇，而差點一輩子，迷迷糊糊做不醒的夢。

每個黑夜都成了她希望的明天，夢想一覺醒來，鏡中的自己是個標緻的可人兒。

連怡珍的刺激破門而入，而連怡珍的行為，成了她模仿的對象，佔據了她生活的大部分。

朱靜芳純郁的真情教會了她完美靈性的發揮，她的心靈更為活潑，她的力量更為充實。連怡珍千百回走過，婀娜慢移，搔首弄姿，李麗美視若無睹，轉身不顧。無愁事掛心頭，李麗美開朗許多。

坐擁午後悠閒，鬆懈一下身心，朱靜芳的細感，散發著柔語：「感覺好一點了吧？」

「心胸坦然，感受舒服多了。朋友真的影響一個人的一生，彼此誠信，笑聲綴滿相處的每個片段。」李麗美未隱藏絲毫，所有喜怒哀樂盡形於色。

「又來了，別把我這功臣捧得太高，聽膩了，當心以後，什麼都不告訴妳。」

「人際間的冷漠及疏離我領教過，假設，妳要疏遠我，我也認了。」

「要走，也不會經年累月的和妳在一塊兒，一再容忍妳的焦慮和憤怒，在一片完全隨緣的境界中，我們相處融洽，念故舊的我會就這樣揮別嗎？」

「我想太多了。」李麗美極端羞慚。

「對我，不要有任何的懷疑。我幫妳引薦一個人。」

「誰？」

「妳沒見過他，他也沒見過妳，他是我的同學。」

「男的、還是女的？」

「妳說呢？」

「一定是女的。」

「妳這麼肯定？」

「女孩子跟女孩子在一起，比較有話說。」

「妳就只想到說話，難怪女人被指為長舌婦。」

「相聚，哪有不聊天的，除了孤僻症，才不跟人打交道。」

「女孩不一定跟女孩在一起才有話談呀！每次都在談髮型啦、衣服啦，很無聊。」

「我抗議！」

「妳不平嗎？是不是又有激情的心鳴？」

「我們女孩也有品味的，除了日常生活事，我們也會關心國內外大事吧？」

「妳說得沒錯，不過，扭開電視新聞的時候，眼睛不都盯著主播瞧。」

「看電視，不看螢幕、看什麼？」

「此時此地，只有妳跟我，隔牆有耳，說話小心，妳看我們的夥伴，一天到晚談李艷秋、胡毋意、吳小莉。」

「我看過一本書，叫什麼二十歲的，有一篇是李艷秋寫的耶！」

「我就說嘛，有沒有，妳還不承認。」

「妳喔，小心點，被連珠炮聽見，穩被砸雞蛋。」

「我是石頭啊，雞蛋碰石頭，看誰厲害？」

李麗美猛地想起：「妳要幫我介紹哪位朋友？」

「是個男的。」

「男的？不要啦！」

「不錯的哩！君子行為，清高雅潔，人又熱情直爽，年輕的生命體會了世事的種種，愛心、上進心均有之。」

李麗美細味朱靜芳語言中男孩的胸懷心境，心動了起來，「真有那麼好？」

「他是我同學，我還會不清楚，不會騙妳的啦！」

「有那麼好，妳捨得將他轉讓給別人？」

「什麼轉讓，他也不是什麼東西。」

「妳幹嘛罵他？」

「我沒有罵他，我指的是，他是人，活生生的一個人。」

「他既然這麼好，靜芳，妳為什麼不自己留著？」

「要留到何年何月？我們不來電，只是很談得來，他不拿我當女的，我也不拿他當男的。」

「日久會生情啊！」

「我們兩人，天雷無法勾動地火。」

「都是木頭呀？」

「他一直說我長不大，對我興趣缺缺。」

「妳喜歡他嗎？」李麗美問。

「說喜歡也不完全是，說不喜歡又像撒謊。」朱靜芳回答。

「拱手讓人，太可惜了，妳可以找機會表達。」

「妳，我放心。」

「跟一個和妳處得不錯的男生為友，好似橫刀奪愛，我有罪惡感，算了，別介紹了。」

「沒到那個地步，你們不一定有發展。」朱靜芳拿出相簿，翻了翻，指著其中一張相片說：

「就是這個人，吳宗貴，先看照片，若有意願，改天見人。」

李麗美的臉，漲得紅透，耳根熱辣辣。相片中人，眉清目秀，是位帥男。

「我再強調一次，他英俊豪爽、溫柔多情、體貼入微。」朱靜芳說。

李麗美靜靜寧聽她的話語，心坎泛起喜悅，低頭默想，忽間，神色凝然。

「妳在想什麼？」朱靜芳好奇地問。

「這個人，我見過。」李麗美斬釘截鐵地說。

「我還未介紹，妳怎會見過他？」

「說了，妳也許不相信，我見過他和連珠炮出雙入對。」

「什麼地方？」

「街上。」

「妳沒看錯人？」

「像他這樣帥氣的男孩，哪個女生不多看一眼？我的印象極深。」

「我先去問個清楚，也許妳看錯了。」

「我終於明白了。」李麗美若有所悟。

「妳明白……」

「他為何對妳產生不了興趣，又為何與連珠炮在一起。」

「妳是說，連珠炮性感、有女人味？」

「一定是這樣。」

「妳怎麼辦？」

「我們只是說說而已，幸好未見面，否則，尷尬死了！」李麗美呶呶嘴。

眺望遠方，一片蒼茫，而微微的曉風，柔柔陣陣的消逝。

五

接到吳宗貴和連怡珍的喜帖，朱靜芳喜在手上、痛在心頭，她的情緒複雜，苦不堪言，揮之不去。

朱靜芳的內心深沉地陣痛，原先李麗美的話她還心存半信半疑，一切來得太突然，這張紅帖將她推向一處恐怖、莫名的深淵。

迷戀，出其不意地予以打擊，在她完全沒有心理準備的情況之下。

剪碎了編織的世界，嘈雜的事務擾亂著她，無法掩飾脆弱的心，忍不住嚎啕大哭。

朱靜芳向李麗美發洩情緒、訴說心情，在一起的每一刻，是如此的令她心動。

「我與他之間的友誼，不容許任何情感介入。」朱靜芳嘔氣地說。

「事實就是事實，免怨嘆啦！傷心無用。」李麗美勸她。

「初戀的印象是那麼深刻，曾有足跡的地方，一生難忘。」

「我不該在這個時候責備妳，但不說，我心裡也不暢快。我早跟妳說過，喜歡他，機會來了，就要及時把握，這世上，有誰像妳這等幸運，和他相處時日如此長。」

「我……千思萬慮，卻始料未及，這般快，他們就有消息了。」

「妳還想將他介紹給我認識。」

「我是想，既然得不到他的心，不如讓妳來抓住他的人。」

「我們慢半拍了。」

李麗美頻頻催促：「去參加喜宴吧！」

「我拒絕出席。」

「妳都已經收了紅色炸彈。」

「不去就是不去，要嘛，我們自己暢飲痛快。」

「奉陪。」

寬敞整潔的道路，又直又挺，行人雙足尋路，從容不迫，響亮不絕的鞭炮與樂隊吹奏聲齊嗚。

望著熙攘的人潮、奔騰的車群，朱靜芳臉呆著，毫無表情，昂著頭走，裝著沒聽見、沒看見。

李麗美盡量保持緘默，以避免許多紛爭，尤其此刻。

吳宗貴的禮車行遠了，喧鬧的街道逐漸恢復寧靜，朱靜芳怒潮澎湃，胸臆間流漾著淒涼，溢著相思，泌著懷念的熱淚。

「情將斷絕，沒有了交往，才發現吳宗貴對我真正的意義。」朱靜芳感慨地說。

所有的呼喚已裂成了碎片；寂寞，如浪般，激起朱靜芳對往昔的總總眷戀，縱然影子無形間模糊。

「相識，是樁難得的緣分，若能廝守，又是上天的厚賜，妳和吳宗貴相識、連怡珍與吳宗貴相守，說來，都是緣的促成，已有人替代了妳對他的深情意厚，而愛，是一無貪戀的，他已覓得幸福，朋友一場，厚道點吧！」李麗美一番勸慰。

僅只為了那麼一點癡，鴛鴦依偎，濃烈而化不開的眷戀糾纏，朱靜芳焦慮地徘徊。

六

酒香馥烈襲人，不堪憶及悽悽惻惻的別後，不捨，心陣陣悸痛，朱靜芳飲了一口，便不願停止。

沉溺於半醺半醒之間，對著酒罈，訴說心裡的語言，虛幻的疊影百般召喚。晶亮的雙眼，孤獨地望穿秋水，迷迷濛濛，繚繞的似真還幻，腳步躊躇逗留，越過馬路，分辨不出紅、綠、黃燈的號誌。

突然，煞車聲起，心怯怯。望車內，絲絲淚珠滾燙，車轉彎，停妥，李麗美走來，「又喝酒了，別像野馬，到處奔遊闖蕩，不好看。」

「妳說我是野馬？為什麼不說我是野花呢？妳知道，野花總比家花香，他愛野花。」帶著醉意的朱靜芳，借題發揮。

「我知道妳悸動的心，情不能斷，但也不能這樣，借酒澆愁。」

「酒才是我的知己，我愛喝酒，誰也管不著。」朱靜芳顯得輕浮。

雲彩在遼闊的天際上飄來飄去，李麗美望天興嘆，拉著朱靜芳，無可奈何地搖頭。

白晝的喧囂，漸漸退去，落日燦爛輝煌，天地逐漸歸諸於寧靜，晚啟燈亮，蟲聲如雷貫耳。

星星閃爍亮晶晶，臨空高掛耀光明。

望月光，凝眸處有多少詩情，李麗美想世事，感受夜淒涼。

朱靜芳坐著不動，李麗美拉她上床，輕柔的燭光散灑，擁其溫暖。

不一會兒，朱靜芳呼呼大睡，李麗美思潮迭起：「何苦呢？折磨得不像人樣。」

夜深忽夢，酒退人醒後，朱靜芳說道：「我方才夢見回到自己的窩，我什麼時候回來的？不對呀，這兒是妳家。」

「妳大概忘得一乾二淨了，睡這麼熟，被扔進山谷也不知道。」

「妳都沒睡？」

「我哪敢睡。」

「沒事了，上床休息吧！」

「妳很叫人擔心！」

「我不是三歲小孩，擔什麼心？我會照顧自己的。」

「只怕妳連自己都照顧不好。」

「我……」

「難過歸難過，也不能這樣糟蹋自己，划得來嗎？」

朱靜芳默默無語。

李麗美欲言，朱靜芳拉開被子，疲憊地說：「頭好疼。」旋即倒了下去。

李麗美萬分驚悸，摸了朱靜芳的額頭說：「糟糕，發燒了！」焦急地飛奔至洗手間，拿來濕毛巾，覆蓋於額頭，不多久，朱靜芳甦醒，李麗美急急地說：「送妳上醫院。」

「不用了，小事一樁，不用勞師動眾，休息一下就好了。」說完，闔上雙眼。

李麗美搖她，「靜芳……」

「別吵啦，我想睡覺，妳也歇著吧！」

七

樓下狗吠，嘈雜的聲音驚醒了睡夢中人，李麗美下樓，驚訝地問道：「麗霞，妳怎麼進來的？」

「姊，我要進來，一扇門阻擋不了。」李麗霞興奮地說著。

「妳有萬能鑰匙？」

「我請了鎖匠。」李麗霞調皮地說。

「不要胡來哦！」

「妳危險啦！」李麗霞踏著階梯，邊上樓邊說。

「有地震對不對？聽說這一帶的土質鬆軟，一有地震，屋子搖晃得厲害。」

「是哦？」

「爸也真是的，買這棟房子給我，也不挑好一點的。」

「還不是為了妳上班方便，才就地購屋，妳這棟有兩層樓，地方寬敞，我那樓才一層平房，又小又窄，不喜歡的話，我們來換。」

「我只要住得安全，大小無所謂，再說，一個人，面對這麼一大間屋子，冷冷清清，心底怪發毛的，要換來換啊！」

「跟妳開玩笑的啦！我那間，住久已有情感，就是整條街給我，我也不要。」

「妳倒是挺知足的。」

「計較太多，又帶不走。」

「妳這麼早來找我，有什麼事啊？」

「來看看妳呀！最近狼聲四起，妳一個人住，我擔心採花大盜找上門。」

「我警覺得很，老是門窗深鎖，而且買了狼犬守在樓下，一有風吹草動，立即防備。」

「就憑妳？」

「遇到了，想也知道，一定嚇得手腳發軟，不過，我會報警。」

「妳沒看新聞，採花賊一進門，第一件事，就是扯斷電話線。」

「好恐怖哦！」

「何止恐怖？許多婦女失財、失身，還有被砍之後滅屍的。」

「妳別嚇我，嚇壞了，還要收驚。」李麗美的身子縮成一團。

「人有三魂七魄，一次收一點，都被收了，還活得下去嗎？」

「妳不講，我倒不怕，這一說，心裡又不得安寧了。」

「預防重於治療。」李麗霞提醒。

「裝設鐵門、鐵窗。」

「鐵門可以，鐵窗就不太妥當。」

「這是防備的好方法。」

「處在現代社會，許多的天然災害，防不勝防，萬一哪天火災發生，濃煙四起，妳往哪兒逃？鐵窗已釘緊，只有坐以待斃。」

「該怎辦呢？」李麗美困惑。

「時時小心、處處謹慎，不能有絲毫地疏忽。」

「妳自己不怕嗎？」

「怕什麼？別忘了，我學過中國功夫，哪個不怕死的，惹上我，叫他爬著回去。」

「妳還學了什麼？開鎖的本事？」

「不是我行，是妳自個兒引狼入室。」

「我引狼入室？不會吧，她是我朋友。」李麗美指著臥房中熟睡的朱靜芳。

李麗霞未探頭查看，驚慌地說：「原來妳，啊！怎麼可以這樣？」

「她昨天喝醉了。」

「喝醉了？跟誰一塊兒喝？」李麗霞焦急地問。

「跟我啊？」

「跟妳？」

「她失戀了！」

「他失戀，那是他家的事，妳還陪他一起喝酒，又將他帶回家裡，這種事傳出去，妳還要不要做人？」

「我知道女孩子不該喝酒。」李麗美停頓了一會兒，叫道：「不對，我昨天沒跟她去喝。」

「你們以前曾經？」

「對啊，她每次心情不好的時候，就來找我，我就陪著她，安慰她，為她解憂愁。」

「他一定解憂愁了？」

「把不愉快的事情說出來，心情有了調適，就不再那麼悶。」

「他常來嗎？」

「她在外面租了一棟房子，不是我去找她，就是她來找我。」

「你們認識多久？」

「打從一進公司，就認識，友情一直維繫到今天，歷史悠久了。」

「他有什麼優點？」

「有一顆熱誠的心，時時幫助別人，對我也很照顧。」

「既然如此，為何會失戀？」

「我也不便說太多，她就在裡面。」

「妳的心已被他收買？」

「若要這樣說，她的心，也被我收買了。」

「馬上叫他滾蛋！」李麗霞又急又氣「萬一妳被騙了，怎辦？」

「是我扶她回來休息的，哪能莫名奇妙叫人家走路？」

「妳不叫？」

「麗霞，是我大，還是妳大？」

「妳大啦！」

「那妳什麼口氣？什麼態度？」

「姊，我是為妳好，怕妳受騙！」

「她不是那種人。」

「妳怎麼知道？」

「我跟她相處那麼久了，會不知情？」

李麗霞聽後，有些憤懣，「看我一拳擊碎他的心臟。」

「麗霞……」

「姊，看我替天行道。」

「傷了她，我會難過。」李麗美感傷地說。

「這世上，少一個他，不嫌少。」

「多一個她，也不嫌多啊！」

「練功夫，除了防身，還要除害。」李麗霞篤定地說。

八

「起來，你給我起來！」李麗霞衝進臥房，搖著朱靜芳，朱靜芳掀開覆蓋於臉部的被子，緩緩起身。

「妳……」李麗霞鬆手，回頭凝望李麗美，「姊，我……」

「麗美，她是？」朱靜芳坐起。

「她是我妹妹。」

「呃，妳好，昨晚喝醉了……」

「沒關係！沒關係！」李麗霞收起怒容，改以微笑，「我知，我該回去了。」

「不急嘛！在這裡用早點。」李麗美走上前，順勢捏了一下李麗霞的手臂，瞪了她一眼。

李麗霞亦開口對朱靜芳說：「對不起啦！我不是故意的，我誤會了我姊姊，亦誤會了妳，所以，才對妳發吼。」

「誤會？」朱靜芳忍不住詢問。

「我以為，妳是男孩！」

「打從出了娘胎，女孩的事實就改變不了。」

李麗美接口說：「麗霞，現在妳相信我了吧？」

「一時衝動，大家都別放在心上。」李麗霞突然想到：「對了，姊，以後，大門要關好。」

「我有關啊！」李麗美說。

「有關沒有鎖，形同虛設。」

「昨晚急忙忙上樓，連鑰匙都忘了帶走，好險。」

「還妳。」李麗霞由口袋掏出鑰匙，交還給她。

朱靜芳抬起頭說：「都是我惹的禍。」

「折騰老半天，因妳而起，妳要補償我們。」李麗美藉機說話。

「我誠心所願。」朱靜芳說。

「好極了，妳把租的房子退回去，搬來這兒和我住。」

「這……」

「我一個人不必住這麼大間，有浪費之嫌，又沒人作伴，陰森森的。」

「好啦，妳就過來住嘛！」李麗霞也說。

「可以，但要照付房租。」朱靜芳說。

「付房租，別笑死人！是我要妳來的，坦白說，我一個人不敢住。」

「以前不是住得好好的？」

「最近不安寧。」

「風水不好嗎？」

「不是。」

「其實妳也不懂，燒香拜拜就沒事了。」

「是人為因素。」

「有人搗亂？」

「目前還不知道。」

「不知道，怎能說不安寧？」

「有那點跡象。」

「妳跟人結仇？妳要知道，退一步天寬地闊。」

「沒有結仇，是聽說，採花大盜又出現了。」

「啊？」

「以後小巷最好別走。」

「這也許是謠傳？」

「但是，聽說偷賊也猖狂，他們神通廣大，叫人防不勝防。」

「治安怎會敗壞到這般地步？」

「在一片經濟復甦的情況之下，社會風氣所導致，有人好逸惡勞，貪圖享樂，低微的東西也迷惑，生命虛度在燒、殺、搶、掠。」

「社會的成就，我們讚許，但這些弊病一日不除，人心惶惶，神通廣大不用在正途，哪家有錢哪家勒索，哪家空城就哪家偷，叫人防不勝防。」

「原因都告訴妳了，來不來？」李麗美問朱靜芳。

「這一帶，夜晚少有人跡，好，我過來陪妳，算是守望相助。」朱靜芳應允。

「太好了！」李麗美喜出望外的心情，歡喜讚嘆得情不自禁。

「小妹呢？」朱靜芳問。

「我何嘗不想和妳們同住，只是離上班地點太遠，而且，對我的小屋有依戀之心。」

朱靜芳點頭，接著反問李麗美：「妳放心她？」

「放心得很，她很安全。」李麗美回答。

「有把握？」

「她的武藝不差，妳我一起上，都不是她的對手。」

「她習過武？」

「從小就像男孩，喜歡打打鬥鬥，對這門情有獨鍾，我爸看她是可造之材，請了師父教她，一學就好幾年。」

「妳怎麼不學？」

「不是習武的料，一上陣，架勢一比，腰痠背疼，哪像麗霞，堅苦卓絕、倨傲不屈。」

「麗霞堅持己志，妳卻一敗不起。」朱靜芳說。

「她強、我弱，從小，都是她在保護我。」李麗美追述：「她誤會我帶男孩回家過夜，差點將妳踩得稀爛。」

一醉解千愁，美麗的夢、扣人心弦的情意，睡醒後，於談笑之間，彷彿已消逝無影，朱靜芳開朗煥發的神情，猶如忘卻了這一段悽愴。

九

「麗霞，妳怎麼戴起眼鏡來了，該不是趕流行吧？」李麗美一進屋，即呈現異樣表情。

「戴上眼鏡，看起來秀麗許多。」李麗霞說：「換妳來看我，難得哦！」

「又在耍嘴皮子，正經點兒。」

「我已夠正經八百了，戴個眼鏡沒什麼稀奇。」

「人家是不得已才戴。」

「我也是不得已。」

「近視了？」

「嗯。」

「驗過度數了嗎？」

「驗過了，輕微近視，為了防止度數加深，只好配一副。」

「我有一位同學，她除了點眼藥水，每天讓靈魂之窗接觸青山綠樹，久而久之，眼睛不再迷濛了。」

「我試試看，若當真有效，一定謝妳。」

「不能黃牛哦！」

「人格保證。」李麗霞滿心洋溢著一種說不出的快慰。

「頭髮留長了，不想剪呀？」李麗美打量了她的頭髮後問道。

「留這麼長，抬頭、低頭，都覺披頭散髮。」

「綁辮子呀！」李麗美提議。

「有這打算。」

李麗美環顧四周，感到前所未有的驚訝與疑惑：「妳買化妝品、購高跟鞋？」

「嗯，輕淡自然的妝是一種禮貌；穿高跟鞋可顯示小腿的美，又能產生一種美妙、性感的姿勢，富有美感。」

「妳從未穿過，萬一重量分配不均，會引起背部或膝蓋，甚至小腳的毛病。」

「受傷了，我自己按摩、拉筋，難不倒我，就憑以前立下的基礎，柔道、跆拳道……」

「胡說八道！」

「姊！」李麗霞問道：「靜芳在家嗎？」

「在。」

「她還好吧？」

「還好啦，前一段日子神魂顛倒，固執的心，我始終不能明瞭，她說要在墓地裡覓一席棲身，再化作遊魂，重續未完的愛情。不過，她與外界隔絕的時日中，或許是冷靜的思維，竟能許下誓言，不想他。」

朱靜芳冰冽的痛楚，終能咬牙忍住，由不滿而生體諒之心，李麗霞喜悅地說：「姊，這樣一來，妳也舒暢多了，不必再為朱靜芳操心。」

「可不是嗎？不必再提心吊膽。」李麗美突然說：「我發現祕聞，朱靜芳的男友寄信給她了。」

「吳宗貴？」

「另有其人，朱靜芳的學長。」

「妳偷看她的信？」

「不小心看到。」

「朱靜芳一定怒不可遏囉？」

「才不呢！就憑我跟她的交情，她展讀信件之後，喜上眉梢，拗不過我的追問，就將他寄來的信箋拿給我看，有灑香水哦！」

「妳以前都不知道？」

「不知道啦！說到這個，由衷佩服我自己偉大的眼光，那天閒著沒事做，翻了農民曆，發現是個嫁娶訂盟的好日子，拉著她出去逍遙遊，戲弄她一出門，會接到繡球，想不到在路上，遇到了她的學長，倆人如久別的知音，聊得盡情盡興，都忽略了我的存在，第二天，她就收到他的來信。」

「這回，一定輪她拉著妳出去玩吧？」

「她現在都一個人出去，約都不約我一下，有天被我撞見，才知道她有晶燦的約會。」

「這大概就是緣吧！」

「在這之前，他們兩個人，佳音少獲，現在則連絡頻繁，雷電交加，都知道彼此在做什麼。」

「這就叫心心相印。」

「靜芳約我們一塊出遊。」李麗美說。

「她還記得我們？」

「被我識破了，對現成的媒人她能不懷感謝之心嗎？」

十

天空蒼鬱，性靈的真淳，寄託於藍天白雲。微微的風中，朱靜芳幸福的心湖，美如晨曦、美如夕陽。

無垠的草原，一片遼闊，三人斜躺草叢，輕唱幾許，巧妙的歌聲似黃鶯出谷。

小販來兜售飲料，李麗美說：「我們自備了。」

小販一對眼睛無可奈何地找別的客人。

那端傳來混雜的說話聲音，沸騰之聲如大海之浪濤，她們未再唱下去，歌聲吞嚥喉中，雙手撐著身體，慢慢地爬起來，朝向人群走去。

賞心悅目的地方，碧海連天，風吹皺了平靜的海面，連陽光也在水上打滾，是那樣的亮麗溫柔。

李麗美環顧人群後說：「連怡珍也來了，耶！吳宗貴想自殺嗎？」

「他們的感情，已亮起紅燈？」李麗霞發出疑問。

「麗霞，妳不救人嗎？」朱靜芳問。

「我是旱鴨子，水裡不行的。」李麗霞說。

「妳不是有武功嗎？」

「陸地一條龍、海上一條蟲，溺死我。」李麗霞望向海中，又說：「吳宗貴不是尋死，他在救人，好像有人投海。」

水深，一吋吋漫至喉嚨，那雪白的泡沫濺了吳宗貴一身，當他朝岸上游來，連怡珍向前奔馳，褲腳弄濕了，急急地問：「有救嗎？」

「是洋娃娃，虛驚一場。」吳宗貴說。

連怡珍趨前一看，「像極了人，是哪個人在惡作劇？」

遊客紛紛疏散，連怡珍看見她們，擋住了去路，怒不可遏的指責：「妳們做得太卑鄙了！」

「我們？」三人異口同聲。

「妳們是衝著我來的，知道我膽小，故意嚇我。」

「遊客這麼多，妳不懷疑別人，卻斷定我們？」李麗霞有些氣憤。

「一定是！」

「我看妳，判斷的機能麻痺。」李麗霞不甘示弱。

連怡珍氣得直發抖，面紅耳赤的說：「宗貴，你看啦！她們欺侮我。」

「好啦！好啦！誰也別說了。」吳宗貴說。

「不行，我要她們跟我道歉。」連怡珍跺腳。

「連珠炮、橫肉絲、脾氣暴躁、個性執拗。」李麗美也罵。

「妳們……欺侮人還嘴硬。」

「妳才無理取鬧啦！」

忽然，身旁鑽出一個小女孩，拉著婦人的手說：「媽，就在這邊啦！」

拾起洋娃娃，小女孩喜不自禁，連聲對著吳宗貴說：「叔叔，謝謝……」

婦人也再三道謝，連怡珍面有愧色的說：「錯怪妳們了。」

「跟我們道歉。」李麗霞氣憤的說。

「算了，我們走吧！」朱靜芳搖頭說。

連怡珍整整頭髮，態度大轉變，一對討援的眼睛看著吳宗貴，然後溫和的對她們說：「三位，對不起。」

「今天出門沒看春牛圖，乘興而來、敗興而歸。」李麗霞說。

李麗美上下打量連怡珍，驚訝的說：「妳怎麼變成這樣？」

「美容失敗，紅顏已褪。」連怡珍羞著臉說。

李麗美回頭，「靜芳，我好佩服妳偉大的眼光，讓我錯過那次整容盛會，不然我現在，一樣鑄下大錯。」

「以後做事，千萬要考慮。」朱靜芳說。

連怡珍語露幸福地說：「縱然如此，我並無一絲一毫的失意，因為我有一個安樂美滿的家庭和有情有意的先生。」

「看得出來，妳在發牢騷的時候，他當忠實聽眾。」朱靜芳說。

「妳怎麼知道？」

「同窗兼好友，哪會有不知道的事情……」

「宗貴，外人怎麼可以比我更瞭解你？」連怡珍嘟著嘴。

「外人瞭解我，內人體貼我，心相印、莫心愁。」吳宗貴說。

過往的歲月，走過的足跡，在這碧海連天、花香草叢間，圍著一圈濃暖。不愉快的事如雲煙飄渺無踪，接著，歡聲處處。

道別離，分兩地，友誼秧苗重播種。

戀故舊，笑靨起，快樂洋溢在心裡！

原載一九九〇年一月十七日至一月二十四日《正氣副刊》

活躍的樂譜

一

除夕夜，餐桌上擺著大魚大肉，琳瑯滿目的菜色，看得人目瞪口呆，三百六十五天的日升日落，多麼地耀眼迷人，豐衣足食的日子，有著滿足和感謝。

趙欣茹沉默，無言無聲、無語無話，抿著唇，雙眉緊皺，眾人紛紛就位，偌大的餐廳喧囂一片，自助式的菜餚，人人盤底朝天，唯她原封不動。疲倦與煩惱，愴然而涕下，此舉，趨向愚昧，亦是大煞風景。

笑聲夾雜，在空氣間飄盪，趙欣茹無由傾訴的落寞和孤寂，陷落在困惱之中。繩結可用手慢慢地、逐漸地解開，將它恢復原狀，而心結怎樣解？又有誰能解？將如何解得開？

趙欣茹邁開急促的步伐，走向臥室，空寂的大地上，死沉沉的一片，心情空洞洞、身子晃盪盪，一股莫名的感觸，增遞鋪展，含著淚，一路跌跌撞撞。

細數美麗與哀愁，心中的失意，變成了痛苦，為種種遺失而泣然。

窗外，一片漆黑，玻璃震得格格作響，頗有節奏感。風狂肆，猖獗呼嘯，一路行來，冷顫的手冰涼，拾起玻璃杯，由熱水瓶中按出了溫開水，顫動的唇口，勻緩地飲入，胸口微溫，再慢慢地翻騰。

趙欣茹開啟化妝檯的小燈，閃了數下，燈明亮，調整座椅，筋疲力竭地坐下，卸妝液、化妝棉，在臉部均勻揉擦，當卸完妝，臉朝前，鏡中的她，映出惆悵的面容，她一個勁地往後倒，頸部離開了領子，感覺透涼，冷中越冷，寂寞中越寂寞。

大年除夕，體驗截然不同，孤軍而行，幾許不願，但無奈。她的頭部由後往前地傾斜，不斷地打盹，不由自主地趴在桌上睡著了，勻整的鼾聲，一起一伏。

柯美雲踮著腳走，輕輕地推門而入，臉上堆滿了笑容，她拍著趙欣茹的背部，趙欣茹驚醒，花容失色地大喊。

柯美雲故意摀住趙欣茹雙眼，趙欣茹一番辨識，認出了聲音，「要死了，嚇我一跳。」

「不這樣，妳如何打起精神？真差勁，一年沒回家過年，一次沒和家人團圓，就哭得死去活來。」柯美雲垂下雙手。

「妳不懂，就不要亂說話。」趙欣茹說。

「我怎會不懂，眼睛隨意一瞄，就知道。」

「沒心情跟妳閒扯。」趙欣茹不耐煩地說。

「要去夢周公嗎？今夜要守歲耶！」柯美雲語氣緩緩的說。

「這點小習俗，還要妳來教！」趙欣茹火氣大。

「妳發什麼脾氣？心情不好就拿我當出氣筒，有本事，妳現在飛回去啊！」

「有翅膀不會飛，簡直廢話。」

「有家歸不得，能怨誰？這一大票人馬，不都苦守異鄉，那電話預約所訂購的機票，慢了半拍，回不去，但公司也沒虧待我們，聚餐辦得那麼豐盛，還有幸運大摸彩。」柯美雲緩和一下情緒，接著說：「妳的運氣還不錯，幫妳摸了精美對筆，外加一本精緻日記本，正適合妳。」

柯美雲將獎品遞到趙欣茹面前，趙欣茹接下後問：「妳幫我抽的？」

「我沒這麼大權力。」

「代抽個獎，有什麼好大驚小怪，與權力何干？」趙欣茹矛盾。

「那個人在，那輪到我，自有他代勞。」

「哪個人？」

「妳不知道嗎？」

「知道了，就不必問妳了。」

「那，我唱一首歌給妳聽，妳就清楚了。」

「妳的歌聲？說的比唱的好聽，妳用說的吧！」

「十二點之後，才能睡覺，才算守歲成功，這期間，有好幾個鐘頭，用歌聲來打發，過得比較快。」

「我們可以看電視啊！」

「我的歌聲真有那麼難聽嗎？不聽，妳永遠也不知道答案。」

「我不會去問別人，傻瓜才會上妳的當。」

「妳去問誰？現在哪，眾說紛云，妳剛才掉眼淚，他被感動了，晚會的歌唱節目裡，聲音都啞了。」

「有這麼嚴重？」

「對我的歌，有興趣了吧？」

「好吧，妳唱吧！」

「洗耳恭聽，免費招待的哦！」

「快唱吧！」

柯美雲唱著：「見到你，我真高興，哈哈笑來歡迎你……」

趙欣茹打斷她的歌，「聽不出歌詞有什麼意義？」

「他來的時候，大家為他唱的，接下來，注意聽了，露營時候，他為妳唱的。」

「為我？」

「妳在我們的期盼中，一切歡笑、一切快樂，都隨妳而來……」

「這不是歡迎歌嗎？」

「對啊！」

「新進員工都有禮遇，我想不出是誰？」

「記不記得，那次的露營，妳說什麼也不參加，我們誰也勸不動妳，最後，還是他出面了，他說，如果妳不參加，活動取消。大夥兒都渴望去，妳雖然不願，還是點頭答應了。他高興極了，便對妳唱起了歡迎歌，想起來了沒有？」

「名字在嘴邊，就是想不起來、也唸不出來。」

「天天見面的嘛！」

「哦！你說的是冷順景嗎？」

「終於恢復記憶了，不簡單。他好認真，似乎對妳情有獨鍾。」

「扯太遠了。」

「不信，妳自己用眼睛看、也用心體會。」

「吃飽沒事做，我才不受俗事紛擾。」

「遇上了，不承受也不行哪！」

「廢話少說，妳知道的，我再也不會對任何一個男孩有興致。」

「妳對他還不死心？」

「用情之深，天知地知。」

「吳家不要妳，冷家一定歡迎得很，妳還猶豫什麼呢？」

「是吳家不要我，吳盛德可沒這麼說。」

「他父母叫你們分手，他也沒表示意見，這段期間，信不寫、電話也不打，妳再等，頭髮都白了。」

「我不懂，他們的觀念，怎會這般迂腐，吳趙聯婚，就真的會無灶，他家當真不能興旺？」

「老一輩的，總有他們的想法，也許是苦過頭，所以會更擔心下一代的幸福，想想看，他們經歷了無數次戰事，為躲炮火的轟擊，東躲西藏，好不容易戰事停歇，人人忙於重整家園，由一磚一瓦的堆砌和田間農事的奔忙，上山、下海，忍受風吹日曬，才有一口飯吃，許多俚語，唸來順口，彷彿真有那麼一回事。」

「妳也相信？」趙欣茹持懷疑態度。

「處在古代與現代之間，很是矛盾，但這檔事，我半信半疑，大家講的都有理，但清官難斷家務事，我也不好再說什麼了。」

趙欣茹眼珠子一轉，「喂，妳也太狠了吧？」

「我，太狠？」柯美雲摸不著頭緒。

「妳不是勸我跟冷順景在一起嗎？」趙欣茹咬咬唇。

「對呀！」柯美雲點點頭。

「吳趙聯婚是無灶，冷趙聯婚不就是冷灶了，無米之炊，巧婦難為呀，妳想害我？」

「我怎麼沒想到，司令灶君看了也會笑。」柯美雲笑了笑說。

「妳笑什麼？」

「其實啊，天下本無事，妳呀，庸人自擾之。」

「有疑處當疑，才不會牽引出意想不到的打擊。」

「我的想法恰好相反。」

「哦？」

「我認為，有疑處不疑，方為上策。」柯美雲說。

「為什麼？」趙欣茹拼命沉住氣，等她開口。

「因為怎樣，所以怎樣。」

「妳在造啥句子？聽不懂。」趙欣茹有些沉不住氣。

「妳別慌，因為猜疑，容易引起不必要的誤會，所以我們不要被這些同音異字給耍了。」

「若真有那回事，怎辦？」

「不知者無罪嘛！就這樣輕描淡寫的帶過。」

「妳倒想得開。」

「反正我不是當事人，事情又不發生在我身上。」柯美雲俏皮地說。

「哦！妳出主意，叫我去死。」趙欣茹思索不出適當的話，身不由主地脫口而出。

「過了今晚，新年就來臨了，大過年，死呀死的，妳就不會說句吉祥話。」

「要說吉祥話是不是？好呀，恭喜發財，紅包拿來。」趙欣茹將手伸到她的面前。

「給妳五百塊，夠不夠？」柯美雲捲起袖子，神祕地笑了笑。

「妳好大的膽子，敢捉弄我。」趙欣茹一眨眼，轉身，掀起香水瓶蓋，搖晃數下，瓶口朝柯美雲，柯美雲奔竄，兩人追逐，香水溢出瓶外，芬芳的友誼，瀰漫在週遭。

二

一年容易轉眼過，歲暮更新，於傳統的習俗下，家家戶戶都貼上光彩煥發的春聯，帶來了新希望與新氣象。

年的歡樂，高興又疲累，最陰寒的一個早晨，日頭還未將窗簾曬暖，爆竹聲便咻咻繞耳，此起彼落，浸潤著一股喜氣。

柯美雲早早起床，梳妝打扮，穿著一襲喜氣洋洋的衣裳，趙欣茹躲在被窩裡，享受著偷得浮生半日閒的那份愜意。

窗外的風呼呼地響，襯托出室內的溫暖；品味冷的氣息，趙欣茹拉緊棉被，在它的呵護下，暖和著身子，說什麼也不願離開它。

「俗語說得好，初一早、初二早、初三睡到飽！欣茹，今天大年初一，妳就賴床。」

「這種年，有過沒過都一樣，一點意思也沒有，早起晚起有什麼差別？」

「人類綿延一天，習俗便存在一天。」

「什麼都沒了，想要的都要不到，不在乎了。」趙欣茹有一股悵然的失落感。

「失之東隅，收之桑榆，妳失於彼，卻得於此，不就扯平了。」

「吳盛德的印象依然清晰，在撿拾回憶的麥穗裡，也祈禱早日捎來佳音，佑他良平、佑我喜訊。」

「都已失去聯絡，妳獨自似幻似真的想，相思幾時能斷？」

「我為落魄的感情不安，不能因為一句話、一個姓氏，就被拋到界線之外，一點反駁的餘地也沒有，這不公平。」趙欣茹感胸悶。

「我知道妳受傷，但情感之事，沒有公允與不公允，完全取之於順眼。」

「我五官端正，身手矯健，這樣不順眼，要怎樣才順眼？」

「妳明知，我指的不是這個，我是說妳，跟他沒緣份。算了，不想說了。」柯美雲想方設法岔開話題，「今天氣候雖然陰冷了一點，還稱得上天清氣爽，不要辜負了良辰美景。」

「要出去？」

「嗯，難道妳不想？」

「被窩比較暖和，下床，冷死人了！」

「熱水已經幫妳準備好了，快去洗把臉。」

「妳想去哪裡玩？」趙欣茹掀開棉被後說。

「待會兒妳就知道了。」柯美雲露出白白的牙齒說。

「妳不講去哪？我怎麼準備衣服？」

「隨便啦，只要偏向紅色就好。」

「我喜歡穿黑色。」

「大過年的，不宜黑白配。」

「有什麼關係，黑色高貴自然。」

「不太好吧，我們要去拜年哩！」

「去妳親戚家嗎？」趙欣茹問。

「親戚是自己人，沒那麼多拘束，想怎穿就怎穿。若對象不同，上山觀山勢、入門觀人意，要看人家的家庭，隨便不來的。」

「要去誰家？」

「冷順景家呀！昨晚他約我們，本來他想親自約妳，看妳心情不好，就叫我轉達。」

「妳是他的代言人？」趙欣茹將目光投向她。

「他交代我的。」

「去他家，這麼多拘束喔？」

「妳想到哪裡去？邀請的人是他，說話的人是我，我曾聽說，他家很嚴肅，家規挺嚴謹的，有一次正好路過，好奇心驅使下，入內一看，他家整理得井然有序，他的家人在穿著上，雖不是很講究，但整齊清潔，我們總得識大體。」

「妳答應他要去？」

「反正我們也沒地方跑，多一個去處，不是很好嗎？」

「妳自己去好了。」趙欣茹回絕了她的好意。

「我都替妳答應了，賞個臉吧！等一下他會來接我們。」

「這……」

「好啦，就這一次！」

「妳讓我考慮一下。」

「還要考慮呀，時間都快來不及了！」柯美雲急得如熱鍋螞蟻。

冷順景來了，柯美雲對著他說：「她大概不會去了。」

「怎麼成？」冷順景蠢蠢不安。

「已盡力了，她不去，我也沒輒。」柯美雲說完，嘴角緊閉。

「說我不去，妳錯了。」趙欣茹由房內走了出來，「我只是考慮一下。」

「這麼說，妳是答應了？」柯美雲精神為之一振。

「妳要我幫忙，我能不幫嗎？況且只有這一次。」

「阿彌陀佛，謝天謝地，我總算沒失信於人。」柯美雲將目光投向冷順景，深情淺笑，冷順景尷尬與困窘。

冷順景比了個手勢，先行走出屋外，發動引擎，柯美雲轉身，對著趙欣茹說：「妳不要陷在一人世界，遲早要走出去。」

「最美的想像是回憶，不能留下自己的夢，徒嘆奈何！」

「每個人都有他的選擇，妳又何必滿懷天真的期待，釋然些，握緊眼前的機會。」終究是好友，柯美雲掩飾住對冷順景的愛意，說服趙欣茹接受。

「真不知該為自己慶幸，還是悲哀？」趙欣茹細細考量，低著頭，看不到表情。

「香醇的懷念帶來傷感，何不重啟塵封的心扉，握緊眼前的機會。」

「只怕我，已沒勇氣來握緊它，只有任它自手中滑落。」

「為什麼？」

「我豈可輕易地重蹈覆轍，無灶與冷灶，有何差別？」

「差多了，無灶是完全沒有，冷灶，則是偶爾冷一下。」

「仍舊得不到快樂呀！到後來，一樣無情無懷。」趙欣茹道出心情感觸。

外頭響起喇叭聲，柯美雲拉著趙欣茹，「走吧，別讓人家等太久。」

「等等，我們忘了帶該帶的東西。」

「什麼東西？」

「禮物呀！」

「對喔！順便帶幾個紅包袋。」

「好，他家如果有小孩的話，用得著。」

四

微暖的陽光，使人更加嚮往室外活動，戶外的交通量驟增，來往人車頻繁，雖有暖陽，大地的寒風仍凜冽地吹著樹梢。

樹木繁多的地方，滿地悽悽景象，雜沓的落葉，一片乾癟、枯黃。

舒適的洋房大廈，吳盛德有一種恍惚的興奮和期待。

冷順景引領她倆入內，三人豎領急走，吳盛德抬眼，張惶幾瞥。適當的距離，趙欣茹清楚的看到他的面貌，詫異和興奮的眼光中，突然間，糾結煩愁，將憤怒寫在眼裡，臉色一陣蒼白。

深刻的一幕，柯美雲望得出神，毫無顧忌地說：「吳盛德，你跟他相識？」

「這件事由我來說。」冷順景上前打圓場，「吳盛德是我媽媽的姊姊的兒子，說來，是我表哥。」

柯美雲搶著說：「你乾脆直接說，他是你姨媽的兒子就成了嘛！繞這麼個大彎。」

「我要解釋清楚，方能成就一樁姻緣之美滿。」

「你要充當和事佬？」

「若不將他二人找來，錯過，會遺憾。」

人人凝神傾聽，唯，趙欣茹沉默得近乎冷漠地眼望他處。

冷順景瞧了趙欣茹一眼，確定她有在聽，即接著說：「欣茹是個出色的女孩，走到哪，只要有她在的地方，一眼就可看出她的好，我就是在這種情形之下，對她產生了好感，說真的，公司好多女孩子，我都叫不出名字。」

「偏心！」柯美雲打岔地說。

冷順景繼續說：「不可否認，第一眼瞧見她，就有著很好的印象，有次說溜了嘴，將這件事告訴我表哥，他火大了，我以為他神經病，直到他服下大量安眠藥，送去洗腸之後，才知道，原來他們之間有那麼可歌可泣的愛情故事。君子有成人之美，自然要幫忙。」

怒氣拋開，隱沒、熟稔的情愫再次蔓延，盪滿漣漪，在心田底處輕輕地翻騰起來，淚水，滴落在趙欣茹紅潤的雙頰。

吳盛德的笑靨迎面而來，捏緊趙欣茹的手，倆人默默無語。

此刻，柯美雲出聲：「冷順景，你可得想出具體的方法，總不能叫他倆在這兒眉眼相向。」

「為了他倆的事，我特地找一位姓駱的女孩來幫我的忙。」

「在你姨媽面前，你的份量不夠重？」

「我姨媽太迷信，為達目的，只有將計就計。」

「有何妙計？」

「我告訴姨媽說，駱姓女孩，是我女朋友，可是，我不要她了，因為冷駱聯姻，彼此都要被『冷落』，無法白首偕老。」

「她有什麼反應？」柯美雲急急地問。

「我抱著一試的態度。出乎意料之外，她大罵我思想迂腐，並且搬來一堆她所認識的幸福中人，那些姓氏真有意思。」

「說來聽聽嘛！」

「韋屈、倪巴、夏禹、聶戴、貝管。」冷順景又說：「姨媽特地在紙上，寫著幾個歪歪斜斜的字眼，委屈、泥巴、下雨、虐待、被管，妳們說，好不好玩？」

「你姨媽認識字喲？」

「家庭獲得改善，經濟也好多了，她也跟人家上老人大學；有時，婦聯分會舉辦婦女識字班，她也參加，所以囉，字認識一些。」

「你的奸計得逞囉？」

冷順景拍胸脯保證，得意地說：「只要我親自出馬，一定馬到成功，芝麻綠豆般的事，不費多少力氣。」

「厲害，佩服佩服。」柯美雲豎起大拇指稱道。

冷順景見吳盛德的心願實現，他的諾言實現，使兩人重修舊好，心胸空闊自由，心情豁達暢然，精神為之清爽，識趣地說：「美雲，我請妳喝咖啡。」

「不用了啦，這邊有茶。」柯美雲不解其中道理。

冷順景歪歪嘴，急促地使了個眼色，柯美雲恍然大悟，挪動步子，緊隨冷順景而去。

五

酸甜苦辣鹹，這些熟悉的滋味，繼續地咀嚼下去。

曾有的地域與思想之別，吳盛德和趙欣茹此刻雖坐得近，卻變得生疏。

趙欣茹始終低著頭，不發一語，吳盛德無法揣測她的思緒，心頭也陰鬱。

四周萬籟俱寂，吳盛德搓搓手，自語著好冷。趙欣茹側著頭看他，吳盛德藉機問她：「妳會不會冷？」

趙欣茹細唇微啟，回答：「會與不會，都讓你一個人說了，我還能回答你什麼？」

吳盛德脫下身上的夾克，繞到趙欣茹背後，披在她的肩膀，然後說：「這樣好點了吧？」

趙欣茹明亮的雙眼瞪著他，吳盛德怦然心動，舉止間流露著笑意。

吋吋有情的空間，趙欣茹疊疊憶戀，刻銘心肝，兩眼滿盈滂沱，臂彎輕微地顫抖。

吳盛德殷勤地遞毛巾，然後說：「鍾情萬縷不知該如何表達？」

「甜言蜜語，聽來，固然順耳，仔細思量，我好害怕。」趙欣茹不堪壓抑地抽噎。

「不要怕，我們有夢、有從前、有未來，誰也不能拆散我們。」吳盛德安慰地說。

「別後，我滿腔夢碎的痛楚，而一番深情，長長的等待，在心田，永遠有個閃耀的名字，我把真情繫在你身上，但離別的那天，你說，你會來看我，要我別氣餒，你永遠是我的精神支柱，可是，再也無音塵訊息，信箱無信、門鈴無聲，是你遺我，還是我遺你，你怎麼忍心，叫我一夜增一回，一次又一次的啃噬著椎心的痛楚，那種頹喪、迷惘、茫然的感覺，心之傷悲，誰能體會？」

「我能體會。」吳盛德滿臉疼惜和不忍。

「你能嗎？」趙欣茹憤怒的眼神投射過來，「你的玩世不恭，繫不住夢。」

「欣茹，不要說這種失望的話，不要讓現在的失望，帶給妳明日的絕望，一切都是我的錯，錯在我的愚昧無知，我願耐心地聽妳傾訴及發洩，我願時時刻刻的呵護妳，妳知道，我是單純而不虛偽的。」

吳盛德真摯地表白了愛意，眼中浮現著憐惜與不忍，他要撫平趙欣茹內心的傷痕。

趙欣茹回眸而視，被吳盛德誠懇的表白，再次逼得淚眼婆娑。

吳盛德望著她，傾訴著：「妳如天使，引我走進情的漩渦，離開妳之後，我不堪面對生活的貧乏虛空，對愛的執著、愛的步履，那印痕久久不去，我想找妳，但是，既不能夠使妳展開笑顏，豈能再給妳太多的憂愁？而這份真摯的表白，我以為，只能收藏在美麗的記憶之中，想不到，表弟幫了我的大忙，使我有這勇氣，在妳面前，剖析自己。」

「只怕又是有始無終，以後仍要獨自徘徊。」趙欣茹說。

「人家說，尋偶，是人生的重心，而我放棄了尋偶的念頭，多年等妳，因妳是我獨一無二的思考對象，我怕妳在無意間受到傷害，不敢貿然找妳，在數過堆疊的歲月、熬過季季的心酸之後，生活中的糾結煩愁，終能抛遠，懇求妳，讓我們共享生命之春。」

趙欣茹單刀直入地說：「打開天窗說亮話，你我的情依舊是在的，見著了你，我故扮冷漠的容顏，這是情境的不同。坦白說，你的再次出現，我沉浸幸福，空洞洞、晃盪盪的心情頓豐盈了起來，可是，我擔心，你的甜言蜜語、你的癡情，全是言不由衷。」

「我自認表裡如一，問心無愧，請妳千萬相信我，別再疑慮。」

趙欣茹臉上的笑容，時隱時現，微笑，如花朵綻開，吳盛德將她摟在懷裡，有著說不出的快樂。

兩情堅定，情感不再漂泊。

六

在思考的空間裡，冷順景費盡了心思，湊合著一樁好事，潤澤了吳盛德與趙欣茹乾涸的心靈。然則，心間，有著些許的疼痛。

典雅的建築物氣勢非凡，主人擺上盆景、花卉，坐在裡面，品嚐香醇咖啡，並有花香引誘。

冷順景和柯美雲在靠窗的位置坐下，侍者端來兩杯熱咖啡，邊喝，邊觀賞著窗外，耀眼的祥雲與澄藍的天。

柯美雲先開口：「聽說你是肖馬的，果然馬年行大運，一開始，就有好彩頭。」

「屬馬的，奔騰跳躍，在大年初一，就漂亮出擊，成果非凡，可是，我覺得，這是一大諷刺。」

「諷刺？」

「妳不認為嗎？要追趙欣茹的人，我也是其中之一，卻將她往別人懷裡送，不是很好笑嗎？」冷順景停頓一會兒又說：「話說回來，我這麼做，也是君子作風，她和我表哥認識在先，君子豈能奪人所好，尤其是自家人。」

「親兄弟，明算帳嘛！」

「別的可以，這碼子事不行的。看我表哥為了她要死要活的，我答應要幫他，就不能中途變卦。」

「他們復合了，看在眼裡，你不會有酸葡萄的感覺嗎？」

「以後，她是我表嫂，我必須建立快樂的生活。」

「駱小姐呢？該不會假戲真做吧？」柯美雲在好奇心的驅使下，問了起來。

「不成問題，她是我的好朋友，而且名花有主，不必擔心對不起她。好朋友互相幫忙，這是應該的。」

「那你現在的感情……」

「一片空白。」

「沒有要好的對象嗎？」

「沒有。」
「你肯定，真的沒有？」
「當然肯定，我的頭腦清楚得很。」
「可以嘗試接受，別人對你的好。」柯美雲提醒，臉頰亦一陣紅暈。
「自由自在，身心多開朗。何況，我從來就沒留意過，有誰對我好？」
「想想你身邊的人，稔熟親切者。」
「親切？熟悉？該不會是妳吧？」冷順景思考片刻說。
玻璃窗掛了串風鈴，柯美雲撥弄了數下後說：「如果是我呢？」
「妳該不會毛遂自薦吧？」
「那可說不定！」
「如果真是妳，這樣端莊嫻熟的女孩，我可要守在妳的身旁，眷戀著妳。」冷順景笑著說。
「此話當真？」柯美雲急切地渴盼。
冷順景笑彎了腰，面色不改，款款招呼地說：「妳的手借我一下。」
「不可以，男女授受不親。」柯美雲掩不住害羞。
「還說呢，我就知道，妳在開我玩笑，鬼才相信，妳會喜歡上我。」
「我要是告訴你，對你，我已燃起情誼火花之緣呢？」柯美雲說。
冷順景被她的癡情嚇到了，「妳來真的？」

「我已經注意你很久了。」柯美雲緩緩地說。

「我的缺點很多吧？」冷順景嚴肅反問。

「你的缺點，就是優點太多。」柯美雲說。

「我絕不是妳心中渴求的對象。」

「若不是，我又何必白費唇舌。你是那樣的光彩奪目，我是這樣的平淡無奇，如果不是使出很大的勇氣，亦不敢道出。」

「千萬別這麼說，我臉上的喜悅，唯妳能肯定。」冷順景突然坐立不安起來，臉紅地說：「妳那份脫俗的美，使我望之傾服，能與妳訴心曲，是我前世修來的福氣。」

柯美雲如馴羊般，相信了冷順景的每個承諾。

美事翩然降臨，沐浴其中，在生命裡，聚積起春意。

七

客機於空中飛翔。座艙內，兩對佳偶，絮絮柔語、情意綿綿。飛機翱翔於藍天白雲，他們透過小窗，看到了底下的世界，旖旎美景映眼簾，風光如畫在眼前。

抵達機場，旅客魚貫地下機，許多接機的民眾紛紛走來。

一行四人，坐上了計程車。司機問明目的地，旋即發動引擎、開啟音響。

音樂是寂寞的友伴，而此時，他們歡聲處處、笑語連連，一點也不寂寞。

眼光投向窗外，景物似曾相識，又頗為陌生。

道路逐年增遞鋪展，飛馳的車輛有的潔亮無比，有些車身卻滿是泥塵。

木麻黃昂昂然高入雲天，綠蔭森森，影晃動。

回家的感覺真好！

趙欣茹、柯美雲，娘家只隔一小巷，她們分別攜著另一半踏入家門。

趙、柯兩家，情感甚篤，平日來往親密，在寂謐的農村，掀起了熱鬧的氣氛。

魚蝦儲滿倉、鞭炮串串響，在陣陣鞭炮聲的慶賀下，佳餚紛紛上桌，美食腹中送，佳釀口中飲。

八

閒適心境，嚮往湖中泛舟。

租小舟，徜徉湖間，享歡樂時光。

汪洋中，小槳搖擺，圈圈漣漪，數不清的眼睛，無盡地跳躍。槳，愈是衝勁地搖，水花四濺，濺著了身，有股濕濕的涼意。

賞湖光水色，臉上流露出悠閒自得的神情，心情舒朗、自在又快活。

湖，灑脫飄逸間，透顯幾分神韻與靈氣。小舟停止擺動，無波的湖心，水面明澈如鏡，風景如畫，這般引目思懷，天地之美，濃縮於寧謐、安詳的湖鏡之中。

兩艘小船緊緊相鄰，冷順景附和：「隨便覓一處小湖，都是那樣清純靈秀。」

「這裡的湖濱，好討人喜歡！」吳盛德讚美，隨即將小舟靠近冷順景那邊。

「我們以前玩的地方，老是臭氣四溢、汙濁不堪、難見清澈，都是工廠惹的禍，排水設施不佳，廢水亂流竄，汙了環境、害了健康。」吳盛德忿忿地說。

「就是說嘛！傷了眼睛、損了鼻子、苦了喉嚨、壞了耳朵。」冷順景亦說。

「還好，環保工作漸上軌道，希望有一天，我們那裡也能像這裡一樣的無汙染。」吳盛德說罷，轉頭看了趙欣茹和柯美雲之後說：「妳們兩個女生，今天這麼文靜，都不說話？」

趙欣茹回以：「你們高談闊論，我們怎好打岔。」

柯美雲則說：「兩位來到我們的地盤，新鮮人談新鮮事，我們自要禮讓。」

「地盤？那，要不要拜地頭呢？我看，祭點東西吧！」冷順景一本正經地問。

「祭你的下巴！你兩人只要包兩個大紅包給我和欣茹就可以了。」柯美雲說。

「好吧，在妳娘家，我聽妳的。」冷順景說。

「這麼好。」柯美雲說。

「不過，改天回我家，妳要聽我的。」

「好。」

「妳要包兩個大紅包給我。」

「為什麼？」

「那邊是我的地盤啊！」

「我拿你一個，你拿我兩個。」

「放高利貸、生利息嘛！虧本的生意誰要做？」

柯美雲跺腳，「你好兇哦！」

「再用力跺，待會兒，我們就變成落水鴛鴦了。」

柯美雲呶著嘴，對著趙欣茹說：「妳看，天下的男人，都是這樣的，只會佔人便宜。」

「認命吧，要不然，為何嫁人的是我們，而不是他們。」趙欣茹說。

「美雲，不要牽扯到我。」吳盛德拉著趙欣茹的手說：「欣茹，我會是個好先生的。」

「好好先生是不能發脾氣的，對不對？」趙欣茹問。

吳盛德不知有詐，回答得快：「對！」

「你們作證喔！以後只能我對他兇，他不能對我壞。」趙欣茹指著冷順景夫妻說。

吳盛德一臉苦笑，「萬一不小心呢？」

「你要賠償精神損失。」

「多少啊？」

「隨我高興。」

「牙齒和舌頭最好，有時都會咬到，何況是夫妻，看來，我完了。」吳盛德裝出一副頹喪的表情。

「你後悔娶我了吧？」

「是有那麼一點。」

「啊？」趙欣茹趾高氣揚地。

「半點。」

「什麼？」趙欣茹又提高了嗓音。

「我，非常高興。哦，這，天賜良緣！」吳盛德轉得飛快。

「這還差不多。」

「差多了！」

「你說什麼？」

「我什麼都沒說。」

湖景安祥中透著光彩，他們駐足一陣。上岸後，湖邊印有足跡，踩著嫩嫩的綠草，那湖濱如茵的草地，綠得發亮，沐浴了難得的明媚春光。

嬌言媚語，款款訴情衷，笑靨映現在臉龐。

九

早起的鳥兒，鳴奏著清脆的旋律，群鳥飛翔，舞曲在空中迴盪。

山風的呢喃，粲然動人。風，緩緩地拂著，春天又翻起了嫩嫩的新芽。

天高氣爽、風和日麗，陽光喚出影子來陪伴，伴著春的喜悅，脫下鞋襪，褲管捲到膝蓋，光著腳丫子，邁動兩條小腿，快步朝田園奔去。穿長袖、戴手套、修枝剪葉、施肥，額頭沁滿著汗水，而田園的吸引與誘惑，使他們著迷。

「農夫好辛苦，藉這個機會，體驗一下耕田的辛勤，也滿有意思的。」吳盛德說。

「你要喜歡，就留下來，我們多待一段日子。」趙欣茹說。

「眼看假期快過，不走也不行。」

「我們打個電話回去報備一下，順便請假。」

「我知道妳依依不捨，其實我也是。只不過，這次我們拖延，下次再請長假就難囉！要為大局著想。」

「好嘛！」趙欣茹轉身，見柯美雲和冷順景前來，帶點責備的口吻說：「老半天不見人影，上哪兒去了？」

「去她家。」柯美雲指指身後的陳碧嬌。

「碧嬌，妳太不夠意思了，邀請他們，都不邀請我。」趙欣茹說。

「她有事請我們幫忙。」柯美雲解釋。

「碧嬌，滿面春風的樣子，還會有什麼需要幫忙的事情。」趙欣茹說。

「她戀愛了。」柯美雲興奮地說。

陳碧嬌趕緊將來意說明：「你們就要回去了，我想請你們回去之後，幫我打聽一個人，地址我已寫給美雲了。我想知道對方的家境，他告訴我，他們家有好幾棟房屋、也開了工廠，又經營各項投資。」

「妳想證實是否屬實？」趙欣茹問。

「嗯，我怕受騙。」

「妳不相信他？」

「有一些擔心。」

「過些日子，就給妳答覆。」

「萬事拜託！」

「哪裡的話，我們在那邊住久了，打聽起來比較容易。」

陳碧嬌走了，趙欣茹雙手合十，嘴中喃喃自語：「願上蒼保佑，不負所託。」

人。

離別，依依不捨地離去，載不動愁思與惆悵，觸發起無數的感嘆與懷念。

背靠座椅，打一個盹，小憩片刻。突然被一陣嘩然所驚醒，原來已抵站，候機室早就擠滿了

十

黃昏裡，街頭掛起數盞燈，離家尚遠，先找一棲所。走了數家旅舍，均已客滿，腳踝疼痛無比。

柯美雲忽然想起，陳碧嬌給她的地址，她的男友呂智宏就住在機場附近，於是說：「既然沒旅社住，不如到呂智宏家，順便查探一下，他對陳碧嬌是否真心？」

趙欣茹接腔：「不太好吧？」

「我們只住一晚，明早就走。」

「可是，他又不在家。」

「我們跟他家人實說，助人為快樂之本，應該不會拒絕我們才是。」

冷順景沉思片刻說：「照美雲的意思好了。」

「我沒意見。」吳盛德說。

依地址尋去，果然是棟美輪美奐的住宅。吳盛德按了門鈴，一個老人步履蹣跚地走來，開了門，摸摸額頭禿禿的腦袋，「請問，你們找誰？」

「您是呂伯父嗎？」吳盛德有禮地問。

「是的。」

「我們是智宏的朋友。」

「他不在耶！」

「我們知道他不在。因為我們沒有落腳處，想打擾一晚。」

「沒問題，裡邊請。」老人做出歡迎狀。

四人拎著行李，有序的入屋。冷順景拉開行李的拉鍊，取出兩瓶酒，然後說：「呂伯父，我們受智宏女朋友的託付，這兩瓶酒是她要孝敬您的。」

「這我不能收。」

「是碧嬌的一番心意，您就收下吧！」

「這樣好了，我幫你們轉交給智宏的父母。」

冷順景張大了眼睛，「您是？」

「我是智宏的叔叔。這孩子，唉！我也不便說太多。」

「這裡不是智宏的家，他家住哪兒？我們想到他府上走走。」

「你們待在這兒就行了。待會兒，叫內人煮幾道菜，讓你們填一下肚子。其實，你們想知道什麼，問我就可以了。」

「我們只想去他家看看。」

「就在對面，那棟低矮的木房。」

四人帶著酒，往那頭走去，冷順景敲了敲門，無人回應，即推門而入。牆角，老人將一根菸，分拆多份，再將日曆紙撕成幾張，把菸草分別包妥，黏上少許醬糊，以防掉落。

冷順景趨前，將酒遞到老人家面前，「伯父，我們是智宏的朋友，特來看您。」

「你們一個個長得人模人樣，瞎了眼，交智宏這種朋友。」

「我們是他女朋友的朋友。」

「講什麼？我聽不懂！」

「智宏的女朋友，叫我帶這個來孝敬您。」

「是哪一個？」老人指著柯美雲、又指著趙欣茹。

「智宏的女友叫碧嬌，今天沒來。」

「女孩的一番心意，我收下。請你們回去告訴她，不要被那個沒良心的給騙了。死囝仔，到處招搖撞騙，狼心狗肺的東西，丟人現眼！」

「伯母呢？」

「歹命呀，年紀一大把了，還去幫人洗碗盤。這麼晚了，大家都在休息，她還在掃馬路，哪天運氣不好，被車撞死了，自己倒楣。」

「不會啦，吉人自有天相，您別擔心。」

「怎麼不會，我就是被車撞殘廢的，也不知哪個爛王八，撞了人就跑，現在就靠老婆的微薄薪水在度日。」

冷順景見他家，物質與金錢均匱乏，惻人的情懷遂起，便由口袋拿出兩張千元大鈔，雙手奉上。

老人突然發火，「我不要任何人可憐我，看我孤單、寂寞，是不是？」

冷順景驚嚇得面容失色，一時變得不善言辭，「我只想幫助你，別這麼兇。」

「我不會因金錢的匱乏而向人求助。沒錢，褲帶縮緊一點，我若要人贊助，也輪不到你。我那有錢的弟弟，三番兩次的濟助，我都不要了。以前，我是多麼的風光，財大、業大，要不是智宏不學好，害我傾家蕩產，連老本都賠了進去。那精神的傷痛任何人都幫不了。」老人臉上有哭泣的淚痕。

一行人落寞地開門，輕輕掩好關上。朦朧的夜，閃著無數只燈的眼睛，眼光望向路旁，看著那些拿著掃帚和垃圾桶在街道清掃的人們，哪一位是智宏的母親？

晦暗的日子，命裡的辛酸，人間訴不盡的淒涼，他們的內心，感到輕微地顫慄。

十一

趙欣茹提起筆來，認真地伏在案頭，密密麻麻、拉拉雜雜的寫了一大堆。末了，一字字重新細讀，複雜的情緒，讓情感豐富的她含著淚，一讀再讀。

「呂智宏是陳碧嬌沙漠中的泉源，叫我如何破壞它？」趙欣茹心頭像團亂絲，吳盛德摟她入懷，安慰著說：「不要難過了，我們也不希望結果是這樣。但無論如何，知道的事，就要實情實稟。」

「早讓她知道，好叫她快刀斬亂麻。遲早，她要解開這枷鎖，想開一點就沒事了。」

「要想得開，不容易啊！」

「我們盡人事、聽天命。」

「用寫信的，似乎還遺漏了些什麼，如果能當面告訴她，也可順便安慰一番。」

「光是寫信，妳就哭得半死，要是面對面交談，感染了氣氛，妳說得出話嗎？」

「那，投入郵筒吧！」

「為慎重，跑一趟郵局窗口，寄掛號信，她一定收得到。」

「這趟差事交給你。」

「為卿服務，是我的榮幸。」

「卿？這趟返鄉，戀上她了？」

「此卿非彼卿，乃嬌妻是也。」

十二

氣候驟變，朝來寒風、晚來雨。惱人的風、惱人的雨，捉弄著陳碧嬌不耐煩的心。不胖不瘦、苗苗條條的她，屈指一算，已度過了幾個晨昏，不知他們此去，目的能否達成？緊張的情緒不時圍繞，身段更顯婀娜。

當陳碧嬌得知呂智宏複雜的社會關係及被惡習所汙染，心痛不已。

呂智宏來了，「妳最近瘦多了，是想我嗎？」

「你說呢？」

「被我說中了吧？一有空，我就會來看妳的。等我們結了婚，形影不離，妳就不用因相思而消瘦。」

「奢靡的生活有害身心。儉樸的日子有益健康。」陳碧嬌掩飾鬱悶。

「話是沒錯，但我家裡有的是錢，我要妳成為世界上最美麗的新娘。還有，黃金太俗氣，我要把最晶瑩亮麗的鑽戒，套在妳的手上。」呂智宏陶醉地說。

「你也太渾然忘我了吧？」

「我在規劃未來。」

「將我賣了？」

「妳嚴重刺傷了我的自尊，妳可以不嫁我，但不能侮辱我。」

「沒人要嫁你，等下輩子吧！」

「禮貌是友誼的媒介，與人說話，這般潑辣，基本的禮節妳該懂。」

「像你這種朋友，不交也罷！」

「這話是妳說的，可別死皮賴臉地來找我。」

「你還要瞞多久？你在外面花天酒地，而你的父母辛苦地為別人掃地。」

「妳聽誰胡說？」謊言被揭穿，呂智宏漲紅著臉。

「你在紛雜裡，感染了汙濁。你的自尊無言無語地任人踩踏。你不計人格、違反天道，做盡壞事，你就不能宅心仁厚一點，為什麼要逼自己走絕路？」

「妳知道的還真多！」呂智宏不斷昂首。

「許多先賢雖作古，仍留正氣在人間，死後萬古流芳。你呢？活像行屍走肉，生命只有更蒼白。」

「我又不是文天祥，別來訓我。我什麼都不是，浪跡是我的生活，只怪妳，天真的期待。」

陳碧嬌將手中的信函，丟入垃圾桶。呂智宏一個箭步上去，撿了起來，快速看了一遍後說：

「原來是他們在搞鬼，看我找他們算帳。然後再把妳賣了！」

「你敢！別以為我好欺負。」陳碧嬌將嗓門拉高。

「妳小聲一點行不行？怕人家不知道。」呂智宏壓低聲音說。

「我就要說、我就要喊！呂智宏，大壞蛋！」陳碧嬌吶喊。

「算我怕了妳！」呂智宏一番顫慄。

「你馬上離開我的視線！」

「我會立刻消失的，恰查某！」

「滾……」

相逢偶然、相識悵然。呂智宏不能消除雜念，陳碧嬌只有獨立的護衛自己，以減輕內心的痛苦。

十三

多少世事，一眨眼、一轉身，它即悄悄地離開，亦漸為人所淡忘。

呂智宏從記憶深處緩緩飛出來，勾出了一個人影，即是陳碧嬌。歲月留過，他累積了無數的經驗，調適了週遭的環境，摒棄了浮華與迷惘、慵懶與倦怠。面對最惡劣的境遇、迎面襲來的風浪，不被擊沉，反以充裕的精神和體力來支付。

呂智宏以一個嶄新的面貌，叩訪陳碧嬌，陪同者尚有吳盛德與趙欣茹、冷順景與柯美雲。

陳碧嬌大感意外，「你們怎會湊在一起？帶他來做什麼？」

「向妳求婚呀！」吳盛德說。

「我說過，等下輩子！」陳碧嬌忿恨地說。

「那太久了。」冷順景笑著說。

「你們是怎麼了？」陳碧嬌不屑地說。

「帶一個全新的包裝來，由裡而外，全新的哦！」趙欣茹說。

「絕對適合妳。」柯美雲亦說。

「少轉彎抹角，他不適合我。」陳碧嬌恨意猶存。

趙欣茹將陳碧嬌拉到一邊說：「他已徹底地改頭換面，我們都是證人。」

柯美雲亦趨前，「他現在是分秒必爭的。」

「既然如此，現在怎麼有時間？」

「是我們拉他來的。不信，妳問他。」

「他又不是啞巴，不會自己開口，還要我問。」

冷順景與吳盛德奮力將呂智宏推到陳碧嬌身旁，異口同聲地說：「你自己開口好了，我們不想在這兒礙事。」

四人互使了眼色，旋即離開。

十四

「感謝妳將我召回。」呂智宏誠懇地說。

「你要來，我根本不知道，神經病！」

「妳要罵、儘管罵，要不是妳的一番話，今生就走了不歸路，現在同樣漂泊、流浪。」

「我懷疑他們是否跟你串通好來騙我。」

「妳可以調查、亦可以到我家鑑定。」

「你除了容顏改變之外，思考亦變了。」

「以前，做事未經腦袋瓜考慮，使我們兩人產生裂痕。如今，抵不了思念，改頭換面後，我回來了。」

「一長串的惦記均已遺失，愛情已黯然失色，多說無益啊！」

「再度來到睽違已久的地方，我重拾信心。就像當初，叔叔拿本錢讓我做生意，心中有個閃耀的名字做支柱一樣。」

「閃耀的名字？」

「陳碧嬌。」

「怕了你的甜言蜜語。」

趙欣茹和柯美雲攜手回來，趙欣茹先開口：「談得怎樣？」

「她不相信我。」呂智宏說。

「碧嬌，現在相信我，以後妳會相信他。」柯美雲說。

「可是……」陳碧嬌支吾著。

「不給他機會，如果二度墮落，妳不心疼呀？」趙欣茹說。

「他已符合妳所求。」柯美雲說。

「你叔叔，賭注下大了。買豬頭，讓你學刀路，在你身上，做大手筆的投資。」陳碧嬌看了呂智宏一眼。

冷順景和吳盛德奔至，興奮地說：「落網之魚已落網，稟太座，我們可以去泛舟了嗎？」

「任務已達成，放你們的假！」柯美雲開心的說。

冷順景接口：「我跟盛德去，多沒意思，綠葉也要紅花襯。」

「我們沒問題，現在，就看碧嬌了。」柯美雲扮了個鬼臉。

「我怎好掃大家的興。要去，奉陪到底。」陳碧嬌開懷的說。

冷順景：「終成眷屬。」

柯美雲：「永浴愛河。」

吳盛德：「天定良緣。」

趙欣茹：「心心相印。」

儷影雙雙互挽手臂，朝湖邊走去。路上，微風輕送，活躍的樂譜飄揚，心坎裡，訴說著衷曲的纏綿。

原載一九九〇年三月十五日至三月二十八日《正氣副刊》

繽紛耀眼人間情

第一篇：待嫁女兒心

一

春暖花開，暑氣漸盛，明麗耀眼的晴朗增添著生活的色彩。

旅途歸來，胸懷既遼闊又激盪，髣如打了一劑強心針、注了一帖營養劑。孟恬恬眼中，閃爍著醉人的笑靨。而風，從車窗活暢地吹進來，吹起了暢快的涼意，感覺飄灑。

遠山還清、綠野壯闊，這乃最無價的視野享受。而民情純樸、風光之美，孟恬恬心動不已，如昨往事，歷歷胸懷，產生了一股醇厚的情感。

踏入房間，桌上的灰塵，拂去，又再聚回，已數不清離開它有多少日子？深鎖的房門，那片金黃色的鎖，有生鏽的跡象。孟恬恬取下它，由抽屜拿出一塊砂布，在它的四周摩擦。

一番清整，臥房又恢復了窗明几淨。

「恬恬，妳走後，房間上鎖，沒將鑰匙留下，媽媽無法進去整理。」其母關懷的語氣中，帶點責備的口吻。

「媽，對不起啦！臨時決定，走得匆忙，一時忘了。都怪我，有鎖門的習慣。」孟恬恬溫婉地說。

「整理好了吧？」

「剩下地板還沒拖。」

「妳慢慢整理，媽去幫妳煮碗麵。」

「媽，不用忙了，我不餓。」

「瞧妳，跟媽媽客套起來了。」

「我都已經三十歲了，還勞煩您。」

「在媽的眼中，妳永遠是小孩子、是媽的心肝寶貝。」

「可是，爸都不這麼想。」

「哦？」

「爸一直逼人家嫁，好像我待在家裡是累贅，真叫人百思不得其解。」

「你爸也是為妳好，都三十的人了，再不嫁，就變老姑婆了。」

「人家捨不得離開您啦！」

「媽也捨不得妳離開呀，養都養了，不差那些米。從妳紅赤赤開始，一直捏、捏到這麼大，花了多少心血，等妳養兒育女之後，妳就會懂。」

「嫁我是會嫁啦！可是，爸老是用那套相親的模式，人家喜歡我，我又不喜歡人家；我喜歡人家，人家又不喜歡我，所以一年年的僵持下去，難堪的窘境不可勝數呀！」

「妳也要為妳爸想想，他企盼妳有個好的歸宿，妳虛歲都不止三十了，尚待字閨中，他擔心別人蜚短流長，妳知不知道？」

「爸那善變莫測的心緒，我摸不著、也受不了。一碰面，說個不停、講個不休。」

「他是為了激妳嫁，免得人家誤會妳是心理有問題，還是生理有問題，才遲遲不披白紗。」

「我是眼光過高。週遭又不乏追求者，只是，面臨抉擇時，總是一番猶豫。」

「稍有猶豫，機會就會錯過。」

「這次錯過，下次還有機會。人海茫茫，機率很多。」

「媽真不懂，你們這代的年輕人，腦袋裝的是什麼？想當年，嫁給妳爸爸的時候，連面都沒見過，也不知是豹還是虎，媒人之言、父母之命，就這樣上花轎。」

「沒有情感存在的婚姻，如何相處？」

「那個年代，生活都有問題，哪有閒暇去談情說愛，日子還不是一天天的在過。男主外，女主內；男人拼生計、女人養兒育女，也沒聽說過有哪對夫妻不睦。女人呀！嫁雞隨雞，要遵守三從四德，千千萬萬要謹記。」

「為什麼娶妻是男人的專利？他們不用離開生長的家，我們就要活受罪，嫁到一個完全陌生的家庭，重新過日子。」

「如果妳真不想嫁、真捨不得離開這個家，就請人去打聽有哪家男人要讓人家當贅婿？」

「這樣做，會招來閒言閒語。那種要讓人招贅的，如果不是家庭貧苦、無力娶妻，就是好吃懶做，想吃軟飯。」

「妳說得也有道理，那就慢慢挑吧！」

細數歲月，企盼歸鄉日，返家團聚，母女的笑聲，自繽紛的心靈迸出。

二

莫名的來襲，產生了思維的掙扎和矛盾。孟恬恬的受創，萬念俱灰。醇酒來不及細品，即放棄了希望，一波波不平的思緒湧上心頭，恨不得飛奔到無人的地方、沒人干擾的處所，將自己隱藏起來。

關鍵人：蘇炳順，一個大她兩歲的男孩，貌俊體健、秉性忠厚。

運動，有益身心，渾身筋骨得以舒展。向晚的餘暉閃耀，孟恬恬沿著公路而跑，汗流浹背，但舒暢淋漓。

蘇炳順差點跑進路旁的水溝，這一舉動，將孟恬恬逗笑了。

接著，蘇炳順喋喋不休地追問孟恬恬的名字、年齡，對她產生了興趣，她一個不經意的眼神，都使得他不停地反覆咀嚼、全心沉醉。

美麗的景象映進瞳孔，愛情如神奇的甘露汁液，迅速地，孟恬恬已鍾情地喜於他的這種性格。耳邊私語不斷，一個未娶、一個未嫁，雙方均殷切地渴盼愛的未來。如此，更醺然如醉，慶幸由心底泛昇，深切地想擁有對方。

交往了下去，孟恬恬除了知道他的姓名、職業，其餘的一無所知，連他的住所，她也不清楚。孟恬恬多次告訴自己，一定要找個機會到他家走走，但始終開不了口，不知找何理由。

好久不見他了。孟恬恬縮了水的性情，變得喜怒無常、神思恍惚。她氣自己糊塗，在適度的範圍裡，未能問個清楚。她靜靜地徘徊，手中的玻璃杯掉落地上，摔破了。

她髣髴聽見地上的碎玻璃，它們在那兒掙扎求救，聲音由宏亮而低嗓，難道，這代表她的命運如同碎玻璃一般？

久未謀面的蘇炳順，又主動邀了她。她欣喜欲狂，在衣櫃裡挑來選去，為自己的美包裝與襯托，好強調獨特的風格與氣質。

約定地點，只見蘇炳順孤自遊走。孟恬恬掩不住喜悅，臉上散發著微笑，抱歉地說：「我遲到了。」

蘇炳順停下腳步，迫切地說：「我有重要的事跟妳商量，我們結婚去吧！」

「你突然不見、又突然出現，沒頭沒腦的提起，我實在不懂。」

蘇炳順見她懷疑，解釋著：「我祖母過世，須在百日之內完婚。」

「我們可以等一年之後。」

「我爸媽急著抱孫子，已幫我覓了一位隔村的女孩，我負有責任艱鉅的挑戰，如果貿然娶了她，妳一定會誤解，否定了我對妳的真情。我深知，今天若不說，而娶了別人，妳必恨我一輩子。」

「你對她如果郎有情、妹有意，就別錯過。」

「妳怎麼答非所問？」

「我懂你的意思，但不想勉強自己。」

「當初與妳戀愛，就是為了和妳結婚。莫非妳無法接納我？」

「愛是不能勉強的，我決定和你分手，你了解我的心意，心中自然會快活。」

蘇炳順正想和她輕聲低語，她卻如微風冉冉而去。蘇炳順心想，也許是時候未到、姻緣未熟，或者是理想與思想的隔閡？他的耐力不打動她的心，他決定離去，不回頭、不眷顧。

三

蘇炳順走得不拖泥帶水。孟恬恬隱藏著對他好感的事實，她只想以此拒絕的方式，揣摩對方是否真情？這也是保護自己的一個好方法，豈知，弄巧成拙，他悶聲不響的走了。

孟恬恬不懂，自由戀愛亦多波折，有生以來，她第一次感到枯燥與無奈。澎湃的心靈吶喊，滾燙的淚水緩緩滑落。以往的追求者，蘇炳順並不是最好，看上他，連自己都不清楚看上的是哪一點。

生之無奈，精神寂寥。情感，真是艱澀難懂，明明喜歡、明明愛，就是不敢說出口。細數這段傷心事，短時間怎能痊癒？

心情沉重的她，神思恍惚。情事，奪去了她的歡樂。她也說不上來，何以蘇炳順的離去，內心會如此不平衡？她想過，他並不是她真正的理想伴侶。但一股情化為烏有的遺憾，矛盾與委屈，對歸宿又茫茫然。

點點滴滴的不快，逐日累積下，滋生成心情的憂鬱。再兜圈子，美好的事亦都不能停駐。她不想在別人所劃定的範圍下繞轉，但是，民情、風俗，不是她能改變的。

清純稚嫩的孩童無憂無慮、開朗嬉戲。看著他們，孟恬恬多想活在童年的歡樂中，如果可能，她拒絕長大。

待嫁的女兒，心事重重。

鄰家的姑娘，披著嫁紗，新郎小心翼翼的扶持，嬌滴滴、喜孜孜地上了喜車，手中的扇子，由車窗向外扔，她的母親拾起，目中含著慈祥又依依不捨的淚光。再快樂的新娘，就要離開孕育成長的家，此際，總有難分難捨的離情。

對於不可預知的未來，孟恬恬不願將理想託付於虛幻邈遠中，滌濾了心中的滓渣，她深信友誼不能假。

面臨婚姻，她不再刻意地追尋，免再受創傷。就讓它，像生活中其他的事情一樣，自自然然地來。

第二篇：愛情夢

一

狹小的空間音樂流盪，溫婉柔和。鄭翠碧柔弱的身軀，於播音室在空中和聽眾們會面。雖是自言自語，但仍以堅定的神情，娓娓細說著一個又一個的故事。

「當熟悉的音樂響起，我們又見面了。我是鄭翠碧，在現場為您製作、主持，又到了『友誼橋』的『聽友信箱』這個時段，一位徬徨的女孩來函告訴我，她說，姐姐，人人喊我苦瓜臉，我一輩子當真要過苦日子嗎？我的煩惱不斷，被許多的流言困擾。一個被男人拋棄的女孩，難道還能露出天真無邪的笑容嗎？一年前，我認識了當醫生的男朋友，親友都豎起大拇指，說我有眼光。最高貴的尊嚴降臨到我的身上，連作夢都會笑。我們見了彼此的父母，雙方家長都沒意見，就這樣交往了下去，甜甜蜜蜜，維持了一年，最高超的友誼，發生在我們之間。現代社會，這樣的事，見怪不怪，我們快樂地膩在一起，親親蜜蜜的。可是，好景不長，當我發現身體不對勁時，他閉口不談結婚的事，要我拿掉孩子，我怎能戕害骨肉。他生氣了，再也不來找我。望著腹部微凸，他人的看輕、莫須有的罪名，扣在我的身上。姐姐，我現在的心情紊亂又複雜，請告訴我，該怎麼辦？」

鄭翠碧唸完來信，哀怨又淒美的音樂，又微微地響起。她將音量調小，幾乎聽不見，理了理思緒，然後說：「徬徨的女孩，姐姐很同情妳的遭遇，看妳難過，我心裡也不好受。妳的男朋友，如此地狠心無情，只能說妳遇人不淑。他既不肯對妳負責任，妳就無須留戀。基於人道，妳想保住胎兒，也要考慮後果，一個未婚媽媽，心理的負擔、經濟的負荷，不是一件容易的事。而妳，既然繫不住他的心，就別跟他談婚姻。我之所以這麼說，是想讓妳有心理準備。說到這裡，不得不責備妳幾句，尚未步入紅毯，就糊塗地被攻破防線。現在說什麼，都太遲了！妳的愁眉苦臉、我的滿腹同情，都無濟於事。勸妳，如果真要生下小孩，跟家長商量，亦可找未婚媽媽中心。徬徨的女孩，妳的個性原本開朗，就再一次瀟瀟灑灑、自由自在的過日子。我的回覆，妳滿意嗎？願妳快樂，祝福妳。」

二

鄭翠碧走出大樓，曾春榮已守候在外，他的機車未熄火。鄭翠碧笑而不語地坐到後面。車轉了個彎後，曾春榮問她：「妳今天的情緒不太穩哦？」

「沒有啦！」

「我一路聽妳的節目，收音機那邊，傳來妳甜美的聲音，但音調有些顫抖。」

「為那徬徨的女孩感到鼻酸。青春年華般的歲月遇人不淑，怎不叫人一掬同情之淚？」

「說穿了，她也是自找罪受。」

「話不能這麼說。七情六慾人皆有之，尤其，她的年歲本來就容易受到外界的誘惑。再說，她遇到這麼好的對象，衝動在所難免。」

「她該學妳的。」

「學我？為什麼？」

「我們的戀情，持續多年，妳防得緊，從未讓我有越軌的機會。」

「我清楚自己，五官庸俗、一無可取。」

「妳在我心目中，永遠受我敬慕與尊重，我不會去破壞那一份完美。」

「你知道嗎？我放心你的人、不放心你的心。」

「這麼多年來，我的為人，妳最清楚，還有什麼不放心的？」

「我的一位女同學，她去年結婚，不久後，來了一封信。怨氣發洩般地說，走進了愛情的墳墓，很後悔。她的先生，不像戀愛時那般憐惜她，他們之間，逐漸地生疏和冷漠。她告訴我，有經濟基礎，能養活自己，就別輕言結婚。男人靠不住，婚前捧在手掌，婚後無情冷漠。她要我在『聽友信箱』為她播出，解心頭憂、報心中怨。」

「我是妳的忠實聽眾，怎沒聽過？」

「我怕誤導女性聽眾。」

「妳的那位同學主觀意識太強烈，又不是每個男人都這樣。」

「你在為自己辯解嗎？」

「水清魚就現。我不是為自己，而是為天下正派的男人說話。」

「她的主觀完全是內心的不平衡。男孩子一旦成家，便是一家之主，要負起整個家計，當然無法整天和她膩在一起。她沒考慮到，上天不會掉白米。」

「難得妳有這等寬懷的想法。」

「沒有高人一等的智慧，如何回覆那麼多的信件。」

「沒有播放，妳的同學不生氣嗎？」

「我寫了一封很長的信，將沒在空中為她服務的原委跟她說清楚、講明白。她來找我了，不停嘀咕，我勸她隨遇而安，發脾氣，傷己傷人。眼裡有自己，也要容得下別人，她終於聽進去了。」

三

「鄭姐姐，男女交往，日久生情是很自然的事。我跟他是青梅竹馬的戀人，但他娶了一位標緻的女孩，拜倒在她的石榴裙下。他已經結婚了，我有種被拋棄的感覺，但我不灰心，我相信，終有一天，他會回來的。這一天，很快來臨，他的她，跟人跑了。他們的感情消失了，我們又恢復見面，他跟我提出結婚的要求了。這是我夢寐以求的事，好事將成雙，這無法抗拒的誘惑，高興老半天。想不到，他的她，又出現了，我的夢、我的心，都碎了。他又跟她在一起。我很懊惱、也很痛苦，積聚的敵意，充滿了恨，我想報復，我要摧毀他們。可是，我依然愛著他，不忍下手。鄭姐姐，將妳的經驗告訴我吧！」

鄭翠碧輕緩地說：「矛盾的女孩，鄭姐姐從未遇過這種事。不過，可想像妳的心情。妳要清楚一件事，他已不是妳的兒時玩伴，他現在是別人的丈夫。合適的玩伴，不一定適合當夫妻。妳要安排自己的人生，將妳對他的愛昇華，高尚的表現比低級的來得好，願妳以謹慎的態度處理。矛盾的女孩，祝妳坦然豁達，從此再也不矛盾。」

闔上大門，下了班，已近黃昏。夕陽下，正是情侶約會最美的時刻，曾春榮與鄭翠碧悄悄地談情話。

曾春榮由口袋取出一個小型的紅色珠寶盒，遞到鄭翠碧面前說：「打開看看。」

「這是什麼東西？」

「妳看了就知道。」

鄭翠碧啟開後，一條亮晶晶的項鍊，穿過鑲有小亮珠的金牌，在夕陽下，閃閃發光。鄭翠碧問他：「送我嗎？」

「嗯，送妳！」

「這麼貴重。」

「喜歡嗎？」

「情感不需要做如此地點綴。」

「我懂。所以，當妳的精神支柱，每日收聽妳的節目，給妳最大的精神鼓舞。而這一點小禮物是我的一份心意，主要目的，慰勞妳的辛苦。」

「沒有其他的意義？」

「當然有！想提醒妳，我們都不小了。」

「你又要逼我……」

四

「翠碧，等了妳這麼多天，不見回覆，給個承諾吧？」

「我的壓力很重。」

「我不會帶給妳任何壓力。」

「不完全是你，還有工作壓力。」

「累嗎？那就歇息吧！我養得起妳，辭了工作，陪妳散心去。」

「工作是神聖的，我愛不釋手。」

「我不敢斷言，妳說此話的真實性，妳似乎藉工作來拒絕我？」

「我沒有。」

「那是妳變心了？」

「沒有，真的沒有！你未身歷其境，不會懂的。每天都有聽眾寫信給我，他們談愛情、事業、婚姻。我也將情感融入其中，你曾說過我可以去當心理醫生，輔導別人。但第一個神經衰弱的卻是我，我才需要接受輔導與治療。」

「原來是那些訴苦的信件害了妳。」

「看他們的心聲，想他們的感受，無形中，自己也陷了下去。」

「我忽略了妳，柔弱的身子承受太多。妳的內心跟妳的外表一樣脆弱。」

「我終於發現，勇敢是強裝不起來的，英雄不好當呀！」

「妳很需要安全感。」

「我承認。」

「那，讓我名正言順的當妳的護花使者。」

「不行。你有你的未來、前途和理想，不該為我承受太多。」

「我願承受，為我所傾心的妳。」

「我會拖垮你！」

「別儘說些洩氣的話，我都不怕，妳也別擔心。」

「我總覺得，我沒有吸引力。」

「胡說！妳的人、妳的語調，洋溢著不可抗拒的魅力。數年前，我就被妳深深地吸引，唯有妳，才是我理想中的白雪公主。」

「再等幾年吧！」

「別再叫我等了。我的盼望和等待，盼妳的人、妳的心，心靈的傳遞、腦力與精力，全集中在妳的身上。妳再要我等，我有種無力感。難道，是我愛情進擊失敗？」曾春榮皺眉。

「你別一臉不高興，有共鳴的愛情才會長久。」

「我們已到了無話不談的地步，如此熱戀，妳怎能搪塞了事。」

「這樣美好的時光，不是挺好？」

「表明心意，卻碰了一鼻子灰。」

「這是獨佔慾的驅使，我不想跳進戀愛的墳墓。許多不幸都是這樣造成。」

「為何別人的故事、他們的陰影，妳要隱含心中，妳握住這樣的情境、懷著這樣的心情，來和我談論這樁事。妳太不了解我，我的佔有慾若強，我倆有著無數個獨處的機會，在情調柔美之際，迷惑與激情，我大可放手一做，之所以沒這麼做，完全是尊重妳呀！」

「你終於說出了隱藏在你內心深處的念頭。」

「在妳面前，我沒必要隱瞞。妳要了解，在壓力較小的環境之下，我們會比較有信心，扮演彼此的角色。」

「壓力使我畏縮，它削弱了我的信心，讓我無法與之抗衡。」

「信心是可以慢慢建立的，清楚這些壓力，就不必畏縮了。」

鄭翠碧緩和了些許情緒說：「心中的恐懼與不安，使我極度緊張，而喪失了冒險的精神。」

「這不是冒險，是因為妳聽了、亦看了太多的悲劇，無形中產生了懼怕的心理，才不敢邁出這一步。」

「我尚未做好任何準備。對現實生活中沉重的負荷與挑戰沒有一點概念。我們不如保持這樣，不要做任何的破壞性，或絲毫的改變。」

「妳變了。」

「我……」

「妳變得膽怯、妳變得自私。」

「因為膽怯，所以我自私，我擔心結婚後，會一朝變色。甚且，我沒有結婚的念頭。你極為熱衷、我卻極為冷感，這都是內心散發出來的感受。」

一場激烈的舌戰之後，為免節外生枝，曾春榮緊閉雙唇、沉默不語。

五

看看腕錶，又到了鄭翠碧主持「友誼橋」節目的時間。曾春榮習慣性啟開收音機，那端傳來陌生的聲音。曾春榮以為調錯了頻道，仔仔細細地瞧個正著，同一節目，卻是不同的主持人。這聲音極為沙啞，他寧可相信，是鄭翠碧的聲音，或許她感冒了？他放下手邊的工作，騎著機車，奔馳往電台方向。

在外面苦等許久，工作人員紛紛下班了。久久不見鄭翠碧，不祥的預兆閃過。他攔下一位職員問個究竟。鄭翠碧離職了，沒人知道她上哪兒。從未有過的孤獨無助，掠過曾春榮心際。

曾春榮責備自己，一定是那天的求婚嚇著了她，她才會不告而別。他騎著機車到她的住所，門窗深鎖。又尋覓許多地方，仍未見芳蹤。

曾春榮萬分沮喪，先後的心情截然不同。柔弱的她，在外頭，怎能安穩舒適地過日子？鄭翠碧的逃避，諸多的糾結，她愛曾春榮，但害怕婚姻。

曾春榮每日同一時間，都會扭開收音機，他期望有一天，熟悉的聲音又會出現。滿滿的愛、深刻又真切，他寫了一封又一封的信箋到她的住所，在靠窗的位置、小小的縫隙，用力地塞了進去。他希望有一天，她回到了自己的窩，一入屋，立即看見他的愛。

曾春榮無奈地等著，他終於想到一個途徑——「聽友信箱」，鄭翠碧對這單元愛不釋手，無論她身在何處，一定會凝聽：「給我個性溫和的淑女，春天來了，欣欣向榮。這是妳，為我的名字所下的註解。秀麗文靜，喜歡書籍音樂的妳，怎能不聲不響，丟下妳的聽友，走得無影無蹤。我踏破鞋子尋妳，拜妳所賜，腳趾微腫、膝兒痠疼，想見妳，比登天還難。溫和的妳，是否對我產生怨恨之心，妳有權拒絕妳不想要的，妳儘可以把埋藏在內心深處的不滿情緒表達。莫為他人情感的不平衡而悶悶不樂。我知道和妳長相廝守是不可能的，我想告訴妳，身心失去平衡，情緒就會不安定，請理智地判斷，除此之外，請善待自己。」

曾春榮在毫無虛假的坦白中，透露著他的心情，期待快快播出。

六

「空中的聽眾朋友，我是鄭翠碧，好久不見了！這段退居幕後的日子，聽眾朋友的來函如雪片般飛來，諸多鼓舞，精神為之一振。而令我最感動的，是一位春天來了，欣欣向榮的男孩，他的這封『給我個性溫和的淑女』，及塞入我家的多封信箋，讓我體會出被人真情的繫念時，才會有真正的踏實感。而結婚，是以男女之間的愛情為出發點，他的體貼與真心相愛，所產生的陶醉意境，不禁要說，我已沉醉愛河，我要擁住這熾熱的情。戀愛的感覺真好，妳也來試試！」

下班了，鄭翠碧走了出來，曾春榮早已倚在欄杆旁等候，喜不自禁地說：「聽見妳的聲音，我飛也似地奔來。」

「我以為你不來了。」

「怎麼會呢？我怎能錯失良機。」

「我不會再逃避了，經過這段日子的思考，深知你的重要。」

「妳不是壓力很重嗎？」

「我理出了頭緒，為聽友們解惑，是基於工作需要。我自己，適度的壓抑，不去感染，就能輕鬆成事。」

「妳也真狠，讓我獨飲失戀苦汁。」

「我也沒好受到哪！」

「要求妳，為妳剛才在節目中所說的話負責。」

「我說了什麼？」

「妳不記得了，那就再重播一次。」

「只是剎那間的感動，沒必要當真。結婚，無稽之談。」

「妳又要叫我不安。妳奪走了我的心，再不給交代，我就要奪走妳的人了，我真的怕失去妳。」

「先不談這個，我告訴你哦！我們節目將發揮它的功能，為時下的未婚男女拉紅線。」

「妳要當媒婆？要牽別人紅線時，先牽自己，愛人更該愛己。」

「你要不要來報名？」

「我何必捨近求遠？除非，我們一起報名。」

「千里姻緣一線牽，效果應該不錯。先告訴我，你想追求什麼樣的女孩？」

「品貌端正、身家清白、溫柔婉約。」

「我通通記下了，會幫你留意。」

「這樣做，是為了節目效果。我不會停止對妳的愛情夢，我要每天寫一封。」

「你！新仇舊恨，跟你一起算。」
「我願忍受妳加諸在我身上的懲罰。」
「真拿你沒辦法。」
「好棒哦！頑石終於點頭，妳的妥協，一定是我的癡情感動了天地。」
愉悅甜美，溫暖在心田。
圓了愛情夢，結合，享人生的開始。
姻緣的真諦，兩顆心緊緊地連結在一起。
美好、醉人的氣氛，永不止息。
想像的夢，成了真實的圓。漫長的歲月，奠定了愛的基礎。
繽紛耀眼人間情，成就了一雙雙、一對對！

原載一九九〇年五月七日至五月十四日《正氣副刊》

戀曲收別總匆匆

一

風凜冽、雨纏綿，冷冷蕭瑟，直打寒顫。鍾晴嵐撐著一把傘，走在街頭，獨飲風雨。平日繁華的街道，頓感沉寂蕭條。兩旁的店屋有著精緻華麗的裝潢，但景色陰暗，店家紛紛啟燈照耀，裡裡外外，閃爍著光芒，氣派非凡，一眨一眨的，熠熠不息，煞是好看。

鍾晴嵐走在靠右邊的馬路，一輛貨車由身旁駛過，內座者一口濃痰穿窗而過，似拋物線降落。鍾晴嵐閃身，充塞著不安，而加快了腳程，不敢稍怠停留。

車內的人探出了頭，眼眸裡儘是歉疚，抓著頭皮，嘴角掛著微笑向她行了個禮，懷著惺忪的語氣：「小姐，失禮失禮。」

鍾晴嵐沉住氣說：「不要緊。」

相對話語一句，車已行遠，鍾晴嵐將腳步慢慢挪向路的中央。雨已停，她將傘垂下，摺疊之後，套上了塑膠袋，置於側間皮包內。又走了一段，轉彎處，尖銳的煞車聲響起，她抬起頭，警覺性地跨向路旁，臉上有著驚嚇後的疲憊與蒼白。她定了定神，回頭看他們，心中歉意起，乃因壞了簡易的交通規則，行人靠右走的規矩。她不禁自責了起來。良善的國民，對細緻的事亦應謹慎小心。幸好，轎車未以飛快的速率行駛，否則馬路如虎口，幾分鐘之前，早已喪命車輪底下。或者，撞個手殘腳斷。思維久了，她的思緒阻滯，不暢快下，紅紅的眼盈滿了閃閃的淚光。她偷偷地告訴自己，這樣不好看，又勇敢地將溢出的淚珠縮了回去。

「鍾晴嵐。」一聲音由珠光熠熠、黃金閃閃的銀樓內傳出。鍾晴嵐側頭，朝裡邊走去，開口說：「嗨！翁韻珊，又投資了。」

「我來取金戒，就要訂婚了，禮俗不能免。前天訂做刻有名字的金戒，今天來拿。」

「冒雨前來，妳的另一半呢？」

「和我小叔去買東西。妳呢？不也冒雨前來，有什麼比我訂婚還重要的事，值得妳做雨下的犧牲者。斜風斜雨地淋個濕透，該不會和我有相同目的？」

「哪有妳的好命。我是手錶壞了，拿來修理，每次手腕一擺，帶個肉錶，很不習慣，在這梅雨季節，沒陽光，不能效法古人看日影，沒了時間概念，糟透了！」

「是啊！鐘錶是人類最親近的朋友，每天佩戴，形影不離的，沒了它，規律的生活易亂了腳步。妳很節儉哦，捨不得買新的。」

「修理後還可以戴，就別浪費。」

「妳等一下怎麼回去？」

「搭車呀！」

「那麼辛苦，待會兒坐我們的車就行了，反正順路。」翁韻珊停頓了一會兒，目光掃射著玻璃窗外，歡悅地說：「他們來了，貨車後面有搭帆布，我們坐後面好了，聊天比較方便。」

鍾晴嵐定睛一看，認出了車子與駕駛，厭煩極了。腳步躊躇。翁韻珊拉著她，「天色又變了，等一下肯定雷雨交加，妳到哪裡躲藏？雨天，計程車難找、公車總要等，淋一身濕，多難受呀！」

翁韻珊做了介紹，又恩威並重地說服了她。鍾晴嵐隨著翁韻珊上車，僅隔著一面玻璃，看了他倆兄弟，不修邊幅的邋遢。鍾晴嵐皺了皺眉，心頭一陣震盪，「簡直就是一朵鮮花插在牛糞上！」她不解，這等粗俗中人，翁韻珊何以會看上眼？

翁韻珊的男友孟雲飛，貼心地幫翁韻珊整了整衣領，然後問：「妳為什麼堅持在這家訂做？」

「外面流傳，這家銀樓的金飾純金製作、不含銅。」

「妳聽他們胡謅，黃金不加銅，他家就死無人，除非是港條，但也是九八、九九，只是添加較少，妳們查某人，無智識！」孟雲飛說完，得意地笑笑。

孟雲飄也接口：「嫂仔，人家講的臭屁話，妳信得像佛祖託夢，商人的嘴臉哪一個不是跪下能啼、站起能笑。為了名利雙收，蓋得天花亂墜，妳們女人真的很好騙。」

美質的翁韻珊，婉曲談話：「咱維持傳統，貴就貴給人家，一生就這一回，多花點亦是應該的。」

鍾晴嵐聚精會神地凝聽。

氣氛不太對勁，孟雲飛氣吼吼地：「我說不要這些狗屁玩意兒，妳偏要，妳以為錢那麼好賺，戴上一枚刻名字的戒指，就能繫住彼此的心？妳一枚、我一枚的對換，黃金還不是黃金，又不能生利息。看我幹粗活的，戴了它累贅，若不帶它，妳們這些女人天生就是疑心病重，什麼心不忠、人不正！」

翁韻珊默不作聲，鍾晴嵐感到疑惑，沉思中，只聞孟雲飛又將箭頭指向他弟弟：「雲飄，你剛才說送貨員不幹了，是怎回事？」

「太苦，想換點輕鬆的。」

「告訴我，你想做什麼？吃軟不吃硬，尋花問柳最輕鬆，不當送貨員，要坐吃山空啊！」

「時到時擔當，沒米再煮蕃薯湯。我要養鳥、賣鳥。」孟雲飄答得乾脆。

「養鳥、賣鳥？」孟雲飛將菸蒂擲向窗外，炯烈眼神閃亮，重重地說：「不像猴，十學九不成，弄火夫墊腳，要跌死哦！」

口角繼起，「哥，你別瞧不起我，人不可貌相、海水不可用斗量。一個人，九條尾，你看不到的啦！我的養鳥事業若成功，兄弟一場，你也可以分到好處。」

「我不敢妄想，你又不是雅士，人家看到你，臭頭爛耳，望而生畏，這種雄才大略等下輩子。或者，看你上輩子有否燒好香，等待你的好兒好女來完成你的風雅，我可是沒興趣的。」

「又沒叫你投資，養鳥如養花，雅俗共賞之，誰說一定要文雅之士才配，憑我，亦沒遜到哪裡。再說，滿山遍野，到處都是鳥類，一本萬利、穩賺不賠的。我只要買個網、做個餌，包準花小錢、賺大錢，再錢滾錢、利滾利，這就是我奮鬥的人生。」

「養乞鳥、傢伙了！」

「烏鴉嘴！」

「烏鴉不利人、也不利財，你是知道一個蕃薯、還是芋頭，有氣沒志，有屁癚沒臭屁！」

「你哩？憨牛一直犁，撞到鮮花插在你的糞土，嫂仔眼睛塗屎、日睛不亮，我看她，上輩子欠你的。」

「不做官也不會強抓，我又沒逼她。一人喜歡一款，我沒嫌她、她也別嫌我，她會選擇我，總有我不小的魅力。」孟雲飛臉上映著炫燿的得意。

「往臉上貼金，面黑嘴角破，草繩纏身，不好光景。」

翁韻珊再也按耐不住，難為情地紅透了臉，嚷著：「誰也別說了，雲飛、雲飄，你們人如其名，好高騖遠、不切實際。」

孟雲飛搶著說：「誰說我們不務正業、不切實際？我們兩人各有職業，一個貨車司機、一個送貨員，一個月好幾萬。」

「那又怎樣呢？兩天捕魚、三天曬網，荷包一滿，便飲酒作樂去，如此自我陶醉，還自命清高。兩個人半斤八兩。龜笑鱉無尾。」

「妳倒教訓起我來了？」孟雲飛斥問，發出怒光。

「你這麼糟糕，我怎能沒主見、籠統不分、抱著模稜兩可的態度，隨你們說黑就黑、說白就白。」

「妳在外人面前道我不是，讓我出糗。」

「鍾晴嵐和我有至篤的友誼，不算是外人。」翁韻珊解釋。

孟雲飄輕狂地說：「好極了！她不是陌生人，嫂仔，將她介紹給我吧？寂寞的我迫切要一個愛人。哥那副德行，都能娶到妳這個美嬌娘。我這麼優秀，與鍾小姐匹配得來的。」

「我本有意說服她，但你兄弟修養均不夠，我已自顧不暇，更不能將鍾晴嵐打入黑暗的深淵。」

「嫂仔，妳也太矯揉造作了。我已失勢，妳的胳臂應該往內彎，這肥水不落外人田，不幫我，只有加深我對妳的仇恨。」

「我寧願讓你恨我一輩子。」翁韻珊矢口不移。

「妳知道嗎？我跟鍾小姐有緣哩！」

「哦？憑什麼這樣說？」

「今天，這繽紛的雨季，短短的半小時，我和她見了兩次面，素昧平生，既然這麼巧，這就是緣。」

車子在凹凸不平的路面起伏行駛，翁韻珊將目光轉向鍾晴嵐，「真有這回事？」

「是的。第一次相遇，他的一口濃痰穿車窗而過，差點降到我身上。第二次就不用贅述。」

「你聽到了吧？這是你給人家的第一印象。」翁韻珊對著孟雲飄說。

孟雲飄急了，焦頭爛額地說：「鍾小姐，我不是故意要吐妳的痰，那是我的習慣，妳知道，人一旦有了某些習性，要改是很難的。」

「劣性是後天養成，可以形成、也可以袪除。」鍾晴嵐打開了僵局，「你需要朋友，我也需要。只不過，我要求興趣相同。落落寡合者，是我所不取，因為他和別人不合，難以相處。」

「我可以竭盡心力和精力來討妳歡心。」孟雲飄說明，願追求思想的一致，以尋求彼此心靈的交融。

「不夠的！做事游移不定、虛偽的表現，仍然格格不入。陰霾恐怖的日子，隨時都會發生。我脆弱、我膽小、我承受不住。」

「如不如意，端賴妳怎想。我一生最怕拘束、最討厭人家管。算了吧！鳥，我也不養；妳，我也不要了。繼續當我的送貨員，逍遙又自在。不浪費現在去盼望未知的將來，萬一兩頭落空、兩袖清風，到時候，除了嘆息、還是嘆息。」

車停妥，鍾晴嵐下車，跟他們道謝之後說：「韻珊，要不要到家裡坐坐？」

翁韻珊立即回覆：「好啊！」又轉頭告訴孟雲飛：「我也在這下車。」

「隨妳高興！」

翁韻珊聞畢，緊鎖眉頭，擔負著重大、莫名的哀傷，找不到絲毫的歡顏。

二

鍾晴嵐端來一杯熱燙燙的茶，打破沙鍋問到底：「那麼多人追妳，妳怎會選擇一個粗鄙又土頭土腦的孟雲飛？」

翁韻珊在淚眼婆娑中訴說：「女兒，四塊磚也踩不到一塊。何況，我是養女。」

「妳養母不是待妳很好嗎？」

「養母視我如己出，母女間的情感很深濃。可是，養父視錢如命，心腸既狠且毒，他債台高築，聽他說，孟雲飛幫他償還債務，於是，和兄嫂聯手，毀了我的幸福。」

「難道他不懂，有妳這樣的女兒侍奉著他，比妳兄嫂實際得多。」

「他說，不孝媳婦三餐熱、有孝女兒路遙遙。」

「哪門子的理論？」鍾晴嵐抱不平。

「養育之情，恩深似海、德比天高，女人在家從父、出嫁從夫，這是千古不變的道理。」

「中國的傳統美德重視孝道，因它是一切道德的根本。而妳的善良與勤勞，已符合傳統的要求，但妳是個有智慧的女性，不該因環境的限制，就輕易地毀了自己的前程。孝順是一回事、幸福又是一回事，妳可以逃呀！」

「逃？逃得了一時、逃不了一世。就算逃過，亦逃不了良心的譴責。」

「他們良心都被狗咬了，妳還談良心。他們剝奪了妳的未來，和孟雲飛共繫一生，絕不會幸福，眼前如此，爾後亦是。妳要反抗，用妳的智慧，逃脫他們的手掌。」

翁韻珊神色茫然地說：「欲振乏力呀！只有依順天理，接受命運安排，禍事才不會降臨於身。」

「妳怎能以悲觀的意志來否定妳的一生。妳再軟弱下去，猶如被判無期徒刑。他人點火焚妳身，妳就跑，跑得愈快、愈遠、愈好呀！」鍾晴嵐欲將她喚醒。

「可是如此做，我將無家可歸，亦將走投無路。」想起淒涼的身世，翁韻珊的雙眼似河水沖洩般，珠光滾滾而下。

「我們這群好朋友，不會置妳於不顧，我們住的地方，就是妳的家，別猶豫了。看孟雲飛兄弟互不相讓、又無理由的瞎鬧，我一個局外人都受不了，妳能視若無睹嗎？」

「我會盡量克制情緒，謹慎地與他們相處，希望能喚醒他們，彼此可以相安無事。」

「狗改不了吃屎，別作夢了！妳該有清晰明白的佈局，甩掉孟雲飛，尋妳喜歡的人為伴。別忘了，錯一步、步步錯，在尚未陷入泥淖時，趕緊抽身而退，跟他們攤牌，表明妳的立場。否則，終日處於吵雜的環境，無法求得寧靜，豈不造成終身遺憾？」鍾晴嵐深謀遠慮。

勇氣，在翁韻珊心中起伏飄蕩。瞬間，卻又沉了下去，「晴嵐，我決定放棄追尋。」

「問題才剛要解決，三分鐘熱度，就豎了白旗？」

「我一個人，單槍匹馬、能力有限。而且，不見得有轉機。」

「我們就是妳的後盾。還沒嘗試，別說些洩氣的話。」

翁韻珊頓時有所省悟：「妳是我最大的助力，幫我出主意，我現在六神無主。」

「妳等一下，別走開哦！我到隔壁找個人，馬上回來。」鍾晴嵐邊說邊往門外走去，又回眸，望了她一眼。

不多久，鍾晴嵐回來，一位俊秀的男孩尾隨於後。鍾晴嵐喜形於色地說：「救星來了，他叫魏立豪。」

鍾晴嵐又說：「立豪，她就是我跟你說的翁韻珊，是我的好友，她的忙，你一定要幫哦！」

「不幫，我就不會來了。我豈是輕諾寡信之人，等我的消息。」魏立豪胸有成竹。

「別讓我失望哦！」

魏立豪走後，翁韻珊充塞著不安和疑慮，「晴嵐，妳要他如何幫我？」

「到時候就知道了。」

「現在不能說嗎？」

「長年都在過了，亦不差這時日，靜待好消息吧！」

三

等待，總覺時間過得很慢。好不容易，相約的時刻到來。

晚風輕柔，但噪音刺耳，下班的人群與返家的學童笑語一片、喧嘩叫囂。

翁韻珊情緒煩瑣，來到了魏立豪家門前。聞跑步聲響起，她回轉頭，那男孩停下腳步，有禮地點頭，接著問她：「妳找誰？」

「我找魏先生。」

「有事嗎？」

「是的。」

「啊，妳找哪一位魏先生？」

「你不是這家的人吧？」

「我是呀！」

「你是他什麼人？」

「哪個他？」

「只見一次面，一時想不起來。」

「妳是不是要找我哥？」

「應該是吧！」

「我哥什麼時候，交了這麼一位漂亮的小姐？」魏立群摸了摸頭髮，朝裡邊走去，嚷著：「哥，有人找你。」

魏立豪探頭，為讓翁韻珊安心，趕緊說：「沒事了！沒事了！」

翁韻珊本來憂鬱的臉，頓時歡喜。

魏立群質疑：「哥，你們之間，發生什麼事了？」

「大人的事，小孩不要管。」

「哥，我不小了，只不過少你兩歲。」

好啦好啦！我和翁小姐有事要談，你迴避一下。」

「一定要離開現場，不能聽喲？哥，你一個執法者不能知法犯法喲！」

「亂扯！要是讓你晴嵐姐聽到了，不打翻醋罈子才怪。」

「我不是醋甕，別慌。」鍾晴嵐來了，「立群，又再跟你哥瞎扯？」

「我沒有。晴嵐姐，妳看我哥背著妳和女孩子約會，還明目張膽地約在家裡呢！」

「是我約她來的。」

「妳這麼大方？」

「大人有大肚量。」

「我不信。」

「你會相信的。因為啊，我和你哥要幫你相親。」

「少來了，晴嵐姐，哥說我還小，叫我迴避。」

「我做主，你可以留下來旁聽。」

魏立群坐了下來，專注地望著每一張臉。

翁韻珊驚異地看著魏立豪，迫不及待的追問：「真的沒事了嗎？」

「當然。」魏立豪回答。

「你好棒哦！一出面，就擺平。」鍾晴嵐發出讚美聲。

翁韻珊豁然開朗，感動地雙手摀臉，哭得像淚人兒一般。

鍾晴嵐遞了一張面紙，安慰著說：「別傷心了，事情都過去了。」

不愉快的心情一掃而光，翁韻珊把這陣子以來的境遇與感受全盤托出。此時，一掃陰霾，心中暢快無比。

廚房裡，泛溢出飯菜香，陣陣撲鼻。鍾晴嵐四下張望，躡手躡腳地走向廚房，嚥下口水，喊著：「劉曉梅。」

突來的聲響，劉曉梅慌亂下，手上的盤子掉到地上。鍾晴嵐見自己闖禍了，眼明手快地幫忙收拾。

劉曉梅氣急敗壞，「妳在外面好好的，幹嘛來搗亂？」

「是妳的菜香，引我向廚房走的力量。」

「來就來，大聲嚷嚷！」

鍾晴嵐渾身不自在，不敢稍怠停留。

魏立豪走來，擋住鍾晴嵐的去路，嘴角掛微笑。為避免尷尬場面再現，打了圓場：「難得相聚，應該高高興興的才對呀！」

「高興？掃興得很！被她這一攪和，誤了時間，原味盡失、焦味卻十足！」劉曉梅憤懣地說。

「沒關係啦！就當作吃碳烤。」

「你都站在她那邊。」劉曉梅忍不住抱怨。

「好個乾妹妹，遇著了妳，我真有些招架不住。妳一定要這樣嗎？」

「我也沒比她差，為什麼要看得開、悟得透，讓她專美於前。」劉曉梅惱怒。

「一個盤子，值得妳發這麼大的脾氣？」

「你和她，只是一牆之隔。我和你，卻隔好幾條街。你就是疼她、寵她。她每次都是座上客，我卻像老媽子一樣，忙得焦頭爛額。」

「是妳志願幫我做事，我可沒一絲勉強。」

「我是幫你、又不是幫她。我是煮給你吃、又不是煮給她吃。」劉曉梅說完，轉身離去。

魏立豪快步追上，「曉梅，我知道妳心裡不平衡，以後別麻煩了。」

「立豪，我……我一直對你寄以期望。你的一舉一動，我都是那麼地注意。而你，總是讓我失望與難過。鍾晴嵐的出現立即奪走你的心，你的天地裡已容不下我。你真的很偏心……」劉曉梅宣洩出深情，那希望的火種曾在胸內迴盪。

「妳和晴嵐在哥的心目中，是均等的，哥沒有偏向任何一方。」

「你和她之間，相互牽繫，我只是妹妹！」劉曉梅眼珠微轉，看大家正盯著她瞧。突地，若有所悟：「妹妹就妹妹吧！反正，你不屬於我。」

劉曉梅的話帶給魏立豪極大的震撼，侷促不安地說：「妳了解，她是我的意中人？」

「你對她，愛在其中。或許，我對你是偶像似的崇拜，你這浮雲，觸不著、摸不到。一路走來，我努力地做了表白，但你從未接納我的表態。我的日思夜盼，夢已碎，那曾在心中所存留的那股濃郁醇厚的感情即將飄遠。」

相對話語，頗富詩意。魏立豪聽了她的一番話，鬆了一口氣，接口說：「留下來一起吃飯。無緣成為男女朋友，就努力當一對相互扶持的好兄妹。」

「方才，我已破壞了你兩人的美好天地。現在，不做煞風景的事。」

翁韻珊慌亂地站起，婉轉地做了告別狀。劉曉梅後悔莫及，「妳別走嘛，看我！人如蚊、聲如牛，把妳嚇著了。」

鍾晴嵐細細的腰，緊緊的衣帶鬆了，邊拴緊、邊威逼利誘地：「誰也不許走！曉梅的廚藝，硬是要得、百吃不厭耶！」又對著翁韻珊說：「待會兒，妳還要好好謝謝立豪呢，他幫了大忙，妳豈能一走了之！」

「君恩深厚，感激在心，我會永遠記得他的。」翁韻珊感性地說。

「讓妳永遠記得，我就慘了！」鍾晴嵐嘟嘴。

「怎麼會？」翁韻珊一臉狐疑。

「妳要來個出其不意，為報君恩、以身相許，我會欲哭無淚。」鍾晴嵐扮了個苦瓜臉。

「我不會恩將仇報，撕毀妳的幸福。」翁韻珊擺出發誓的模樣，嚴肅地說。

「對立豪，可是感恩圖報。」鍾晴嵐說。

劉曉梅打岔：「他看不上我，也不會看上她。」

「你怎麼說？」鍾晴嵐以要脅的語氣責問魏立豪。

魏立豪虛張聲勢，「男人善變、不敢斷言。」

鍾晴嵐現出看家本領，高跟鞋踩在魏立豪的馬靴上，以產生嚇阻為惡的作用。

魏立豪腳疼不已，「情感是甜蜜的負擔，但不是過度的約束，偶爾放逐一下又何妨。」

「只怕你，飛了出去，便流連忘返。」

「給一處彈性空間，才不會沉悶、而了無生趣。」

「自作孽、不可活，你去死啦！」

「妳怎麼罵人了？啊，虎落平陽被犬欺！」

「誰是犬？」

「是我養的寵物，頑皮死了。」

「你說我！」

「妳自己承認的哦！」

「你就是講我！在場的，都是證人。」

魏立豪將目光擲向翁韻珊與劉曉梅，「妳兩人願意為她作證，指控我嗎？」

兩人笑而不語。

「窘死了！今日這一戰，平分秋色，改日再分高下。」鍾晴嵐紅著臉說。

「怕妳了。」

「你怕了？」

「好男不與女鬥。」

「你分明胸懷狹隘、性躁好鬥。」

「我乃性情通達之人，積年累月，已培養出良好的品德操守。」魏立豪言談間，涵蘊美質。

「虛構！汽球都快被你吹破了。」

「就有人喜歡聽呀！縱然出口荒謬又滑稽，就是能讓人神魂顛倒。」

劉曉梅以莊重又嚴肅的態度說：「這我相信。晴嵐，以後要將他養胖一點，讓他變形，就不會有女孩子喜歡他。否則，妳將疲於應付，吃味要比今日多上好幾倍。」

「妳知道嗎？我最近都在看書，研究書中的精華。」

「妳看那一類的書？」

「是……馭夫術。」

「啊？」

「沒啥大驚小怪，未雨綢繆、以備不時之需。妳沒聽說，平時多流汗、戰時少流血。」

「妳把玩笑開大了，弄得草木皆兵。」

魏立豪聳聳肩膀，「可怕的世界，有女人的地方，就有戰爭。」

「世界如果只有男人，陽剛氣太重，一定大亂。」

魏立豪與鍾晴嵐各執一詞，倒是劉曉梅鎮靜地說：「小不忍則亂大謀，我們每個家，都有男有女，砲火再不停，到頭來，也是罵到自己。事因我起，以致引起條理的紛亂，這攤子該由我來收拾。」

「曉梅，不關妳的事，不必自責。」鍾晴嵐說。

「是我小題大作，為了一個盤子，先帶頭瞎鬧，害你們這對恩愛情侶，也吵翻天。」翁韻珊亦自領責罰：「我今天如果不來，就什麼事都不會發生。我真是掃把，麻煩不斷。你們如果不認識我，大路通天、一人走一邊，會有什麼事，也不會造成今天的摩擦。」

站立一旁的魏立群，終於出來打圓場，排難解紛：「誰是誰非，概而不論。晴嵐姐，妳不是要介紹翁小姐和我做朋友嗎？」

「對哦！你不說，我倒忘了，放著正經事不辦，在這兒貧嘴。」鍾晴嵐說。

四

魏家兄弟與鍾晴嵐、翁韻珊，馳騁於顏彩亮麗的明天。劉曉梅看在眼裡、酸在心裡，獨守深閨的孤寂，那濕濕的淚痕，有著太多的愁怨。

記憶猶存的，是她的表白。魏立豪不領情，外表不在乎的她，其實內心的尊嚴受到損害。她披著憂鬱的外衣，留著淚，輕吟世間已無留戀處，就此別了人間情。

那是一棟無人居住的空屋，一扇木門搖搖欲墜，地板的水泥面剝落，雜草叢生，她在那兒尋覓著最快又不痛苦的死亡方法。她逐漸躺下，草掩其身，安然地睡去。

數日之後，屍味由空屋向四周散溢，路人掩鼻而走。可憐的她，命絕於舍外，礙於民情風俗，不能運回村裡。

劉家兩老痛失愛女，頓足捶胸，面對死因，產生了深沉的懷疑。而一封遺書，真相畢露。明理的他們，深懂情感不能勉強的事實，對魏立豪不願做太多的苛責。

眾親友一身素服，在劉曉梅的腳尾，點燃了煤油燈。山上，野貓橫行，尤以晚間，四處奔竄。他們搭起了帳篷，防屍身曝露於外。亦有人著木屐、手握竹竿，在漆黑陰沉的夜裡，守於劉曉梅的身側。淒夜，帶來恐懼與難安。野貓，從棚外一閃而過，一隻不識趣的跑了進來，差點撞上劉曉梅。握竹竿之人，手一揮，野貓被嚇得落荒而逃。

心魂未定，又來一隻。這回歪撞正著，踩上劉曉梅的腹部，只見劉曉梅的雙手，掀起臉上的白布，一個勁地坐起。然後，雙手向前，翁韻珊、鍾晴嵐嚇慌。劉母則是哭得死去活來，傷心哽咽地說：「帶老母走吧！」

握竹竿者，眼明手快，穿著木屐，竹竿和木屐相互合作，在地面發出聲響，一跳一跳的趕著劉曉梅的魂，又大嚷：「回去吧！安息吧！」

隔日，收屍看潮汐。小貨車運來了棺木，棺好、棺厚、水泥佳。收屍者，影子離棺木，以免魂魄跟進、做了陪葬。目睹之人，為她的癡與傻，掬一把同情之淚。越擦拭，眼淚越多，淒涼瀰漫。

魏家兄弟，帶著鍾晴嵐、翁韻珊，陪伴著劉曉梅，略盡朋友之誼。而魏立豪，劉曉梅因他而死，更是跪拜叩頭。

五

這棟空屋，繪聲繪影，多少的猜測及傳言，人們議論紛紛。八字較輕者即使白天路過，身上也會起雞皮疙瘩。只有一些膽量較大者不信邪，以探索的心情，入屋探究竟。

記憶漸遠，這段往事，再也沒人提及。人們淡忘，劉曉梅的母親則是加添了濃濃的思念，一病不起、奄奄待斃，終而撒手人寰。臨終前，交代遺言，與愛女葬在同一地方，母女生生世世相伴。

今昔面貌的蛛絲馬跡，深深烙印在魏立豪的心中。他的心情沉重，體重明顯下降。鍾晴嵐為緩和他的心緒，為他燉了滋補品。

魏立豪說什麼也不肯吃。卻突然開口：「我想吃火鍋。」

鍾晴嵐見他胃口大開、食慾高漲，毫不猶豫遵辦。備妥，熱情地為魏立豪盛添。魏立豪反過來幫她，一陣謙讓，熱騰騰、火焰焰的火鍋翻倒而下。

鍾晴嵐的手燙傷。魏立豪手忙腳亂之際，一低頭，毀了容，面目全非。

魏立豪從此，不再理應鍾晴嵐的噓寒問暖，「妳離開，跟一個鐘樓怪人在一起，不會幸福的。」

「你曾賜予的幸福，我豈能輕言忘懷，我不能在此時棄你於不顧。」

「妳看我，人不像人、鬼不像鬼！」

「對我而言，從前和現在都一樣。你的面惡心善和那些面善心惡的人是不一樣的。無論你變得如何，我都不會離開你。」

「每天看這張破相臉，妳會嚇壞的。」

「愛情長跑不是假、心靈契合絕對真。說句良心話，你的毀容對我來說，反而是好事。」

「哦？」

「我免去煩惱，不會有女孩和我爭寵，不必擔心夜長夢多。」

「妳真狠！我受皮肉之苦，妳反而開心。」

「這是安慰你、也是安慰我自己的話。」

「妳是不是有那麼一點無法接受？」

「我永永遠遠和你心相繫。」

患難見真情，鍾晴嵐依偎在魏立豪的身旁，不因他的缺陷而求去，反而付出了極大的愛心與耐心，陪他度過了漫長的人生之旅。

豐盈和甜蜜的擁有，數年恩愛如昔。共譜了戀曲、篤定的愛情，一季季的繽紛烙印了痕跡。

六

不善的眼光，冷落侵襲。翁韻珊奪門而出、逃竄遠遠。有什麼事讓她鬱鬱寡歡？又有什麼事讓她吃睡不安？

暮色長天相輝映，她投身於彩霞滿天的郊野，無言地被包裹著。笑口常開、快樂寫臉上的日子，似乎就要這樣結束。

遍野嫩綠，翁韻珊坐臥，眼看、耳聽、手觸摸、心細想。她有股衝動，莫名地凝思著。焦切灼急的心，尚未平復，耳際又響起、被批評得體無完膚的話語，泛起了多少的思潮。

現實情味太淡薄，為命運擔憂。她和魏立群來自不同的家庭、背景迴異，曾因此激發著她對生活的鬥志。而今，繁重不堪的是一些無法剔除的傷害。雙方的距離，衍生了摩擦，積成傷、一陣無奈的悵惘。

她望著眼前的園地出神，這地方，閃過腦際的不值一顧。

翁韻珊取出了預先準備的紙筆，靈思飛翔、運筆自如，是遺曲、亦是遺書。她忍不住地，想見魏立群一面。接著，她想走得乾脆，又取消了念頭。不如交代遺言，寫好後，往郵筒一扔，但記不清通訊地址，郵差是無法投遞的。她不管這許多，低頭，俯身而寫。

女性的悲歌，流露在她的字裡行間：

「歲月的巨輪輾壓、宇宙的狂風暴雨，胸臆積成傷。怵目驚心的提醒，冤屈頻頻無從訴，怨意襲來心紛亂。互唱款曲的情歌，戀曲收別總匆匆，美麗的日子結束。曲音柔柔風輕拂、緩緩斜暉撒於身，索尋著一些片段，千頭萬緒難理清。人離去、虛影伴你，願你振作，興致勃勃地活。心園生命的花朵，如春草愉快無憂。」

翁韻珊將遺書置入口袋，週遭的孤寂圍繞著她。她想到劉曉梅的死，又想到自己此刻的情景，不禁悲從中來。一個是現代女子，養成獨立的習性，敢愛敢恨；一個卻是將思想繫在古典的遵從，連最基本的情感，亦無權隨思考行事，而是任人擺布。兩個不同典型的女孩，最終結局，走的是同一條路。

現代社會民主開放。而少部份專權，仍然以自我為中心，家法自訂。

翁韻珊氣呼呼地回首，躡影追蹤，省悟失去的夢，是一干人的攪擾，她恨得咬牙切齒！想到這兒，翁韻珊思索，死了吧！什麼都別煩惱。也許屍身即將被狗咬，日子久了，再也沒人記得她。

但繼而一想，活著，就有希望，她要跟命運相抗衡。

飢餓了，求溫飽。傷心呢？求心情的快活。她站起，擦乾了淚水，輕輕地揮揮衣袖，一舉手、一投足，輕盈許多。

七

閃著黃昏的璀璨，翁韻珊放緩了腳步，一路靜思，即將面對家人，她做了萬全的心理準備。

客廳裡坐著四個人，異樣的臉孔，喧嘩地譏笑！咄咄逼人的嫂子先開腔：「死到哪裡去了？」

「散心。」翁韻珊回答。

「妳倒有這等閒情。」咧嘴而笑。

「妳管太多了。妳的造謠滋擾，讓立群對我誤會，別以為我會因此回到孟雲飛身邊。」

翁家父子一旁裝睡，未發一語。翁母則心疼地說：「少說兩句，去吃飯吧！」

「媽，我要離開這沒人情味的家。」翁韻珊說完，把頭伏在翁母的肩上。

「在家日日好、出外迢迢難。」

「再待下去，我會發瘋。」翁韻珊去意已堅，掉頭離開。走出屋外，思緒黯淡、心靈虛空。

四周杳無人影，翁韻珊低垂著頭，思緒在眉間凝聚。她想到了一個和她同病相憐的女孩，龍詩媛，她曾向她傾吐對生活的無奈。此刻，翁韻珊潛意識中只有一個念頭，帶著龍詩媛一起走，脫離苦海，遠走高飛。

八

翁韻珊直視著龍詩媛的雙眸，直截了當地說：「妳是我最親近、亦是最親信的人，我們都了解彼此的往事，憂喜總是輪番上陣，而喜少憂愁多。愁腸，翻攪著心湖，愁睏與疲憊，撩亂得無處排遣。機會來了，我們一起走？」

「片片段段的雜事，滋生不息；心路的滄桑史跡，記憶深刻。經歷的事，除了妳，沒人知曉。妳比我幸福多了，還有一點自由。」

「其實，我們都差不多。年紀輕輕，即嘗遍苦痛。希望妳，立即做決定，和我一塊兒走。」

「妳來得太倉促了。」

「我已和家人鬧翻，決定離開。只是，捨不得我媽。」

「我家也一樣，勢利眼、向錢看，真受不了！」龍詩媛濕潤的眼淚，緩緩流下。

「世界之大，定有我們容身之處。妳走不走呀？」翁韻珊不拘小節的說。

「我當然想走，越早離開越好。可是，我走不了啊！」龍詩媛的心情，煩躁難耐。

「腳長在妳身上，只要下定決心，誰也無法阻遏。」翁韻珊實在無法理解，而產生了複雜且奇妙的感覺。之後，若有所悟地說：「是不是經濟困難？如果是，讓我幫助妳。」

龍詩媛的心弦被挑紊了起來，「我是窮困。或許，今生注定先嘗苦果，先苦後甘，但願以後快樂能隨手可及。」

「妳無法走？那，口袋的鈔票，只好擇日還給魏立群。哎！戀愛的人，一旦卯上了，沒有不執著的。愛情，圈圈的誘惑叫人不知如何拒絕？我與他，不能比翼雙飛，也無法重修就好，如今形同陌路，嘗盡傷痛的滋味。」

「妳對他，既然刻骨銘心，就不要強裝作沒事一般，還有機會挽回的，不是嗎？」

「妳呢？小吳有沒有再寫信給妳？」

「信都被沒收了，內容寫些什麼，我也不清楚。如今毫無音訊，想必寫得手軟，誤會我薄情寡義。」提起小吳，龍詩媛清晰地嵌印在腦海，思慮後說：「數年前，多位紳士私下組成了評審團，對村莊的女孩做了評比，從各方面打分數，身價二十萬、三十萬，他們給了我一百五十萬的外號。起初，以為這是三八字眼的形容詞，後來小吳告訴我，那象徵我的身價，他們無惡意。當時想，又不選中國小姐，如此讓人拿來做評判，當做茶餘飯後的閒聊對象，很不是滋味。但繼而一想，也不是壞事，心裡安慰許多。」回顧，總有牽連與眷戀，恩與怨的糾纏，有不可解的愛與恨。龍詩媛的腦際思及生存在人間的負荷，無法有休憩的片刻。

「妳的遺憾與感觸刻劃得好深。和妳比起來，我的挫折又算什麼呢？」翁韻珊和氣又友善地說。

九

酣睡片刻，夜已淡無蹤跡。曉色漸開，飄雨漫霧的清晨，幾絲寒冷，回憶之路，帶給兩人長夜漫談。

翁韻珊披衣而起，龍詩媛不願再開腔，有些事，不需要以言語來表達。人將散，但曲未終。

翁韻珊臨行，強露微笑，別了龍詩媛，以昂揚之姿，堅挺地走向未來。和龍詩媛的接觸，無形中，培養了她解決事務的辦法。雖然龍詩媛坐困愁城，卻仍秉持刻苦耐勞的精神過日子，她分擔翁韻珊的傷痛並分享她偶然間的喜悅。

霧漸散，而天氣，一陣陰、一陣晴。好幾個鐘頭以後，藍天顯現晴和，翁韻珊順路而行，瀏覽著路邊的風景。草樹青蒼，她隨性漫遊，凡間塵世暫拋忘。

來到了街上，雨突然從天而降，她跑到一家鑲牙所的騎樓下躲雨，裡邊的洗牙器直作響，好奇地盯著裡頭瞧，等候的病患一個緊接一個，不是拔牙、就是補牙，她摸摸自己的臉頰，舌頭繞牙齒一圈，扮了個鬼臉，「還好，牙齒沒有壞。」

驟雨淋漓，翁韻珊望雨珠，悽惶無助，心抽噎緊縮，跌入思緒的深淵，無法自抑。

廊外的雨使行人紛紛走入廊間，擁擠的人潮，穿梭來往，擦身而過的體味汗香在空中飄盪。

輕輕的開門聲，讓翁韻珊回頭望。驀然，心頭有喜悅的異彩閃亮，她喜形於色，笑靨與歡顏展露。但耗費心神，卻得不到一絲回應。魏立群視若無睹地走開，她以企盼的神情，追了上去。

「立群！」翁韻珊輕喊。

魏立群未停下腳步。

翁韻珊備感委屈與難過，叫了輛計程車，直駛魏家。

魏立豪和鍾晴嵐自邂逅降臨身畔，即多情多義手相攜，在眾人心羨驚嘆的祝福下，成了幸運的寵兒。

魏立豪逗著鍾晴嵐懷中的嬰兒。生命，就是這樣結合而誕生。

翁韻珊面色如土地到來，鍾晴嵐瞥見，將男嬰交給了魏立豪，拉著翁韻珊急急問：「妳跑到哪裡去了？」

些微的記憶在深處隱約閃動，難以釋懷的情愫，讓翁韻珊淚水滿盈，不開腔地由皮包取出一疊紙鈔，交到鍾晴嵐手裡。

鍾晴嵐貼近身子，不解地問：「做什麼？」

「麻煩妳，轉交給妳小叔。」

翁韻珊變得生疏，鍾晴嵐知曉其中有隱情，「立群去看牙齒，大概快回來了。」

「我不等他了。」翁韻珊沉思半晌，對著魏立豪說：「魏大哥，有個心結，唯你能解。有件事，希望你不吝奉告。」

「妳想知道什麼？魏大哥知道的，一定告訴妳。」

翁韻珊哽泣地：「當年，養父說，已經將我許配給孟雲飛，你是用什麼方法幫我解圍的？」

「孟雲飛向來任情放縱、盡情尋歡；縱情享樂的結果，沉醉在慾海的昏夢中，感官帶來的刺激，沉溺不醒。妳的養父，就是在聲色場所認識孟雲飛。他告訴孟雲飛，有一位標緻的女兒，是外來客，和他沒血緣關係，不必留後路。孟雲飛聽了，抵擋不住刺激和誘惑，對妳產生了莫大的興趣。妳的養父趁機敲一筆，雙方價碼談妥，只等訂婚，一手交錢、一手交人。我以職位之便，找孟雲飛約談，他坦承上情。跟他上了一堂課，悔意上心頭，應該沒再找妳麻煩吧？」

「沒有。倒是家人，莫須有的謠傳，大肆渲染，立群因此拂袖而去。」翁韻珊實情實稟。

「真有這種事？」魏立豪疑樣眼光投注。

「錢就請你們代轉。」翁韻珊懇切拜託。

「不敢錯過妳交代的事。不過，等會兒立群回來，我一定重重數落他，叫他跟妳道歉。」

「不必了啦！我就要離開。」

「去哪兒？」

「我會儘快找到落腳處。」

鍾晴嵐盛情邀約，「住這裡好了，家裡有多出的房間，日用品亦樣樣俱全。」

「除非立群不再誤會我，否則，見面尷尬。」翁韻珊接著說：「我在路上遇見他，他都不理我。」

魏立豪擺起了臉孔說：「人的行為，決定了修養的深淺，他太無知！」

十

魏立群一身醺然之際，酩酊的滋味在體內翻騰。魏立豪攙扶著他，囑他慢慢走，以免失足摔倒；鍾晴嵐更是泡來一杯濃茶為他解酒。

漸甦醒，魏立豪指責：「沒學會走路，就想跑步。沒學會跑步，就想飛。一下子喝這麼多，像什麼話？以為藉酒精麻痺，就能忘事。遇到問題，不思解決，光藉酒澆愁。」

「哥，我沒事，別緊張。」

「死鴨子嘴硬，再墮落下去，死了沒靈位。」

「生命之海，知音難尋，只有酒可以解悶。」

「是這樣嗎？她對你，付出全部的感情，恆久不渝的等待，你給了她什麼交代？」

「你都知道了。她若有情，就不該辜負我。我就是太相信她了，連薪水都交給了她，沒想到，還是孟雲飛的手下敗將。」

「人家設陷阱，你也不分青紅皂白！」

魏立群一振，發出接二連三的疑問，魏立豪則一五一十的告訴他。

激動之情，洶湧地迴盪在魏立群的心中，「我要上哪兒尋她？」

「只要你不再誤會我，亮麗的光澤，定在你我的身畔閃耀。」坐在一旁的翁韻珊以俏麗之姿說出心中話。

「這聲音好熟悉，我好像在哪邊聽過？」魏立群在半醉半醒間細聽。
「你交遊廣闊、人緣甚佳，不妨想想。」
「我雖交遊廣闊，卻有寂寞之心；說人緣不錯，又沒人肯走進夢中。」
翁韻珊站起，走到他身邊說：「你仔細看我。」
魏立群驚喜，張開雙臂，擁向她，萬情拂心頭。
甫坐定，魏立群疑問：「妳怎麼把頭髮打薄削短？像個小男孩般。」
「在考慮將長髮剪短時，剪與不剪，輾轉徘徊。最後，狠下心，將它剪了。記得初相識，我就是一頭短髮，你說喜歡女孩子長髮披肩，終於，長髮為君留。當你誤會我的時候，又不聽我解釋，一氣之下，就將它剪了。」
「感覺上，妳的叛逆多於順從。」
「現在言歸於好，我會繼續培植，再發揮原先的光澤亮麗。」
「除了髮間青春長駐，也希望妳的心靈保有活力。」幸福相伴，翁韻珊的苦心，沒有白費。
然而，人生本是夢、酸甜在其中。龍詩媛真摯的戀曲被現實的殘酷，粉碎得毫無希望。
又是一年生日的到來，龍詩媛在房間裡，點燃了一根紅色蠟燭，沒有蛋糕、亦沒有麵線與紅蛋。她的眼角，多了幾條皺紋，她的青春年華，是這樣地悄然遠去。
龍詩媛深深的感觸，一身肌膚太完整，捨不得碰撞，形同溺愛。而弦得太緊，猶如窒息般。鬆緊間，該如何分寸？

口袋的香灰，是龍詩媛的護身符。據說，隨身攜帶，可保心靈澄澈、恬淡寧靜，亦能庇祐平安。她於其中的思維徘徊，在其間探索，多年來，一直不順遂，懷疑香灰是否失去了保護的效用？許許多多的事物，悄悄地來、匆匆地走。它們，總是在腦際閃耀、在胸中晃動，洶湧侵襲，心是那般地抽搐緊縮。

偶見年邁老人，髮際露出稀疏的白髮，長長的鬍鬚在胸前晃動，歲月的履痕在她的額角上，刻劃出一條條的紋路，也在世間，刻印出諸事的痕跡。

異人異事，人間有幸運的寵兒、亦有糾結煩心頭的人類。降臨身畔的運氣，因人而異。幽幽鬱鬱的龍詩媛，時間、空間的阻隔，愛戀的破滅，激起了重重的失落感。

截然不同的境遇，生活習慣和興趣，魏立豪與鍾晴嵐，扶持著魏立群與翁韻珊。經過一番努力，終於，美夢成真。

世間的公平難定，或許，只適用於某些幸運之人。遇著了，幾家歡樂幾家愁。

莫嘆幸與不幸，戀曲，來有影跡、去無蹤，收別總匆匆。

原載一九九〇年六月六日至六月二十一日《正氣副刊》

輾過歲月的痕跡

從寂靜的心情，到翻湧的思緒，心的傷痕，已慢慢地痊癒之中，但一籮筐的故事，卻是永存的記憶。

一

狹窄、彎彎曲曲的小巷，只容許另一人側身而過；暖暖的陽光，心窩溫馨。洪梨芊幾乎在沒有阻礙的狀況下，繞過了幾條小巷，神色匆忙地走進陳劉幸音的房間。

陳劉幸音，女，六十歲，年輕守寡，獨立撫養一女，智能不足。

她十六歲嫁入陳家，冠上夫姓。生來一副孤苦相的她，臉頰瘦削、五官輪廓欠分明，額頭雖廣，皺紋卻多。眼角肉薄、目無光采、鼻樑不堅挺，閉口時，嘴巴合不攏，牙齒亦暴露在外。

造化弄人，劉幸音的孤苦相，配上陳永記的短命相，所呈現的是憂多於喜。

陳永記，眉薄呈八字、皮膚既粗又黑、嘴亦有一點歪、走路更是彎腰駝背、一副無精打采、頹廢喪志的樣子。

新婚之夜，一睹彼此廬山真面目。陳永記掀起了劉幸音的頭紗，一臉緊繃。劉幸音亦驚訝地看著他異樣的神情。

「我真懷疑自己的耳朵！」陳永記的語氣，帶點抱怨。

劉幸音極為不安，如坐針氈。

「妳叫劉幸音？」陳永記以懷疑的口吻問她。

「是的。」

「劉幸音真的是妳？」

「你懷疑我的身分？」

「聽的跟看的，差這麼多。」陳永記搔首懷疑。

劉幸音亦以一對幽怨的眼神問他：「陳永記是你，沒錯吧？」

「沒錯！」陳永記的語氣肯定有力。

「怎麼和事實不符？」劉幸音的嘴唇往上翹。

陳永記被她的神態逗笑了，走到床邊，歉意地凝視，接著說：「我懂了。」

「你懂什麼？」

「龍配龍、鳳配鳳。」

「媒人告訴我，你出類拔萃。」

「媒人亦告訴我，妳才貌雙全。」
「我們都上當了。」
「上媒人的當？還是彼此的當？」
「也好啦！」
「好什麼？」
「要不是媒人善意的謊言，我這輩子嫁不出去的。」
「我也同樣討不到老婆，注定光棍一個。我曾經算過命，算命的說我剋妻。」
「我也曾經卜過卦，沒有幫夫運，有剋夫相。不知道我們兩人，誰剋誰？」劉幸音繼續說：
「今天是我們的日子，別再說些不吉祥的話。」
「看誰的命較硬，誰就多活幾年。我心裡比較在乎的只有一件事……」
未等他說完，劉幸音打岔：「哪件事？我能知道嗎？能否幫上忙？」
「只有妳幫得上忙。」
「是不是生計，我是這個家的一份子，一定盡心盡力。」
「生計是男人的責任，我要妳，幫我生幾個白胖兒子。」
「我會努力。那，兒子要像你、還是像我？」
「不計較像誰，只計較有一顆善良的心。」
陳永記吹熄了蠟燭，拉她入眠，在黑暗中擁著被窩，絲縷糾纏。

二

上山耕耘農事、下海撿拾牡蠣。夫唱婦隨，精神暢然，美好盪漾在心田。

懷胎十月，女嬰出世，夫婦倆希望女娃來到世上，吃穿免愁、幸福緊隨，取名為陳福來。

長得眉清目秀的陳福來，面貌未受遺傳。夫妻兩人，一陣安慰。

快樂屬短暫，悲傷之境漸呈現。陳永記對生命產生了薄弱的感覺，他的兩眉之氣，逐漸喪失；他的膚色發黃、肉體垂鬆。

「妳的命，終究比我硬，我必須先走一步了。」

「洩氣的話你怎麼說得出口？你走了，我們母女怎麼辦？」

「我也不想這樣呀！該走的時候，誰也無法挽留。」

「我們去看大夫，服幾帖藥就會好的。」

「三餐都吃不飽了，哪有閒錢找大夫？」

「讓我來想辦法。」

「妳一個婦道人家，會有什麼辦法？」

「你要振作！辦法是人想出來的，我回娘家借錢。」

「不行！妳是我陳永記的老婆，不能讓妳過好日子，已經很慚愧，怎能讓妳回娘家借款。再說，一樣是貧苦人家，能借多少？就算娘家勉強將些微積蓄借妳，他們吃什麼？喝西北風呀！」

「我們夫妻的情分，並不淡薄，你身染病疾，我不能眼睜睜看它惡化。」

「我這短命相來日不多。我們珍惜相聚的時刻，其他的不重要。」

「永記，我們真的很窮，現在唯一能做的，只有我出去討賺。」

「幸音，不管負擔多麼沉重，我們都要活得清白。那些討客兄的是豐衣足食，但又怎樣？包子、饅頭、豬肉罐，再多的享受，也換不回自尊。」陳永記勸她，不能因惡劣環境、物質的誘惑，致使邪念叢生，要活得踏實。

劉幸音打消了念頭，頭微微撇開，哭泣之聲在空中迴盪。

肉體抵擋不住病魔的催纏，陳永記走得痛苦。

劉幸音情緒低潮，心頭陰霾一片，將面對的是獨立撫養陳福來。小女孩的來、陳永記的走，增添了複雜的思緒。小女孩帶給她的，究竟幸抑不幸？每思及此，冷汗涔涔。

相守時的甜蜜、失去後的痛苦，清新的空氣，感覺越來越渾濁。劉幸音藉著忙碌的事物，企圖忘卻不適。對陳永記保有美好的印象，從他那裡，她學了很多。直到陳永記臨終前夕，仍然傳授她潔身自愛的道理。她曾活在愛的滋潤中，無論陳福來能否人如其名，幸福跟著來，她都要默默地為她付出所有的關懷和愛。

劉幸音艱苦地熬了好幾年，亦將陳福來拉拔長大。社會風氣逐漸開放，她要她的孩子和其他人一樣，讀書、識字、上學堂。然而，上蒼似乎不眷顧，長得可愛的陳福來，卻是智能不足呀！她傷心、落淚，精神及肉體，受了雙重的淬鍊。唯一的希望落空，頹喪不已。

許多事物冥冥之中似乎已斷定結局。在完全沒有心理準備的情況之下，它就悄悄地發生。劉幸音失望、悲傷，她不願對小孩發牢騷，但深深怨嘆造化弄人。

三

劉幸音帶著陳福來，不變節的、守著這棟老屋。她對鄰里待以和善，左鄰右舍亦時刻地給予幫助。

劉幸音教導陳福來簡單的家事，一年年過去了，她會的、福來亦會。稍感安慰之際，屋漏偏逢連夜雨，不幸之事發生。

某日清早，陳福來拿著飼料，到一間以木材、鐵絲綁起的克難式雞舍，餵食雞隻。當她稍作休憩時，卸下斗笠、脫去外衣，除了智商稍差，她的曲線玲瓏、外觀和一般女孩沒啥兩樣。她的右手，拿著斗笠當扇子，風徐徐、心愜意。突然，低首啄食的雞群，聲音四起。眼前什麼也沒有，她繞著雞舍旋轉，一個人影閃過。她開始感受不對勁，她不懂，下一步會發生什麼事？

眼前，皮膚黝黑、體格粗壯的男子，手持磚塊，朝她撲來。她驚嚇過度，欲哭無聲。而他，步步逼近，她的身上，鮮血淋漓。

他變態地、令人髮指的瘋狂行徑，蹂躪、踐踏。末了，磚塊壓砸、頭部開花。可憐的陳福來，好名字並未為她帶來好的福運，就這樣過了一生。

劉幸音失去依靠，賠償的幾萬元，那是女兒的喪命錢，每看臉色變，人命就值幾萬塊？

劉幸音的形貌憔悴，每憶往事，難過得痛哭失聲。

洪梨芊經過，由懷中取出一包用報紙包裹的東西，夾在腋窩下，對劉幸音說：「借過一下妳的巷路。」

劉幸音喊住她：「梨芊，別再沉迷下去了，被清團知道，妳在走這條路，你們的婚姻穩破滅。」

「那個孤坑的，老娘才不放在眼裡，每天死氣沉沉。」

「你們共吃一碗飯，是緣分啊！」

「只要妳不說，死孤坑的，不會知情。」

「雞蛋密密亦有縫呀！」

「不管了！和土雞在一起，我很快樂。」

「土雞有妻有子女，妳別破壞人家的家庭。」

「土雞的老婆內向又賢慧，從不給我壞臉色。看每次去找土雞，她都主動幫忙把風，甚至還遞毛巾、拿臉盆水。」

「妳該自我檢點，別得寸進尺，不遵守人道法則。」

「有什麼辦法？土雞愛我、我愛土雞。」

「妳這是何苦？」

「我這隻豚母，孵不出小雞，在找種。」

「這對振坤嫂不公平！」

「一個願打、一個願挨。我也沒虧待他們，他家小孩多，我三不五十會送點東西給他們。」

洪梨芊指著腋窩下的東西說。

「土雞向妳借錢啦？」

「不是借、是給！」

「既要獻身、又要給錢，人財兩失，妳划得來嗎？」

「我喜歡、我願意！」

四

劉幸音與陳振坤的住處，僅隔一扇木門。洪梨芊別了劉幸音，伸手推開木門，一條縫，她鑽進了腦袋探究竟，只有陳振坤獨自坐在櫃檯邊，指掌撥弄著算盤上的珠粒。洪梨芊專注地看著他撥弄算盤的神情，闔上門，喊了聲：「土雞！」

「豚母！」陳振坤回頭：「這陣子抓得緊。」

「抓什麼？」

「走私呀！」

「憲警嗎？」

「妳老公啦！」

「有風聲嗎？」洪梨芊掩不住緊張情緒。

「這段日子，少來為妙。」

「一定是劉幸音告的密。」

「妳不要冤枉好人，她才不奢望檢舉獎金哩！」

「對哦！我常經過她那裡，要講不會等到現在。難道死孤坑的跟蹤我？」

「沒有的事，神經兮兮。」

「你老是喜歡製造緊張氣氛。」

「妳不是喜歡尋刺激嗎？」

「我只是在找精神寄託。莫非你要我劃下休止符？」

「我們一個有夫之婦、一個有婦之夫，若不能戰勝心魔，婚姻的破滅，勢必降臨。」

「這些話，劉幸音也對我說過。難道，她也影響你？」

「該說是，我的良心發現。我對不起老婆、對不起孩子。劉幸音只不過在我矛盾間，指引我一條明路。」

「想不到，擁有一個白痴女的母親會有這等智慧，她竟能說服萬能的你。若不是她的孤苦相，你在老婆之外尋芳草，應該不會找上富相的我。」

「她的女兒已慘遭毒手，一牆之隔，重提舊事，被她聽見，對她多一次傷害。」

洪梨芊吃味地：「富相有什麼用？肥肥胖胖、眉比目長，圓圓豐厚胖嘟嘟，這種身材，看久會膩。」

「妳什麼都好，我沒有嫌棄妳。但是，是非對錯的分析判斷不能少，嘴吃也要腹算，我們不能再挖屎塗臉了，再下去，會越塗越糟。」

洪梨芊企圖討他歡心，「我知道你最近又手頭緊，今天賣了甘蔗、亦賣了一些私貨，特地送錢過來。這是最後一次幫你，你倦了，還有成景、火爐他們，我不會寂寞的。」

陳振坤由洪梨芊手中接過那疊鈔票，心頭一喜，又忘了剛才說出去的話，急急說：「到裡邊去。」兩人旋即往後走。

「尿桶臭死了！」排泄物的臭氣四溢，洪梨芊側著頭，掩鼻而說：「換現代設備啦！」

「屎雖然臭，農作物卻是靠它成長。再說，一套現代設備要花多少呀！」

「只要你不輕言背棄，一切有我。」

「又不是設在妳家，這樣積極設法，清團不罵死才怪。」

「不必做多餘的顧慮，打心眼底，我就對他沒好感。我掌握權勢，他只要有錢花、有酒喝，不會干涉那麼多。」

陳振坤雙手慈愛地撫著她的頭，方才的良心話語，已拋諸腦後。

五

陳美馨下班歸來，家門深鎖。以往，她都是繞道，走進劉幸音的房間，再推開那扇小門，返回自己的家。現在，她又來到劉幸音居住的地方，劉幸音知道洪梨芊尚未離去，不願陳美馨撞及，急得想辦法將她暫時留下，好暗示洪梨芊快走。

劉幸音拉開嗓門，「美馨，妳下班啦！來嬸嬸這邊坐。」

「哦！永記嬸，我家的門鎖起來啦！走妳的房間、借妳的地方。」

「沒關係，來，陪嬸嬸聊天。」

「我滿身大汗，先去換套衣服再來。」

「那，先喝杯茶水。」

「我先去換衣服，身子黏膩膩、好難受。」

平日，劉幸音有禮又和善。所以，陳美馨並未察覺任何的不對勁，她擺擺手，朝自己的家走去。劉幸音心中則大嘆不妙。

這棟古屋，前半段是做小本生意，後半截則擺著一張大床鋪，床後有一塊白色的帆布遮蓋，旁邊置放一個大尿桶。

陳美馨由紙箱取出換洗的衣服，走到後面，身子微微一震，要說的話，一句都衝不出口。

陳振坤、洪梨芊驚悸萬分。洪梨芊整整衣衫，不發一語地離去，陳振坤怒斥：「妳進來做什麼？」

「上廁所啦！」

「懶惰人、屎尿多！」陳振坤粗聲粗氣。

「我媽呢？」陳美馨四下張望。

「妳媽、妳媽，妳也沒把她交給我！」

「爸，您怎能背著我媽，私會別的女人！」

「妳媽早知道了，妳是最後一個知情。」

「您太過分了！」

「妳媽都不管，妳管什麼？鳳毛鱗爪的小事，也大驚小怪。」

「叫芊阿姨別再打擾我們乾淨的家。」

「她來和爸談事情，小孩子別管。」

「談事情需要關店門？需要衣衫不整嗎？」

「妳這死囝仔，不知好歹！」

「骯髒、污穢！爸，錢財有地方賺、名聲沒地方買。」

「妳老爸是男人，不會吃虧。」

「想不到風氣開放到這種地步！」

「我不跟妳談論這些。」陳振坤拂袖而去，他的行為和態度，使得陳美馨在言語、思想上，無法和他溝通。

六

滿天閃閃的星光，該有的應是閒適、自在的感受，陳美馨卻沒有。她飽受著閒氣，在日記本寫下了煩悶。

雖是不義之財，卻幫陳振坤立下了基業，陳振坤放心地吃喝，「牙齒五字排，一頭吃、一頭來。人啊！運氣來了，牆都擋不住。」

洪梨芊的資產外洩，大本的生意越做越小，當她請求支援：「土雞，我已幫你立業，你也幫我一下吧！」

「傷感情。」陳振坤說。

「你不顧過去的情分嗎？」

「顧，當然顧。妳來找、我奉陪。但創業維艱，若抽出資金，我的產業會搖搖欲墜的哪！」

洪梨芊一陣傷感：「你讓我創傷大、你叫我痛苦深。只是手頭緊，你也不肯週轉。」

「妳倒貼的男人，不只我一個，為什麼不去找他們週轉？」

「他們都到南洋去了啦！我連吃飯都有問題了，要找他們，哪來的車票、船票、飛機票？」

「我現在雖然富有了，但有好幾個女人要養，分一分，只剩空殼子，紙糊窗呀！」

「你女兒呢？她們可以幫忙嗎？」

「嫁出去的女兒，如潑出去的水，沒什麼往來。身邊就剩美馨一個，如果聽我的話，老早嫁了。跟在身邊，老礙事，什麼犯法的事不能做、外面的女人不能跟，氣死我了！別人養女兒賺錢，我養女兒賠錢，啃老骨頭呀！」

「這我就要說句公道話，你將怨與恨出在美馨身上，算她倒大楣！」

「她本來可以得寵，是她自己不識相。哪個人得罪到我，我就恨他一輩子。」

「你自己也要檢討，自從不跟我相好以後，你每天沉迷在阿晴那裡。我拿錢貼你、你又拿錢貼她，說來說去，只有她賺到。我看美馨，真的要衰到底。」

「我有意將她賣掉。」

「誰的主意？」

「阿晴呀！」

「她說得出口？」

「她也賣了一個女兒，拿女兒的錢揮霍，也沒人說話。」

「失德！」

「養兒子，多了一個媳婦。養女兒，浪費米、麵，也浪費水、電。」

「女婿是半子，很多女婿比兒子還孝順。也有許多女兒比媳婦還貼心。你太重男輕女了。」

「我只承認兒子、媳婦。」

「你的觀念太老舊、舉止卻是現代化。只能說，你太大男人。但若說你大男人，你又讓阿晴擺布，她究竟有什麼魅力？」

「感覺對了、也就對了。」

「為了阿晴，你這樣薄情，太讓人失望了！」

七

陳振坤的行為舉止，陳美馨努力的遺忘，她多麼希望不愉快的記憶能消失。她明瞭激濁揚清、除惡舉善。然而，一想到陳振坤，管別人容易、管自己難時，荳蔻年華的她，再也無法忍受。陳振坤究竟是個什麼樣的人呢？他自以為獨冠群芳，喜歡他人恭維。實際上，貪財好色，這與他「模範父親」的雅號，迴然不同。

多少的衝突，擾攘不休，陳美馨的內心不免有些驚顫。想追尋的，往往不能獲取，她焦慮與困惱，每每觸動的心事，使她傷心哭泣。

夜色飄渺迷濛，陳美馨扭亮了燈，點燃了香、燭，以純真而專注的眼神，願菩薩保佑，一切順心如意。她弓著腰，將烏沉香舉過眉心，口中喃喃自語，把積鬱的心事一一吐露。訴說後，胸中的愁悶稍稍紓解。

飯後，陳美馨擦拭著洗好的碗筷，又想著世事的不如意與所受的委屈，無處宣洩的狂悲又起。多少的風雨，幾乎鬆懈了她一貫的努力，該怎麼辦？她亦無法理出一條頭緒。

陳美馨仍然擦拭著碗筷，外頭，隆隆的引擎聲漫天喧鬧，聲音傳入耳膜。接著，幾個年輕人走了進來，別有用心地打量著她，使她心頭顫慄。其中一人，油頭粉面、西裝筆挺，走到她面前，得意地笑笑，又轉向同夥，使了個眼色，旋即離開。

八

離別時，苦情難掩，陳美馨仍然勇敢地做了選擇。

時光永不停息地向前奔馳，多少的衝突，猛烈的襲擊，陳美馨冷汗涔涔。時間允許，她該挪空散心，以舒緩壓力，鬆弛一下神經。但她的時間、空間，終究有限，當短暫出走後，回到了窩，一陣難以掩飾的悲苦，又是輪番襲擊。

陳美馨想走，想暫時拋離眼前的不適，讓難過的心境劃下休止符。到外面，既能琢磨自己、亦能尋求永恆的光明。

陳美馨踏著朝露，迎著晨曦。她想，早起的鳥兒有蟲吃，願一早的出發，能帶給她好運。她抄下了報上的「誠徵啟事」，依地址，思忖臆測，將欲走的方向，繫在心底。

鎮日埋首書堆的她，盼望有朝一日，能開家書局，而這，是她遙遠的夢。現在，她找到了一家書店，想著坐擁書城的快樂，但晚了一步，已有人捷足先登。她不氣餒，繼續下一個方向。

這是一棟規模不小的店面，一樓藝品、二樓休閒廣場、三樓服裝百貨、四樓餐飲。她整整風吹過的頭髮，推開那一扇門，走了進去。

店員微笑招呼，並搬來一張椅子。陳美馨道明來意，隨即坐了下來，將皮包置於大腿上。

等待面試的空檔，兩人聊了起來，店員告訴陳美馨：「待會兒跟妳面談的是劉經理，人很大方、也很精明，唯一的缺點，就是愛看漂亮的小姐。妳要有心理準備，當他盯著妳看的時候，別臉紅心跳、不自在，要自然一點，才有機會被錄取。」

「我會謹慎。」

「那，我去請劉經理下來。」

「麻煩妳了。」

九

鞋聲在樓梯中響起，陳美馨表情驚訝、神情緊張地站起。劉經理則喜出望外，連連說：「歡迎妳加入！」

店員白了他一眼，不自覺地說：「著了魔！小心哦！」

劉經理聽見，立即說：「方美娥，今天放妳的假。」

「經理，你該不是叫我走路吧？」方美娥的臉上輕愁微露。

「放假跟炒魷魚是兩回事，放心的去吧！」劉經理輕鬆地說。

方美娥興高采烈，向陳美馨揮揮手說：「謝謝妳帶給我好運。」

方美娥走後，陳美馨說：「這份工作，我不要了。」

「既來之、則安之。」

「先前是有這個衝勁，現在後悔了。」陳美馨言不由衷。

「先不談這些，我們到會客室聊聊。」劉經理懇切地說。

「沒什麼好聊的。」

「給點面子吧，就是一分鐘也行。」

「我真的不想待，你又何必多此一舉。」

「朋友見了面，坐坐又何妨。」

「朋友？」

「就算妳不承認我這個朋友、就算我不夠資格、就算妳是來買東西的顧客，喝杯茶總可以吧？」

「有這個必要嗎？」

「何必這麼多的問號，我為那天的事跟妳道歉，上樓坐坐吧！」

「好吧，十分鐘。」

會客室設在小閣樓，樸素典雅的壁紙黏貼於牆壁，簡單的設備顯現出樸實的一面。

劉經理由冰箱取出兩瓶飲料，陳美馨阻止：「不用開了，我不渴。」

「我想喝呀！」劉經理順勢打開一瓶，然後說：「妳很討厭看到我？」

陳美馨寂寂無語。

「我從來沒有這樣跟別人低聲下氣過。」

「你當然不用如此，你有赫赫的身世，我在你的屋簷下不自在。而且你弟弟說過，你們隨便一間店，就可以讓我們開好幾間！」

「小孩子，有耳無嘴，他亂說話，妳也當真。」

「我有一顆敏銳善感的心，我的自尊心，比誰都強！」陳美馨看看腕錶：「有話快說，還有兩分鐘。」

「妳連爬樓梯的時間都算在內，我真後悔，把會客室設在頂樓。」

「如果知道這是你家，就不會來了。」

「我已經道過歉了，妳怎麼如此固執。妳可知道，第一眼見到妳，愛情瞬息閃耀，回來後，相思深中心坎。」

「聽說你很花心，一直徘徊在花叢中。」

「那是別有用心者斷章取義地去曲解事實的真相，人紅是非多，難免受流言困擾、緋聞暗算。」

「對不起，時間到。」

「再延幾分鐘，不行嗎？」

「我一向言出必行。」

「希望還有見面的機會。」

陳美馨不語，拾起皮包，往樓下走去。

「我送妳。」

「請留步。」

十

頭上一片陽光耀眼，炎熱之際，陳美馨揮汗如雨。她走進了一家百貨行，冷氣聲呼呼地響，身上的悶熱逐漸消散。亦在這裡，祥和、親切的老闆娘，留住了她。

陳美馨穿戴整齊，白色的襯衫、藍色的窄裙、白色的高跟鞋，這制服，看來清爽舒暢。

不足一日的相處，同事間已近熟絡。下班後，周碧綺帶她到宿舍，每一間臥室均有兩張單人床，周碧綺指著另一張床說：「以後我們就是室友。這張床空很久了，沒人作伴，好無聊，以後有妳，我就不會那麼孤單了。」

每個夜晚，她倆隨性地聊、舒適地談，期望友誼漸長。

「聽說明天，又有新人要來。」周碧綺突然想到。

「多人多熱鬧、也多幫手，太好了！」

兩人互道晚安，進入了甜甜的夢鄉。剛離家，陳美馨換了床鋪，夜裡翻來覆去，無法入眠。

熬了一晚，窗外曙光乍現，又是一天的開始。

陳美馨、周碧綺，兩人肩並肩，悠閒地走。突然，陳美馨怔住，方美娥卻驚駭大叫，兩人幾乎同時叫出對方。

陳美馨先開口：「妳怎麼來了？」

「老闆娘叫我來的。」

「妳那邊，辭職不做了？」

「沒有啊！同一個老闆，調來調去，哪邊需要哪邊跑。」

「同一老闆？」陳美馨睜大眼睛。

「是啊，這條街，有五家以上都是劉氏企業。」

陳美馨的胸口頓時如火焚般地沸騰。

方美娥不知其因，接著詢問：「是劉經理安排妳來這邊的嗎？」

「不是。」

方美娥抓抓頭皮，然後說：「聽說我和一個新人對調，那個人應該是妳吧？」

「在這裡好好的，我才不要哩！」

「恐怕由不得妳哦！」

「有夠倒楣！」

「妳和劉經理，好像早就認識？」方美娥似乎想試探些什麼。

想太多了。」

陳美馨不語。

周碧綺的感應一向敏銳，立即打了圓場：「美馨的家離這裡很遠，怎麼會認識劉經理，妳

十一

方美娥走漏了風聲、洩漏了秘密，劉經理獲知其母口中的新人是陳美馨，以他的經驗做判斷，貿然的行事，肯定留不住陳美馨。以陳美馨堅毅不屈與細膩的心思，愛情必須慢慢來，讓它自然地流露。

調職之說從此風平浪靜，再也沒被提起。但陳美馨仍舊心存疙瘩，想另謀他職。老闆娘極力慰留，再加上與同事相處，彼此間培養了情感，遂答應留下來。這對劉經理來講，是項好消息。

碰門的迴音在空中激盪，周碧綺滿面春風的進來。看到摯友那份意氣風發的神情，陳美馨沾染了喜悅，「看妳展露笑容，有什麼好事？」

「我終於找到心靈契合、興趣相投的朋友。」

「妳說我嗎？」

「男生。」

「恭喜妳了，何方神聖？」

周碧綺略帶思維：「他有濃郁的書香氣質，人亦含蘊著勤奮樸實的美德，他謙誠熱情、肯上進。」

「聽妳描述，是個十全十美的人哦！」

「到目前為止，我還沒發現，他有什麼缺點。」談到她的知音，周碧綺輕微醉意。

陳美馨細細揣想，帶著思維的憂傷，「我在感情的漩渦裡浮沉掙扎，覓不到意中人，挺羨慕妳的。」

「一拍即合，談何容易？」

「妳和他，已相繫在心底？你們認識多久了？」

「認識兩個多月了。」

「才幾十天。」

「我並不是很了解他，只是憑感覺，認為他適合我。」

「妳從哪個角度看？」

「感覺他有憂鬱的外型、沉穩的個性。不多話，我討厭嘰嘰喳喳，不喜歡多話的男生。」

「妳會選擇他嗎？」

「還在觀察中。」

「但願如妳的意。」

十二

周碧綺整個身子，疲憊地靠在座位上，一臉輕愁。

意料中的事終於來了。宋建發果然比她年輕，在她的思維裡，尋覓另一半，年齡必須比她大。而今，找到如意郎君，卻因年齡之差，不敢心存奢望。

陳美馨看出端倪，亦觸動了她的心事，「不樂觀？」

周碧綺一味地平靜冷淡。

忠心的朋友彷如菩薩的化身，陳美馨憫人的胸臆頓起：「妳我都是平庸的女孩，受限於現實環境與思維力量，感情這條路，會走得比較辛苦。」

「我和他之間，一直都處得很好，彼此間，也是談心的好對象，唯一的缺憾，就是我的年齡比他大。」

「大多少？」

「一歲。」

「證實過了嗎？」

「是的，這段情恐怕來得快、去得也快。」

「才一歲，不是差很多。有的人大好幾歲，不是照樣走進結婚禮堂。」

「這個問題，我也想過。『某大姐』不好當呀！沒這勇氣。」

「妳太遜了！喜歡，就要勇於追求。真情一旦投入，要抽身也難。」

「一直以為，已找到安全的港口，憂鬱的臉龐也微展笑顏，可是，太多的因素，讓我不得不放棄。」

「他的態度如何？」

「才子的他，為我寫了一首詩，裡面有一句：『安全舒適的港口，等待妳的停靠。』」

「得此知心，不容易呀！因為年齡，不能接受他，他對妳的承諾已足夠。」

「我太在乎這份情，整天將自己搞得魂不守舍。寥寥數友，他是可依可戀的。但為了原則，我很難過，今生無緣相守，不能成為夫妻，就做個朋友。或者，擁有姐弟之誼也不錯啊！」

「這一段情，將來老了，回首細嚼人生，意味多多。現在，怎麼交代？」

「他是個懂事理的人，會包容這一切的。我則想多多休息，治療方法亦只有休息。」

「你們之間，會就此分道揚鑣嗎？」

「不會的，如他所言，緣起不滅，我們會延續另一種緣，那就是姐弟之緣。」

「他會接受嗎？」

「有緣擦肩而過，自會珍惜。」

「妳堅信？」

「一個曾令我日思夜想、想要託付終身的人，對他，我相信。」

「弱不禁風、不堪一擊的妳，在無人保護下，肯定失去安全。」

「跟妳們在一起，應該很安全吧？」周碧綺暢談之下，心情好多了。

臥室內，兩人又是意氣風發的暢所欲言。

十三

月夜，璀璨的星光在窗外發亮。陳美馨已躺在床上歇息，透過星光，清晰地看著周碧綺靜坐桌旁的端秀姿顏，關心地問：「不想睡呀？」

「明天放假，睡不著。」

「又不是過年，童心頓起的睡不著！」

「妳呢？明天打算怎麼過？」

陳美馨遲疑不決，考慮半晌，「家，總要回去看看。那妳呢？」

「我要去找一位朋友，他的奮鬥歷程很艱辛。我和他是小時候的鄰居，他離開家鄉後，就沒有聯絡了。上一次，我休假返家，剛好遇見他，約好明天見面。」

「又要約會了？」

「他是我父親的義子，家境的因素，唸到國中就沒升學了。他有著精明的頭腦，很快地學了一身技藝，賺了不少、亦風光過。可惜交友不慎、誤入歧途，差點毀了一生。」

「妳不是很久沒跟他見面，怎麼知道這些？」

「上回相遇，他大概告訴我一些，至於其中的細節，明天就清楚了。與他約好，又不能失約，但見面了，又怕提起前塵往事只會叫他傷悲。去與不去，心頭矛盾。」

「他現在如何？」

「變好了，終於敢回去見鄉親父老。」

「那就不用擔心啊！他有告訴妳的勇氣，表示他已經走出陰霾。」

「妳要一塊兒去嗎？」

「我要回家。」

「也好！我自己去看他。」

「浪子回頭，社會更該接納，妳也應該鼓勵他。」

「這我知道。」

「睡吧！明天才有精神。」

「嗯，晚安。」

「晚安。」

十四

山清水柔、輕漾綠波，這是個好天氣。

周碧綺凝聽另一樁故事，一點一滴累積……。

現實的社會裡，許多渾身是勁的青年男女，為了夢想而啟程。但在衝勁的時刻裡，踏錯了人生的第一步，一失足成千古恨。

處於這繁榮燦爛、燈紅酒綠的環境，迷失了方向，成了別人的俎上肉。此時，烏雲密布，惆悵茫茫。

他是一個力求上進的青年，一次經商失敗，欠下一筆債。四周不善的眼光襲擊，更甚者，共享歡樂的友人亦分道揚鑣。個性倔強的他，對家人，深感不安。而時運不佳，債主紛紛至法院控告，面臨服刑，情緒低落。談吐風趣、樂觀進取的他，一語不響，變為孤獨。

他度過了一段淒涼的時光，警惕自己，該重新站起來；但現實環境，無他立足之地。黯淡伴隨著他，年紀輕輕即嘗辛酸。

十五

他視透人心、看透世情，他要徹底地擺脫那一段恐怖的日子。

他改頭換面、重新來過。他要人們對他另眼相看，於是，故鄉，他頭也不回。

吃苦受罪、煎熬數載，終得一片天。

建築工人、送貨員、作業員、業務員，換工作、換環境、亦換心情，最重要的是，嘗試變化。

吃人頭路，薪水有限，靈機一動，到餐廳學一技之長，只要學會烹飪功夫，溫飽全家絕對沒問題。

兩年後，他出師了，將銀行的存款領出，開了一間餐館。漸入佳境後，更認識了一位溫柔賢淑的女孩。這女孩居住大城市，父母有著顯赫的地位，家中經營諸多的生意，但她身上，看不到一絲驕氣。

他國中程度、她大專學歷。她看上他的衝勁，決定共度一生。他將他的過去，告訴了她，她包容了這一切。她說，她看上他現在，而不是以前。

刻在心版上的影子，留下不可磨滅的印象，他倆結合了。

事業有成，他帶著妻小回故里，思起離去與歸來，兩種不同的心情，各有所感。

見他如今滿溢幸福的神情，周碧綺為他拍掌。

十六

劉經理作風明快，在宿舍裡闢出一間小型圖書室，以餵飽職員求知的心、亦為員工帶來精神享受。

書櫃擺滿了書籍，身歷其中，濃郁的書香襲染整個心房。書香瀰漫，蔚成了一股積極進取的氣象。

劉經理這麼做，一來，為增進員工福利與和諧。二則，得知陳美馨喜與書籍為伍，只要她喜歡，他願為她付出一份心力。捨棄了窮追猛打，得芳心須視人的性情，像陳美馨，需要的是時間。真情悄悄地瀰漫，方能溫柔纏綿。

劉經理想到獨處的機會，那就是個別談話。由最資深的開始。輪到陳美馨，開心地說：「很高興再見到妳，還習慣嗎？」

「習慣。」陳美馨冷冷地說。

「待遇滿意嗎？」

「滿意。」

「食宿方面，好嗎？」

「好。」

「我們好像很陌生？」

「我們本來就不熟悉。」

「妳肯留下來，我很高興。妳對我的不良印象，已繫心底，但我真誠地將妳當朋友看。我雖置身豪門，卻如孤兒，沒有人了解我。」

「你在騙誰？」

「大家都以為受擁戴和歡呼是一種尊榮，卻忽略了我的遭遇。」

「你會有什麼遭遇？」陳美馨咄咄逼人。

「父母忙賺錢，將我丟給褓母養，久久見一次面，沒有親情的溫暖，人格如何健全？」

「不要問我，我不知道。」

「我只希望妳別排斥，給我機會，慢慢了解。」

陳美馨不語。

苦心經營，一無所獲，劉經理失望不已。

十七

近來，方美娥妝扮花俏、穿著性感。傳言，她與劉經理走得極近。

方美娥微笑嫵媚的神采，似彩蝶般，翩翩迎風舞。同事間讚嘆之際，紛紛為她獻上祝福。

劉經理找陳美馨，有事相商。

陳美馨心犯嘀咕，悶聲不響地坐一邊。

劉經理思維盤旋，打破僵局，「知道妳不情願來，但該說的話，還是要說。我叫劉哲宇，不管我們相識時間有多短，我會體貼待妳。今生的相逢，總是有些前緣，我希望能擁有一個沒有遺憾的人生，這是我對自己最大的期許。」

「你不覺得，在辦公室談私事，有些不妥？」

「既然妳這樣認為，我們到外面談。」

「你身側已有人站立，何必多此一舉。」

劉哲宇急了，辯解地：「沒有啊，沒別人呀！」

「方美娥不是人嗎？」陳美馨平靜地說。

「我跟她在一起，只是想試妳的反應。」

「我沒感覺啊！」

「妳怎能如此？我為妳終霄不寐，每當寂寞侵襲著孤寂的心，總告訴自己會有好的結局。總堅信妳在感動之際，會慰我孤獨。」劉哲宇道出心中話。

凝耳之際，美麗的語言降心底。但，陳美馨不為所動。

理想衝撞到現實，劉哲宇苦著臉，情深、情淺、情濃、情淡，註定無緣。

展現雄風，不讓陳美馨看扁，劉哲宇做了重大的決定，娶方美娥已是迫在眉睫的事。

劉哲宇體魄壯碩、方美娥的身軀依偎，他在她的髮間，獻上了輕吻。

劉哲宇這一生的起伏變化，在平和的氣氛裡，營造了另一個人生。

十八

歲月累積的點滴，密密遠遠的陳年思緒如波浪般波波襲來。

茫茫幽暗，無任何光芒，陳美馨被惡夢驚醒，冷汗涔涔。

周碧綺亦在酣睡中落淚醒來。

兩人同時許下了心願：

「願朝陽恢復往日的和煦！願天空恢復往日的笑靨！」

宇宙變化無窮，無可揣測。而人生，是一連串的拾取，各人有各人的生活方式，但生命的躍升是不可缺的。

蒼茫四顧，每人走的道路不盡相同，時運亦各有差別。人的綺麗繽紛、燦爛輝煌，孤寂襲擊、陰霾遍布，無論繁華與落寞，輾過歲月的痕跡，總要憶味。

原載一九九〇年九月九日至九月二十日《正氣副刊》

彩蝶翩翩迎風舞

一

天氣涼、風溫柔、人心爽。

夕陽艷影，陪伴著董紫菀、戴勝傑。兩人並肩悠閒，戴勝傑神情灑脫，輕摟著董紫菀的腰，甜味在心窩，臉上漾著甜蜜的神采。

無事縈胸臆，甜絲絲地，神采飛揚，在人叢中笑語連連。

奔竄的一條人影鑽入人群，在人群中，萬頭鑽動下尋覓。董鈴蘭額頭淌著汗，汗滴滾滾奔流而下，看到了董紫菀，搶步上前，一臉緋紅，帶著哭腔，喉嚨嘶喊，嗚嗚咽咽地說：「姐，家裡出事了！」

董紫菀全身震顫，心神不由一慄，一對睫毛濃密的大眼睛，直楞楞地睇視著她，清瘦的臉上黯然落寞。

戴勝傑趨前，以關懷的口吻，「鈴蘭，不要急，慢慢說，家裡出了什麼事？」

「金盞她……她……」董鈴蘭上氣不接下氣。

「金盞怎麼了？」

「她跳井了！」

董紫菀擁著一顆懺悔的心，不安地說：「都是我害她的！」

戴勝傑關懷的真摯情意升起，安撫著她：「不要難過了，先回去再說。」

返家的路上，車子一路奔馳。董紫菀的思緒亦一路奔跑，並發出感慨：「金盞若有三長兩短，我理應陪葬。」

戴勝傑不解：「妳們姐妹之間發生過什麼不愉快的事？」

「這件事，以後再告訴你。我現在迫切想知道的是金盞的情況。」

董鈴蘭接口：「下午妳和勝傑出去之後，不多久，香豌和喜麟、天麟，也跑去看電影，家裡只有我和金盞兩人，當時並沒有看出什麼異狀，等我出去買東西回來，就覺不對勁！那口井圍了一堆人，議論紛紛。唐書賢告訴我，金盞人在井裡，已經有人下去救她。我知道你們在這兒，趕緊通知。」

「都是我不好，不該阻止她和唐書賢交往，我太自私、太自私了！」董紫菀自責，精神陷入了恍惚的狀態。

掩不住心中的焦慮，董鈴蘭駕車，以瘋狂的車速，瞎馬般地橫衝直撞。而近出事地點的井邊已無人。農村中，耕田人已紛紛荷鋤回家，遠近靜寂，萬籟無聲。

三人焦急地往屋內走，香豌探頭，「三姊差點命喪黃泉。」

「她還好吧？」董鈴蘭急急問。

「二叔將她救起，唐書賢幫她做人工呼吸，撿回了一條命。」

「我去看她。」董紫菀歉意地說。

二

董金盞躺在床上，腹部蓋著被單，面色蒼白，已哭醒昏睡好幾回。

唐書賢靜坐一旁，含情脈脈地看著董金盞的面容。見董紫菀進來，陷入了悒鬱的桎梏。

董紫菀以不屑的眼神瞄了他一眼，急走床邊，對著金盞說：「為什麼想不開？年紀輕輕的尋短？」

「我沒有想死的念頭，從來就沒有過。」

「跳井又是為哪樁？」

「我是不小心滑下去的。」

「我可以作證！」唐書賢急急為她辯護。

「我沒有問你，你閉嘴！」董紫菀眼睛在他臉上掃射一遍。

「我知道站在這兒是多餘，我先走了。」唐書賢識時務地說。

「這個時候，金盞需要你，我沒有那麼不近人情。」董紫菀冷冷地說。

唐書賢深吸一口氣，「紫菀，我想說得坦白點，希望妳和我不會影響到我和她。」

董紫菀微微搖盪，「我只是覺得，像金盞這樣純潔的女孩，不該因花言巧語的矇蔽，而遺憾終生。」

「妳貴為大姐，有足夠的權威來處理底下幾個妹妹的事。但情感應由她們自己決定，妳的任意處置，對她們不公平。」

「你說得頭頭是道，真正的理由呢？」董紫菀激憤不已。

「就拿妳來說吧，妳有絕對的選擇自由，與戴勝傑的戀愛，深膩著彼此。底下的妹妹尊重妳，沒人有意見，那是妳的情感世界呀！」

「你真是辯才無礙！」董紫菀說得酸溜溜。

「我只是就事論事。」唐書賢絲毫不退讓。

董紫菀顯得困倦無神，塞滿了既往的悲苦，深深地嘆息：「我是不該心存疙瘩，而將金盞的心孤零零地棄置於寒井深處。」

「我保證善待金盞，妳呢？」

「我不能給你任何的承諾，那是你們兩人的事。像當初，我們不是挺好的，誰也沒料到會演變成今朝。」

「這樣談下去，只怕舊傷復發。」

「不會的，不是自誇。美人情態、撩人情懷，我與戴勝傑感情甚篤，和你的插曲早成過往雲煙。」

董金盞撐著身子坐起，神色嚴肅地：「大姐，原來妳持反對的理由，是你們曾經相愛過？」

「我和他，來得快、去得快，才要妳學習保護自己。」

董金盞滿腔不平衡：「大姐，我撿妳不要的？他曾追過妳？」

「追我的人是他，棄我的人也是他。」

唐書賢趕緊澄清：「我們倆人個性不合。」

「我就適合你嗎？」董金盞接口。

唐書賢粲然一笑：「當然！」

「你會背叛我大姐，難保有一天，你也會以同樣的理由、同樣的藉口來做搪塞。」

「讓時間來證明，好嗎？」

「這是不合邏輯的等待。」

「相信我。」

董金盞坐著，雙手摀住眼睛，不一會兒，淚水由指縫間滲出。

董紫菀心疼地：「金盞，別哭了，都是姐的錯。不只妳難過，今日，姐毫無保留的全盤托出，也許，失望與毀滅，已逼近姐的身旁。」說罷，將目光轉向戴勝傑，而戴勝傑靜坐一旁，傾耳凝聽，未發一語。

董金盞岔開話題，對著唐書賢問：「我落井，你怎麼知道？」

「是妳二嬸嬸打電話給我。」

「她告訴你的？」

「接到沒出聲的電話，我以為無聊人士開玩笑，要掛電話時，她急急地要我趕過來，遲了，就見不著妳最後一面。」

「你來了，我反而活過來了。不過，你以後別再來了。」

唐書賢面有難色地問：「為什麼？」

「我爸媽出門前，交代家中大小事全由大姐做主。」

「紫菀已經不反對了呀！」

「她嘴巴不反對，可是心裡……」

董紫菀接腔：「金盞，書賢說得對，你們底下的幾個尊重我，我亦應對你們尊重與愛護。愛妳所愛，大姐不干涉了。」

「妳成全，我也不會接納他。」

「妳自己決定。」董紫菀接著叫大家離開，將時間留給金盞與書賢。

三

唐書賢靠近董金盞，憐惜地問：「感覺怎樣，好點了吧？」

「唐大醫師出手相救，不好行嗎？」

「還在生氣？」

「你和我大姐之間，沒這麼單純吧？」

「我佩服妳追根究底的精神，但實際情形，也僅是如此，別胡思亂想。」

「你們怎麼認識的？」

「紫菀護專畢業不久，到醫院來上班，有天值班，看她飯吃得少，一探究竟，才知她的胃不舒服，主動幫她治療，就這樣熟識的。」

「你們為什麼會分開？」

「受不了她的倔脾氣。」

「你不會讓她？」

「我讓啦！她老騎到我頭上，掙扎很久，決定分手。我幫病人診斷病情之外，也要幫自己判斷取捨。」

「難怪我大姐會由大醫院自願請調衛生所，原來是你的緣故。」

「她不想見到我。」

「我也不想見你。」

「我們已經嘴對嘴。」

「那是你的職業道德，不能見死不救。」

「我把初吻獻給了妳，還不足以證明？當醫生這麼久，第一個觸及的異性嘴唇就是妳。」唐書賢接著說：「妳也太想不開了，水又冷又冰。」

「我不是真的想自殺，只是走到井邊，頭一暈，就掉下去了。」

「妳也轉得太硬了吧？」

「信不信隨你！」

四

自認識戴勝傑，董紫菀的脾氣收斂許多。而未藏妥下，不經意地道出過往。戴勝傑的心中做何感受，她很想知道。

已是夜晚，家家戶戶紛紛啟燈照耀，燈光通明。藉著燈光外洩，照亮了外頭的道路，兩人默默地走了一段。

「過往的事情，已在妳們爽朗的訴說中，略知一二，一切已過，就將它推進時間的遺忘裡。」

「你不怪我？」

「他在我之前，我怎能沒風度。」

「你不介意？」

「妳說過，我待人誠實、處世不偽。對妳，我更要待之以誠。」

「請你原諒，我的愚昧無知。」

戴勝傑溫情脈脈，「我會以珍惜之心，永遠伴隨。」

戴勝傑的情意看得見，董紫菀由羞赧、不安，轉為感激。美麗的臉龐漾起了微笑。

甜蜜，正暖渥著心窩，忽聞狗吠聲，一條土狗由巷道奔竄出來，口涎沿路滴流，逼近了他倆，伸出了長長的舌頭，貪婪地抖動著。情況危急下，兩人趕緊閃躲，怕狗的董紫菀嚇得發抖。

狗兒搖搖尾巴離開，兩人鬆了一口氣，戴勝傑急忙問：「紫菀，妳沒事吧？」

「嚇得命都快沒了。」董紫菀心有餘悸。

戴勝傑一對迷人的清澈眼眸，在燈光陪襯下更顯明澈。他慚愧地說：「對不起，沒盡到保護的責任。」

「我只是嚇一跳，又沒少一塊肉，別自責了。」董紫菀安慰著說。

戴勝傑有感而發地說：「政府雖雷厲風行地掃蕩野狗，但還是很多。」

「實施以後，比以前好多了。」

「如果能全面實施，既可保環境清幽，又能維護交通安全。」

「是啊！要不然，狗亂拉屎，影響環境衛生及觀瞻，交通也堪慮，許多機車騎士無辜受害。」

「為了撲殺野犬，執行單位每撲殺一隻，發獎金三百元哩！」

「這要全民一起響應，光靠少數人，能力有限。有哪個人會為了三百元，甘冒危險和狗玩捉迷藏？」

「我贊同妳的看法。」

五

雷雨來時，天地變色。閃電與驚雷，嚇壞了路上行人。

天候不佳，生意寥落，董鈴蘭提前下了班，她走到了站牌處，停滯了下來。候車期間，董鈴蘭心神不聚、目呆視。她的心，矛盾得無法描摹。沒賣車之前，她想賣；賣了車，又覺不方便。

工作兩年，省吃儉用，購了一部中古汽車代步，但薪水不多的她，要養這部耗油的車，相當吃力。她有些厭倦擠公車的日子，為了配合時間，七早八早起床不說，上車後老找不到座位，有時運氣好，有了位置，才坐下來，就有老人、孕婦上車，人人穩如泰山，有的眼睛看窗外、有的打盹、有的看書，她於心不忍，只好起立讓坐。這一來，車下坡，人向前衝；車爬坡，人往後倒，還得忍受擦撞之苦。

自買了轎車後，不必心急上班誤點，有風擋風、有雨擋雨，方便許多。但有時也要忍受不守規矩的駕駛，超速、狂飆，由車旁快速飛過，她膽顫心驚、冷汗涔涔。考慮許久，決定脫手。

董鈴蘭想買一輛機車，想到油價又上漲，打消了念頭。又恢復了既往等公車的習慣，每當風雨交加，心中又不免嘀咕。

「董鈴蘭，我送妳回去。」葉逸威的機車停在她身旁，拉高嗓音說。

「好！」董鈴蘭一躍而上。

葉逸威回頭說：「手要抓緊哦！」

「好！」

雨，無情地拍打，葉逸威車速極慢，董鈴蘭垂下眼簾、低下頭。

到了董家門口，董鈴蘭下車後說：「雨下這麼大，進來歇歇腳。」

「不了，等一下把妳家地板弄濕。」

「不進來坐嗎？」

「改天再來。」葉逸威掉轉車頭，「趕快進去吧！」

葉逸威的車漸行漸遠，董鈴蘭即刻進屋。

一進門，董香豌即以高亢的嗓音笑著說：「風雨見真情。」

董鈴蘭神情故作嚴肅，「妳胡說什麼？」

「二姐，我正納悶妳為什麼要賣車？原來如此！」

「今天巧遇。」

「是哦？妳對他的印象應該不錯吧？」

「大姐和妳三姐都有男伴，我這夾在中間的，孤零零，總要為自己設想。還好有妳陪伴，妳也孤家、我也孤家。」

「才不哩，我跟妳不是一國的。」董香豌說。

「妳有男友了？都不說。」

「我怕妳難過，大家都有，只有妳沒有。而且，長幼有序。」
「都什麼時代了？還考慮這麼多？」
「他跟我求婚了。」
「要不要多交往一段時間，了解之後再談？」
「我也不想這麼早被絆住。」
「自己謹慎。」董鈴蘭摸摸濕透的衣裳，「我去換衣服。」
「好的。」

六

農曆七月，陰風慘慘、鬼影幢幢，鬼門關大開，陰曹地府均放假一個月，孤魂野鬼任意遊蕩。家家戶戶沿著習俗，普渡、拜拜，保平安。

七月，諸事不宜，風波事端多，須加倍謹慎。

戴勝傑不信這些傳說，在情人節當天到了董家。

黃昏，董家姐妹在庭院正前方，擺供桌，準備香爐、油飯、麵線、七娘衣、金箔、花、椪粉……等，祭拜「七娘媽」。

戴勝傑與他們共進晚餐，氣氛和諧。

七夕之夜風勢挺大，戴勝傑不畏強風驟雨，獨處時刻，「紫菀，嫁給我吧！」

「不行啦！你六月不談、七月談，等八月再說。」

「妳也太迷信了。」

「寧可信其有、不可信其無。再說，今年是孤鸞年，忌談婚嫁。」

「無稽之談！當喜氣臨身，人形光彩，自然一喜破數災，喜事臨門，則事事皆順。」

「就算你有理，你知道我幾歲嗎？」

「肖馬，二十五歲呀！」

「女孩子家，逢五、逢九，都犯忌諱。」

「又有什麼根據？」

「女孩子二十五歲出嫁，有誤人之意。二十九也不妥。」

「我有補救之道。」

「哦？」

「單加一就等於雙。只要拿一枚銀元，帶在身上就行了。然後，我們公證結婚，我是蛇、妳是馬，戀人團圓、喜氣盈門、男女情深、夫妻恩愛。」

「我覺得還是有點耐性，再稍等一下。」

「好吧！宜忍不宜謀，愛妳，就多方忍讓囉！」

「你會打退堂鼓嗎？」

「我只有前進的道理，沒有後退的理由。」

七

根據中央氣象局的資料顯示，歷年來，今年的颱風次數最多，災情也最慘重。數不清的颱風天就算走了，亦餘威肆虐。路上積水、田間浸水。

黛特颱風之後，第九、第十號颱風緊接而來，人人心驚膽顫、聞風色變。

颱風過境，菜價高漲。董香豌提著菜籃，搖頭擺尾地推門出去。董鈴蘭叫住了她：「香豌，要上市場嗎？」

「嗯。」

「菜這麼貴，別買了呀！」

「吃魚吃肉，亦要食點青菜，才不會膽固醇過高。」

「菜價水漲船高，一方面是颱風影響。另一方面，則是民眾的搶購心理。無形之中，助長菜價的飛揚。」

「貴就買少一點，營養要均衡。」

「新聞報導中說，只要每戶人家，每天少吃四兩菜，就能將菜價穩下來。等農民陸續採收之後，必可獲得改善。」

「要怎樣取代？」

「不一定要煮飯配菜。我們可以地瓜煮稀粥，配花生米或醬瓜。」

「那會變成地瓜臉哩！」

「那天天吃飯不就變成飯桶？這只是權宜之計。何況，我們已經營養過剩。」

董香豌眼珠子轉了一圈，露出了詭譎的笑容，「多謝提醒，今天輪我做飯，真是太方便了，

好，就煮地瓜稀粥。」

八

董鈴蘭在房中歇著，金盞跑了進來，將她推醒，「二姐，有人找妳。」

董鈴蘭在睏乏的甜睡中，睜開雙眼，尚未徹底甦醒，揉揉眼睛問著：「誰找我？」

「一個男生，叫葉逸威。」

「葉逸威！」董鈴蘭這回真的整個人醒過來，「我梳個頭髮，馬上來。」

董金盞傳話後，即離開。

董鈴蘭梳妝後，走了出來，「怎麼有空？太意外了。」

「妳曾拒絕我一次，這回，我是鼓起很大的勇氣。」

「那時候，我們都還小，不適合談情說愛，而且當時，我想以課業為主。」

「現在我們都畢業了。」

「是啊，好幾年了。」董鈴蘭如夢初醒，忙不迭地回答。

「畢業之後，長年累月的日子，我有著綿綿不絕的思念。」

「求學時，你追得緊。畢業後，我有充分的心理準備，你反而不見人影。」

「我怕妳再一次的拒絕。」

「我倒是擔憂你不能騰出一些空間陪我，讓我有安置的地方。」

兩人在客廳說得甜絲絲，金盞躲在屋裡聽得酸溜溜。

「我會挪出更多的時間來陪妳。」葉逸威說。

「我是不是該在你的甜言利誘下，屈服呢？」董鈴蘭問。

葉逸威在她耳語：「我對妳所下的承諾，海枯石爛永不變。」

「真的嗎？」

「妳必須相信，不許胡亂擔憂。」

「以前我最得意的是買了一部車。現在則是友情的芳郁。」

「妳買車了？」

「買了又賣了。」董鈴蘭一陣感慨。

「以後上下班，我來接送好嗎？」葉逸威徵求她的同意。

「不能曠課，必須風雨無阻。」

「沒問題！」

九

海邊湛藍、明艷刺眼，而漁帆點點。波波的海浪，滾滾奔流，朝著岸邊拍打。陣陣海風，輕輕緩緩，撩撫著往來行人的衣衫、髮梢。

紫菀、鈴蘭、金盞，分別找到另一半，香豌在沒有任何的壓力下，遂大方地與余思捷來往，不再躲躲藏藏。

在董香豌不願公布余思捷為她男友之前，余思捷體貼入微、默默地承受。現在，兩人公開亮相，余思捷稱謝不已。

「我以為妳的角落裡，沒有辦法騰出一個位置給我。」余思捷說。

「我曾說過，要等上面的三個姐姐有消息後，再公布我們的戀情。」

「如果她們一直沒有消息，妳就停滯，讓我坐冷板凳？」

「這只是時間的長短而已。」

「要我等到白頭髮？」

「你是個好男孩，我保證不會讓你久等。」董香豌低下頭、垂下眼簾。

余思捷心花怒放，喜悅表露於臉上，思慮後問：「妳的生日什麼時候？」

「四月，今年已經過了。」董香豌接著考他：「你知道我名字的由來嗎？跟你提示，和花卉有關。」

「四月吉祥的香豌花？」

「答對了！告訴你哦，我們姐妹的名字，是爸媽根據國際花卉、每月份所公認最吉祥的花卉命名，紫菀九月、鈴蘭五月、金盞十月。」

「妳不是還有兩個弟弟嗎？」余思捷問。

「男孩子以花取名不好聽。但他們的名字也有典故，一個喜麟、一個添麟。」

「喜獲麟兒？」

「是的。連生四個女兒，爸媽再接再厲，終於，皇天不負苦心人。」董香豌耐心解釋。

「你們家滿有意思的，百花萌動。」

「好羨慕我爸媽哦！他們現在依然甜蜜。」

「我們將來要跟他們看齊、像他們一樣。」

「你說到哪裡去了？還早呢！」

鳥兒婉轉的清鳴，似乎在為他們悄悄地祈求、默默地祝福。

十

董喜麟高職畢業不久，憑著英挺的外表，加上個性爽朗、話題豐富，很快地，愛情進擊成功。

許多人以羨慕的神情，靜聽他的故事。他眉飛色舞地說著，甜在口裡、暖在心底，臉上露出得意的光彩。

而隱藏秘密的痛苦是他腳踏兩條船，讓他開始感到焦慮，他在看不見的牢籠裡掙扎。

董喜麟在百貨公司認識了倪靜雯，芳齡十九，親切有禮、口齒清晰。她的親和，穩住了郎心。他的關懷，亦獲得了芳心。

倪靜雯，年輕的女孩，皮膚又嬌又嫩，不必保養也漂亮。平日，她脂粉不施，一襲純淨的素色衣裳，不是不懂配色，而是喜歡這樣的打扮。

另一位王秀倩，輕佻風騷，身上總是灑著濃郁而刺鼻的香水，暴露的衣裳，顯出了狼女的野艷。

「漲豬肥、漲狗瘦、漲人黃酸桶。」王秀倩很注重食補，但補過頭，越補越糟。皮膚像中毒、頭髮越稀疏，她焦慮，買了生髮水，每日塗抹。

董喜麟散發光和熱，買了頂假髮給她，如溫陽照耀。

沐浴，不僅清潔身體、消除疲勞，亦是休閒時刻。王秀倩拉上帶點花俏色澤的窗簾之後，卸去衣衫，躺進溫暖的浴缸、浸潤在歡樂的時光，她將掌上型的收音機，吊於牆上的掛勾，讓樂聲震懾肺腑。

董喜麟敲門，門沒鎖，推了進來。浴室傳來水聲，他坐於客廳沙發等待。半小時後，王秀倩裹著浴巾，走了出來，見到他，開心地問，「冷嗎？」

「外邊有點兒冷，裡頭好多了。」

「來到這裡，自有溫暖在心田。」王秀倩貼近了他，不害臊地說：「我們相擁而睡，藉以取暖。」

王秀倩擋不住渾身奔騰的熱血，朝他撲來。董喜麟窘況四起，一陣恐慌。

王秀倩嘆氣地：「你不是要盡護花之責嗎？」

董喜麟神情驚駭地：「我來看妳頭皮好點了沒？」

「有你的關心，我不會禿頭的。我們把握機會，以歡愉為前提。」

「需索無度，無法穩住我心。」董喜麟心情大異往昔，楞了一會兒，連告辭的話都沒說，逕自走了出去。

王秀倩詫異地望著他的背影，臉色黯了下來，當她追上去的時候，董喜麟的人影轉眼間已飄隱在街頭。

十一

董喜麟為舒緩心緒，空腹喝了一瓶紹興酒，讓酒精麻醉，暫拋塵世雜念。酒後的酩酊，醉眼迷濛。董喜麟的臉上，寫著醉酒的訊息。醒來，王秀倩已坐在床旁，端詳著他：「昨日你離開後，我就心神不寧，前來突擊檢查，證實我的感應沒錯，你又藉酒澆愁！」王秀倩湊進鼻子，聞了起來。

董喜麟疲勞不堪、呻吟抱怨：「讓這種遊戲停止吧！」

「不，你是屬於我的，我不放手。」王秀倩強烈的語調：「彼此的愛戀，維繫著我們的情感，你怎能過河拆橋？」

「妳的年齡足以當我的母親，反映現實的問題，我不想陷於多角糾紛。」董喜麟謹言慎思。

「老妻少夫，沒什麼不可以，何況，我們只是同居。你不是說我有女人味嗎？」王秀倩低聲說。

「我累了。而且，不想腳踏兩條船。」

「命運的撥弄與環境的折磨，讓我人生不順，你又要在此時離開我，教我情何以堪？」

「我們就當個母子或姊弟，好嗎？」

王秀倩咧嘴而笑：「你的事，我很清楚，你為倪靜雯離開我，我也會有我自己的思考。」王秀倩隨即步出董家，踏過馬路、穿梭過人群。

十二

人逢假期精神爽，董喜麟內心的悲愴已過去，又散發著迷人的光采。

現實生活裡，倪靜雯的溫和、乖巧，才是董喜麟所夢寐以求的。但心理作用，又有些恐懼，心情難免緊張。

深吸一口氣，徬徨的心情，有了安定的作用。董喜麟大步走去，親暱地招呼：「嗨，靜雯。」

「嗨，喜麟。」倪靜雯亦同樣招呼。

甫坐定，倪靜雯莫名地輕浮起來，「我幫你按摩。」

「靜雯！」董喜麟喚住她。

「換個人，不適應？」

「妳講什麼？這麼深奧。」

「你和王秀倩的事，鬧得滿城風雨，你是當事人，不知道嗎？」

董喜麟擺擺手：「造謠言、說閒話的，都是一些吃太飽的人。」

「你不為自己澄清？」

「人家愛怎麼說，隨他去。」

「無風不起浪！」

「妳懷疑什麼？」

「王秀倩是何等人物，大家都知道。」

「謠言惑眾呀！」

「坦白告訴你，她來找過我。」

「她有沒有對妳怎樣？」董喜麟急切地問。

「沒有。」

「這就好。」

「不過，她跟我嗆聲，說你屬於她。」

「她真是睜著眼睛說瞎話、閉著眼睛做假夢。」

「我沒有權利干涉你什麼，但你不該自甘墮落。」倪靜雯激憤猶烈。

「我們倆人，應該攜手抗謠言呀！」

「是你一個人，不是我們兩人。」

「妳不理我了？」

倪靜雯以緘默來抗議。

「我會解決徹底。」董喜麟心急地掉頭離開。卻不慎在樓梯口絆了一跤。

倪靜雯見狀，由後奔來，慢慢將他扶起，關心地問：「疼嗎？」

「這點皮肉之痛不算什麼。疼的是我的心。」董喜麟繼續說：「看妳仍然溫情依舊，現在都不疼了。」

「傷有輕重，結局亦不同。你選擇誰，自己決定。」

「當然選妳囉！」

兩人的快樂盈滿心懷，被那深沉的甜蜜，包容得無比幸福。

十三

倪靜雯在髮間，繫上粉紅色的蝴蝶結，那一襲素色的衣裳，散發著高貴的氣質。

「我覺得妳稍微俏麗一些，有一股別緻的韻味在其中。」董喜麟說。

「我十分滿足現在的樣子。」倪靜雯說出微妙的心境。

「像王秀倩……」

未等董喜麟把話說完，倪靜雯打岔：「忘不了她呀？」

「妳這樣說，我又一籌莫展、舉步維艱了。妳要知道，我與她嘻笑追逐已過。」董喜麟寥寥數語，道盡心情。

「逗你的。」

「知道嗎？妳的愛心，使我不再混沌不明。妳就像神一樣，指引我方向。」

「神只庇蔭好人。」

「我就是好人，以後每天清香、鮮果地供奉我心中的神。」

「有燒香、有保佑，給你力量，亦要你自己努力。」

「對啦，要拼才會贏。以後都聽妳的。」

「都幾歲了，對的就去做，別什麼都問我，那會變得沒主見。」

董喜麟聽得入神極了，脫口而出：「力爭上游、正當做事，我盡力；爭名逐利、投機取巧，我放棄。」

十四

風和日麗，倪靜雯踩著自己的影子，心花怒放。而零零落落的路人漫步行走，亦顯悠閒自得。

狂飆的機車騎士由她身旁駛過，猛按喇叭。倪靜雯心頭一震，停下腳步。而少年仔猛踩油門，排氣管放出了濃濃的黑煙，倪靜雯取出手帕，掩住了鼻尖。當抬頭之際，怔住了。那騎士，後座載著王秀倩。倪靜雯領悟到氣氛的不對，急忙退縮。

王秀倩恐怖兮兮地斷然制止了她的去路。雙方一語不發，暫歸沉寂。接著，王秀倩嗤嗤冷笑，倪靜雯瑟縮著身子。

「我的歲月淒清寂寞，找過了妳，難道妳壓根兒忘了？」王秀倩先開口。

「妳和喜麟是不同世界的人。」倪靜雯據實回答。

王秀倩厲聲：「放妳的狗屎！」

「請妳嘴巴放乾淨一點。」

披頭散髮、一對賊眼的少年嗆聲：「王姐，給她一點教訓！」

「不急！」王秀倩對著倪靜雯說：「離開董喜麟！」

「我和喜麟情投意合。」

「董喜麟已不是純潔之身，妳期待什麼樣的結局呢？」王秀倩取出一個塑膠袋，裡面有黃色的液體，狠狠地往倪靜雯身上潑灑，然後揚長而去。

倪靜雯抽噎得厲害。葉神威恰巧經過，上前安慰：「小姐，別難過了，我送妳回家。」

緘默了一會兒，倪靜雯開口：「我這一身又髒又臭，不想回家，先載我去一個地方。」

車駛過了一條條的馬路，抵達了董家，董鈴蘭應門，一陣驚訝：「靜雯，妳？」

「鈴蘭姐……」倪靜雯悲從中來，掩不住淚水滾滾而落。

葉神威代倪靜雯將來龍去脈訴說一遍。

十五

好幾天沒有倪靜雯的消息，董喜麟著急，走了一趟她家。

倪靜雯一臉病容。董喜麟不捨，「都怪王秀倩興風作浪、都怪我未盡職責。」

「別自責了，你來看我，我已經很高興了。」倪靜雯語調輕柔動人。

「她還有找妳麻煩嗎？」

「她上哪裡找？從那天起，我就病倒了。」

就在倪靜雯靜養的那段時間，王秀倩與狗熊翻臉了，曾從事的不法行為，狗熊有被利用的感覺，暗自懷怨。但王秀倩卻有殺人滅口的念頭。

相約海邊游泳，狗熊不忍拂逆王秀倩的濃濃雅興。但王秀倩早已安排妥當，在藍白相間的海域，冒出了一個人頭，揮刀亂砍。圈圈紅色的血水，染了海的顏色。

狗熊以發顫的聲音說：「我為妳賣命，做妳的奴隸，妳這麼狠……」

「怕你洩了我的底，只有讓你餵魚。」王秀倩哈哈大笑。

王秀倩以為載浮載沉的狗熊不會游泳，與另一男子將刀子棄置於海邊，即揚長而去。

然而，狗熊深諳水性，奮力游上岸後思索片刻，縱然苟且偷生，亦躲不過王秀倩的毒手。因此，他決定自首。王秀倩終難逃法網制裁。

黎明，晨曦的光芒照射，董紫菀與董鈴蘭竊竊私語，細數著喜麟的不是。

隨著王秀倩的繩之以法，雨過天晴。真實與虛幻的人生，畫下了休止符。

十六

友相逢，人相聚。細語，迴繞不止。
融融暖意，心曠神怡；繽紛花卉，絢麗耀目。
純潔的愛情可貴，拋俗慮、展歡顏。
懷著些許歡欣且唱且舞。對對佳偶，一字排開，攝影機裡留足跡。
車窗閃動，窗外傳來鑼鼓與鞭炮響，羞花婀娜、美麗醉人。
翩翩的彩蝶風情萬種般地，輕翔飛舞。

原載一九九〇年十月二日至十月十五日《正氣副刊》

老人世界

一

燈光輝照，孤影伴送，莊世義俯身低頭，於昏暗沉鬱下，精神空虛、苦悶不息。他的年老無伴，惹寂寞孤愁。

「世義兄！」陳朝水的叫聲，由遠而近，莊世義抖動著身子，畏怯怯地站起來。

陳朝水將一包東西置於桌上，順手由桌下拉出板凳，坐了下來：「冬至圓，一年一節。」

「土已掩到脖子，都在棺木底下爬的人了，吃圓不團圓多吃多傷心！」歲月催人老，壯志豪情已發酵，莊世義感慨地說。

陳朝水皺起眉頭，搖了搖頭說：「你這想法錯誤，少年仔有他們的思考，兒孫自有兒孫福，隨他們去吧！你看我家那幾個，不也一樣，一人走一個地方，只有過年才回來團圓，屁股沒坐熱，老的正安慰，他們飛機一搭，咻——又飛走了。我和老伴還不是過得好好的。只要他們按月寄生活費，肚子不要餓到就好了。看我們要山珍海味、要走東往西，沒事時，從街頭逛到街尾、再從街尾逛回街頭，時間是自己的。閒來沒事泡泡老人茶，到『老人會』天文地理的聊、天南地北的扯，日子好過得很，別想不開。」

「歹命神，哪有你們好福氣。『柴耙』七早八早跑去躲，留我孤單一個。年輕人又往外跑，攜眷在外築巢。我老了，不中用啦！這身夭壽骨頭，天熱受不了、天冷風濕痛，不知什麼時候要去見祖公。少年苦沒家、年老苦沒伴，一日一日老，鬍鬚長到肚臍，白拚了！」

「你就是想太多，你還有我們這群鄰居呀！」

「總不能依賴你們一輩子。」

「我們還有多少日子好活。現在混個熟，將來黃泉路上不寂寞。」

「可是，我還欠你錢，你不催討，反而對我這麼好。」

「錢是身外之物，生不帶來、死不帶去，這邊的錢，那邊用不著、行不通的。」

「你存著，以後叫子孫多塞一些紙錢給你，到了那邊，打點方便。」

「人生在世，過得好就好。百年之後，隨便他們啦！就憑他們的良心，看他們怎麼對待。再熱鬧，也只是擺門面、給人看。」

「你那些孩子，個個孝順，安啦！我才怕沒棺材本，歹衫破褲爛草蓆，人是不能比。人家當總統、咱們做百姓，人比人、氣死人！」

「別想那麼多，有生之年，快樂自在、逍遙舒適，也就夠了。沒事的時候，不要一個人待在屋裡，和我們一起泡老人茶，心境自然開闊。」

時間使人成長，由小孩、少年、中年，再到老年。光陰的流失，卻無法抹去一個人心中所存活的記憶與遭遇。莊世義極度地惶惑和不安，不能揮去心中的驚慌和恐懼。

莊世義沉痛表白：「活了這把年紀、苦了大半輩子，以為歷盡滄桑，辛苦有代價，結果遺留的、只是孤寂的身影。」

牆上懸掛一幅女人的遺像，即是莊世義逝去的妻子，陳朝水淡然一笑，「不管是快樂還是痛苦，最後都要劃下句點。」隨即拆開那包東西，「吃了吧！」

莊世義起身，「我先去上個茅廁再來。」

「快去吧！忍屎三畚箕、忍尿沒藥醫，保重呀！」

二

寒冷的氣流，凝結了整個黑夜，陳朝水熟睡中被一連串急促的電話聲吵起，猛然驚醒！

「朝水，你睡了沒？」電話那端傳來莊世義的聲音。

「睡啦、但又醒啦！」

「我有一件重要的事情要告訴你，電話中不方便講，你過來一下。」

「現在嗎？」

「最好是現在。」

「好吧！」陳朝水放下話筒，心念一動，踩響了夜的沉寂，專程趕去。

莊世義面色蒼白，嘴唇無血色，他一手撐住腰側，支撐著疲累的身軀，下了床，膝頭一軟，跪了下來。

陳朝水趨前一步，小心翼翼地扶他起來，「世義，你這是做什麼？」

「答應幫我寫遺書。」

「你尚康健，這事不急。」陳朝水對他的話感到迷惑，耐著性子說。

「我這青瞑牛，不認識半個字，需要你的幫忙。」莊世義抱憾地說。

「老兄弟，不必操之過急。」

「我自己的身體，自己清楚，我要趁著神志清醒時寫遺囑。」

陳朝水不慌不忙地，「我先幫你寫封信，叫年輕人回來讓你看看。」

「他們乾脆死在外邊好了！」

「他們有他們的天地，你日思夢繫地牽掛，又何必嘴硬，詛咒他們呢？」

「寫信就免了，我欠你的錢，看是要這棟房子、還是山上那塊地？」

「不用還了，我沒住宿問題，田也無力耕種。」

「你儘管賣了！」

「人家在贖回田地、翻修破屋，就為保住祖先的遺產。你這樣做怎麼對得起祖先？」

「這道理我懂。但子孫不孝，壓頭翹尾、壓尾翹頭，丟臉啊！」

「孩子養大了，要他們自己會想。」

「沒臉見人，我變得越來越孤僻。」

「是你自己太悲觀，我們老人家要想開。」

「我厭倦了這樣的生活方式。」莊世義雙眼微濕。

「不要叫苦連天，也不要把自己置於不滿的苦惱中。我們都是祖字輩，真的要看開。」

莊世義沉思半晌，接著說：「我最近一直恍恍惚惚的，感覺塵緣已盡。半夜做夢，都會夢見我那死去的老伴，我已經好久沒有夢見她了。」

「這是你日有所思、才會夜有所夢。」

莊世義忽然想起方才陳朝水說的話：「你當真要寫信給那些渾小子？」

「嗯。」

「就照你的意思。」

「你早點睡吧！我這就回去寫。」

莊世義點點頭。

三

冬去春又來，好幾個月了，莊世義的兩個兒子終於攜家帶眷歸來。

窗外，灑滿著金色的陽光，片片的草地，無垠的綠，野趣盎然。所有的山川、萬物，都顯得和諧而優美。

他們一踏入家門，陳朝水指責地說：「文良、文善，你們對得起良心嗎？」

長子莊文良說：「在浩瀚的宇宙裡，能找到落角之處，已屬不易，我們夫妻，起步維艱，現在正為事業而忙碌呢！」

次子莊文善亦辯解：「景氣低迷、百業蕭條，生意難做呀！我們不得不將寶貴的時間，花在動腦筋、鑽營利益上面。」

「想錢、想得大頭殼。真要錢，我將田產均勻分配給你們。」

莊文良銳利的眼光，四下張望，直接說：「家產值不了多少。」

莊文善則說：「我不分，我要靠自己的實力。」

莊世義思索後說：「我改變主意了，欠債還錢，我欠了人家不少，打算用田產抵押。」

莊文良不說話。

莊文善快人快語：「爸，別變賣祖產，對不起祖先，欠多少，我們來還。」

陳朝水拍拍莊文善的肩膀說：「你爸沒白養你。」

讚揚的名單沒有莊文良，莊文良收斂起蠻橫的驕氣，笑臉攻勢，並帶點諷刺口吻：「文善，你的心思如此地細密、你的心意如此地甜蜜，很叫人讚賞，這是你的可愛和可貴之處，真該學習你的熱情，但哥為五斗米而折腰，心有餘而力不足。」

「哥，小弟有個建議。」莊文善說。

「願聞其詳！」

「我們把爸接過去住。」

「誰來照顧？我很忙哦！」

「爸的身已疲，對我們心已冷，我們應該讓他重新燃起希望。我們均已成家立業，侍奉三餐，就讓另一半來做。」

「你這是真心關懷、還是虛偽奉承？」莊文良翹起唇角問。

「你若心存懷疑，不妨做一次賭注。」

「要怎樣分配？」莊文良問。

「爸的年事已高，若要叫他吃『伙頭』，你我南北兩地，不方便叫他南北奔波，乾脆住我那兒。」

「他若住你那裡，好處少不了你。」

「既然這麼說，住你那裡好了。」

「經濟不景氣，我一個月要多花多少新台幣呀？何況，老人家不好侍奉。」

「照顧老人，本來就要謹慎小心。如果你有好主意，提出來參考。」

莊文良思索片刻後說：「抽籤決定。」

兩人幾乎吵嚷了起來，莊世義怒遏：「你們別擺門風、削祖公！看說話，就知道心胸境界。我不跟任何人走，青山綠水我神往，心清明於清靜的地方，我何苦老遠奔波，吃一頓臭酸飯。」

一旁的陳朝水接口：「文善還有良知，文良就要自我反省了。」

被陳朝水這一說，莊文良臉羞紅，帶著贖罪的心情，懺悔地說：「爸，不必抽籤，住我那裡好了。」

莊世義微皺眉頭，「有這份心意就夠了，我累了，想睡一會兒。」

眾人默默地凝視著他的背影，陳朝水斜睨了他們一眼說：「人家是主子有難，屬下承擔。你們是老爸有難，紛紛躲一邊。看你爸的失望樣，還不快去道歉。」

四

此刻，莊世義的眉是屬於憂鬱的，很多事情，他想得入神。陳朝水善意批評過他的人生觀，他的話，深入人心、感人肺腑，他是真正的關心他，而世事的冷酷，又有誰能明瞭他內心的悒鬱和委屈呢？

莊世義捫心自問心胸磊落，無愧於天地，以為孩子大了，可以卸下重擔，享幾年清閒的日子。但眼前，破碎了的夢，養兒防老已無望。

房門外，隱隱約約傳來啜泣聲，莊世義豎耳凝聽。莊文良走了進來，兩人視線接合的剎那間，相對竟無語。

莊世義將注目的焦點，放在莊文良的身上，莊文良畏怯怯地說：「爸，我錯了，不該惹您生氣。搬過去一起住，好不好？」

「這種吃力不討好的事，你願意做？」

「家有一老，如獲一寶，是福份。」

莊世義抱憾地：「一定是你朝水叔指點，但他沒告訴你，我欠了一屁股債？」

「父債子還，爸有難、兒承擔。」

莊世義的心情油然澎湃，喜悅之情躍於臉上。

莊文良驚悸莫名，「爸，您？」

莊世義精神一振，開懷地說：「外面的人，全部進來吧！」

大家一擁而進，小小的臥房顯得格外的擁擠。大家凝視著莊世義，等他往下說。

莊世義抬起眼皮，光彩在眼瞳中閃爍，「我的債，是欠村人的，我們村子對外的交通，甚為不便，長年依賴一條土路，每回下雨，泥濘不堪，路又太窄。為了人車安全，你們朝水叔於親民日，找了縣長幫忙，他終於答應要拓寬路面。但是路太狹小，我答應朝水叔捐地，已經講很久了，一直未實現諾言。現在大家都在，有意見的提出來。」莊世義瞻前顧後。

莊文良說：「我贊成！」

莊文善亦說：「我不反對！」

「我們真的沒有意見，就照您的意思，捐出田地、鋪一條好路，這是做善事，公德一件啊！」莊文善說。

莊文良亦接口：「我們幫助別人，也等於幫助自己，何樂而不為呢？」

兩兄弟終於站在同一陣線，莊世義感欣慰，心境也開朗許多。陳朝水一旁嘖嘖稱讚，拍拍文良、文善的肩膀，興奮地說：「太好了！」

陳朝水緊接著對著莊世義說：「世義，熬出頭啦！」

莊世義露出難得的笑容，「我該出去看看外面的世界。」

陳朝水點點頭說「你品嚐痛苦磨練後的果實，為你高興。但是，別丟下我這位意趣相投的朋友。」

莊世義的心底深處真有說不盡的話語：「朝水，你一向沉穩內斂，這些年來，多蒙你照顧，有時手頭不便，還跟你調現，曾欠你的……」

陳朝水打斷他的話：「過去的，就別再提了，你幫了全村、我也該對你友情贊助。而你，如果跟孩子走，記得要常聯絡。」

「不識字真不方便，雖然每天閒得抓蝨母卵，但青瞑不識一字，少年毋捌想，吃老無像樣。」

「當初叫你讀書，你偏要牽牛，看牛屁股。」

「有什麼辦法，厝內沒錢，讀書也會受牽連。當時只想溫飽肚子，想說看書亦看不出一粒白米。」

「現在時代就不同啦！知識浩瀚，學海無涯，有讀書、有識字，還怕沒白米吃？」

「坦白講，我很欣賞文質彬彬的教書先生，有才華、懂世事。」

「我以前也是穿著破衫破褲、打著赤腳去學堂，四、五十年前的事了，蒸臭酸粥啦！」

「回憶，有時快樂、有時悲傷。但現在不講，等想要講，雙眼緊閉、鼻子停止呼吸、脈搏不跳、嘴巴也張不開了！」

一件件純真亮麗的童年及過往，如影帶重放。

陳朝水接著說：「世義，別一離開，沉醉於生活快樂，便忘了老友。」

莊世義肯定的說：「我不是容易忘本的人，東西是新的巧、朋友是舊的好。文善的字體，清秀端正，從小，他的字就是最美，有事沒事，叫他寫兩字給你。」

莊文善立刻點頭說：「這差事交給我。不過，爸，打電話更方便啦！」

「電話費很貴哩！」莊世義抓抓頭髮說。

陳朝水搖頭，「老番顛，你要省錢、也要替人省工。年輕人時間寶貴，省那一點做什麼？你一人儉、打鐵算盤，沒用的。」

「我在為他們設想，花多就剩少、花少就存多。」

「你整身骨頭，瘦巴巴，不要這也儉、那也儉，吃稀粥、拌醬油，還嫌浪費。你乾脆三餐喝水、吃空氣、漲肚臍！」

莊世義有些窘迫，「歹命人，一世人歹命。」

陳朝水表達豪情，又不忘消遣：「免驚啦！電話你照打，錢找我算，要開發票哦！」

莊文良、莊文善，兩人心神相通，同聲說：「爸，一切有我。」笑意漣漪，莊世義、陳朝水臨別前夕互擁，道不出的不捨。

五

莊世義離開村子後，村人對他念念不忘。要不是他的豪爽，捐出那一片土地，小土路也不可能拓展為寬敞的大馬路，人人對他由衷感激。

莊世義的遠離，陳朝水感到失落，每天路過莊宅，總要停下腳步，將視線擲向這棟屋宇。有時，他會拿著莊世義臨行前交給他的鑰匙，入屋清掃一番。

一番整理，陳朝水走了出來，將門鎖上。轉過身子，瞧見呂福生及呂承言，於樓梯口並肩而坐，時而交頭接耳。忽然間，細沙飛進了陳朝水的眼睛，他眨動雙眼，手指擦去淚液中所摻雜而溢出的小灰燼，邊擦拭邊問：「聊天呀？」

「聊你呀！真有本事。」呂福生搶著回答。

「說什麼？聽得我一頭霧水。」陳朝水不解。

「這邊的地價，有上揚的趨勢，你居然能說服莊世義無條件的捐獻。」

「世義深明大義，他的兒子對種田沒興趣，留著無用，只有雜草叢生的份。」

呂承言亦說：「我們這些大年歲的，賦閒在家，隨便種一些青菜，運動運動，也可以消磨時間。」

陳朝水笑呵呵地：「你的菜園飽滿而翠綠，我昨天經過，本想抓一把，怕你這大嗓門的喊抓賊。」

「說這什麼話？要吃自己來，放在那裡不採，也會腐爛。我是閒閒沒事做，買幾塊錢種籽，隨便一灑，整山坪也沒在吃。」

「不吃拿去賣呀！」呂福生說。

「跟錢相咬呀！賺那麼多幹嘛？少年拼出頭，吃老差不多，要跟賣菜的搶生意？人家賺苦汗錢，咱去插花，跟人家攪和。」

「富的不哄、無的臭迸！這樣我就不客氣了。我可不像朝水那樣客氣，回家就叫我媳婦去田裡拿。」呂福生說罷，又問：「有沒有噴灑農藥？」

「我不噴農藥的。」

「蟲坑會很多嗎？三挑四揀很麻煩。」

「吃蟲會做人。吃飯也要張嘴巴，要咬要嚼，一樣要時間。」

呂福生感嘆：「年輕人都不種田了！」

「有輕巧的，誰要做粗重的？」

「反正啊，老的留後路、少年的走正步，隨他們啦！」

談起了兩代的思維差距、亦聊起了野趣盎然的田野，滋潤著每個人的心海。在現實生活中，他們有說不完的趣事，也有道不盡的煩惱。身為長輩，不壓制晚輩，給了他們生存的空間，自然地拓展、找尋他們的路。

六

陳朝水夫婦倆吃著熱氣升騰的稀粥，鶼鰈情深的老夫妻，彼此互信互賴，情感篤厚。

陳朝水說：「好飯無密口，三頓食乎飽，粥飯是花粉，要吃飽哦！」

莊世義提著笨重的行李，走了進來，陳朝水夫妻大吃一驚！

「你怎麼回來了？」陳朝水驚訝地問。

「想你們啊！吃飯皇帝大，你們先吃再聊，這時間久長，鬥嘴股、夠磨菇！」莊世義笑意開朗。

「才離開幾天，怎麼回事呀？」

「乞丐身，住不下皇帝屋，住不慣啦！」莊世義娓娓細說：「大都市，空氣污染嚴重，一出去，回到了家，鼻孔變成黑煙囪。白天年輕人都出去，門窗深鎖，像在關小鳥。放假天，帶我去逛街，走過來抗議、走過去遊行，車聲、人聲、喇叭聲，吵死了！不回來，會短壽的。」

「年輕人對你好嗎？」

「很好啊，但我還是比較習慣家鄉。」莊世義細加分析。

「一起吃飯啦！」陳朝水熱情招呼。

「我上飛機前，已經吃過東西了。」莊世義隨即由行李取出一袋東西，遞給陳朝水，「這給你，肉鬆和肉片，嚐嚐看。裡面有一條珍珠項鍊，是我那兩個媳婦為朝水嫂準備的。」

「這怎麼好意思？」朝水嫂說。

陳朝水接口：「他媳婦的一番心意，妳就收下吧！妝扮一下，不輸少年哦！」

「愛說笑，已經兒孫滿堂，眼角的皺紋，都能夾死蒼蠅了！」朝水嫂笑呵呵地說。

陳朝水遞來一根香菸，莊世義接過後，塞進煙管，打火機點燃，吸了一口，「要回來定居，有嘴說得無痰、講得嘴破喉嚨乾，年輕人勉強同意，折衷的辦法就是每月寄生活費。」

「生活沒問題，可別像以前，一天吃一餐，餓得像竹竿。」

「這回我會放心地吃喝，把自己養得胖嘟嘟。」

陳朝水將鑰匙遞還給他，「屋子我有定期打掃。」

莊世義敲去煙管上的煙灰，抬起眼皮，感恩地說：「很感謝！」

「別見外。」

「我先回去休息了。」

「好！」陳朝水送莊世義到門口，朝水嫂則收拾碗筷，將剩餘的飯菜，放入碗櫥。

七

原本，莊世義的心封閉，他的心情處在低潮。自遠離了愚昧的短視和淺見之後，舉止神情大轉變，開朗的笑聲隨時可聞、隨處可見。

百花盈盈、笑意連連，到處洋溢著盎然生機。莊世義主動邀老朋友，一同踏青。步上後山坡，觀那一望無際的綠野、賞那清麗脫俗的花青姿雅。累了，不是搬塊能容得下臀部的石頭、便是隨意地往黃土堆上一坐，不管褲子髒黃一片。說說笑話、談談往事，樂哈哈。

聚在一起，儘管聊的話題，一再重覆，但他們共同走過的歲月，有著相同與不同的故事。由年輕到老，由青春活潑到老成持重，話題的清淡與豐富，都是人生的閱歷。

過去的情景是閉塞？是朗曆？心靈中，餘音仍盪漾。

呂福生說：「世義，榮華富貴你不享用，回來不覺可惜？」

「一人愛一款。」莊世義回答得乾脆。

「你真是天生勞碌命。」

「就是這樣了。」莊世義由口袋中，取出一包洋菸，每人一支，「抽菸啦！外國的，我兒子媳婦買的。」

「你這回富啦、油肉肉啦！」呂承言稱羡地說。

莊世義心花怒放，得意地說：「我還有洋酒哩，一瓶很多錢的那一種。」

「人老嘴鬚白，不享受也憨。像我都心放寬寬，喉嚨張開開，五香滷肉來，想吃就吃、想喝就喝。」

莊世義又抽了一根菸，緘默良久的陳朝水看在眼裡，急忙勸他：「世義，你的煙少抽一點，傷身體呀！」

「少年抽到老，改不了。少年吃鴉片，越吃越醉，還被抓去戒。回來後，改吃菸草。慢慢地有了新樂園、長壽煙，人越老、命越好，三五、KENT，每一樣都抽！」

「不簡單哩，你還會英語。」呂承言笑著說。

「那些豆芽菜，都嘛是金頭髮、藍眼睛的人在說。我是聽那些少年仔講的，講在嘴尾，你也聽到。」莊世義苦笑。

陳朝水轉頭，接著勸呂承言：「你的酒也要適量，喝多了，傷身、傷肝，酒精中毒就沒藥醫了。」

「知啦！會啦、會改啦！」呂承言說：「少年仔好心好意，我不忍辜負。」

「敢是你自己愛喝，拿少年的當藉嘴。」呂福生接腔。糗言一出，哄堂大笑。

呂承言打量了陳朝水，詭譎地說：「一張鬚臉，心腸還這麼好！」

「怎麼說？」陳朝水不解他的意思。

「人說（鬍）虎不仁、（麻）貓奸臣。你一個鬍鬚，居然心肝不黑、嘴角不壞！」

「教學生，我傾囊相授；待朋友，我一視同仁。」

「是啊，做人秉直最要緊，像那些彎酸酸，最討厭。」

「人家對我們好，我們也對人好。路是很長的，街頭巷尾都會相見。」

「有些人就不是這樣，對他掏肝掏肺，好像理所當然。利用時，笑咪咪，糖甜蜜膩；利用過，猙獰面、奸臣臉都出來了。你跟他打招呼，他當做沒看到呢！」

「現實的人，離他遠一點；有人情味的，就走近一點。朋友要看清楚，不要胡亂交往。」

「先生就是先生，說話都不一樣。有你在，我們就有雄厚的智囊團。」呂承言豎起大拇指說。

「誇讚得不像樣、奉承得太離譜了。是不是要我幫忙寫信給你那些子子孫孫？」

「是啦，是啦，不好意思！」

「看我料事如神，現實鬼！」

呂福生邊指著呂承言、邊笑著說：「你哦，生嘴講人、生身乎人講。」

呂承言不好意意思地問：「先生，什麼時候幫我寫？」

「隨時都可以。」陳朝水答得乾脆。

八

莊宅的大門敞開，客廳的電視播報著新聞，莊世義卻不在客廳。

陳朝水走了進來，大聲嚷：「世義，電視怎麼沒關？浪費電。」

莊世義從房間出來，揉揉惺忪的睡眼說：「電視在演，賊以為有人在，就不會進來偷。」

「口袋裝磅籽、衛生紙當紙幣，你厝內有養金雞母嗎？風氣這麼好，沒歹人啦！」

「我現在富有了，年輕人寄來的花不完啦！放在家裡不安全、存在銀行利息少、跟會又怕倒，不知如何是好？」

「要拿在手裡才算，不要放屎糊狗。你怕風險，每天顧鈔票，擔憂這、擔憂那，哪天憂鬱心情又起，肥豬消瘦如花條，連油都榨不出來，還有人生嗎？」

莊世義沉默半晌，然後說：「你看中東局勢，劍拔弩張，油價又漲又跌，黃金價格也起起落落，觀這個情勢，買黃金保值，你說好不好？」

「你買黃金，還要工資，擱在那裡是死的，又不能運用。哪天手頭緊，拿出去變賣，少賺又多花。不如放在銀行，利息再低，至少有保障，那些利息，你拿來喝茶就夠了。」陳朝水表現理財的一面。

他們聊著，賣魚郎騎著一輛破舊的老爺車，載著一籮筐的魚兜售。他的言語有些障礙，每遇見這熟識的音容，大家長話短說，魚兒買了就走，不帶給他麻煩與窘況。

他的魚當天捕獲當天賣，雖然言語表達不清，但熱誠樸實的性情、童叟無欺的個性，招來了許多主顧。

陳朝水發現到他，跑腿通知每一家戶，才一會兒功夫，一籮筐的魚就賣完了。

村子裡，呂承言的好客眾所皆知。他大方地約了賣魚郎到家裡喝茶，一群老人亦隨性而至。

呂承言遞給每人一根香煙、一杯茶，話匣子一開，天南地北地聊。

「承言，都跑來你這邊喝便的，我家的茶壺都生鏽了。」呂福生自我調侃。

「多人好吃飯，喝茶也一樣，較熱鬧！」呂承言說。

「我們常來，煙消、茶了、痰液相送，讓你手忙腳亂。」

呂承言微展笑容，「不要緊，不要緊，住下來也沒問題。」

聲音與笑意，繚繞旋轉。

呂福生說：「嘴吃要腹算。長住下去，賺吃不辛勞，衫褲穿破自己無，你會虧死！」

「不打緊，我這兒吃穿不用愁、裹腹麥片粥、穿衣子孫有。」

陳朝水輕揚嘴角，拿定主意：「客套來、客套去，我們這些愛喝茶的老人，不如成立一個『老人會』，每人繳交幾百塊當基金，定時聚會，錢就交給承言，茶水與點心由他處理。」

陳朝水的提議，馬上得到回應，全數通過。

陳朝水低頭寫名單，總覺好像漏寫了誰？思慮再三，終於想起，原來被遺漏的人，遠在天邊、近在眼前，是他僅一牆之隔的陳烈民。

九

氣候不冷，獨居老人陳烈民卻感到無比的荒寒。

雞籠裡，母雞下蛋了，牠的聲音啼不停。

陳烈民蹣跚地走來，吃力地彎下腰，掀起覆蓋於雞籠上方的小鐵片，慢慢地將手伸進去，一粒雞蛋，撿拾了起來，握在手心溫溫熱熱的。

母雞先是後退、再是前進，趁陳烈民的手尚未縮回去之前，狠狠地啄了一下。陳烈民瘦削的臉，顫動；乾癟的手，顫抖。嚷著：「死雞仔，滾到一邊去死，礙手礙腳！」他用力將手縮回去，不巧，碰到雞籠上面的鐵片，手被劃了一條線，鮮血溢出。

陳烈民將嘴唇靠近傷口處，輕輕的舔著，自言自語：「一塊疼、百塊痛。」

陳朝水一手拿名冊、一手拿基金走了進來，見了陳烈民，一陣驚訝：「你怎麼流血了？」

「撿一粒蛋，沒值幾塊錢，先吃亦不夠補。」

「我回去拿藥水來幫你擦。」陳朝水迅速轉身離去。

「免啦，不會死人啦！」陳烈民不領情。

「如果感染了細菌，傷口會發炎的。」陳朝水逕自往家中走去。從藥箱取來一瓶藥水，「這是南洋的，止血效果很好，你拿去，記得傷口別沾水。」

「多謝啦！」陳烈民說：「南洋的東西，很貴吧？」

「不貴啦！是我們這邊少見。」

「我有一次上市場，有看到小販在賣哩！」

「這種東西，有的是華僑返鄉攜帶回來。有的是利用管道走私進口。藥品千萬種，不要隨意購買，以免被騙。」

陳烈民感慨：「單操一個，沒子沒猴。」

「別想那麼多，有子有子命、沒子天注定。我雖然子孫滿堂，但一個一個翅膀硬了，還不是飛得遠遠。有人說，老人世界多寂寞，我不認同。人老未必就頹廢，老人一樣有老人天地。」

「我們這種閻王隨時會召見的人，能不服老嗎？」

「七老八十、自貶價值，悲觀和樂觀，一樣要過日。」

「人老不中用啦！等日子，沒人關心。」陳烈民惡聲惡氣地說。

「不是有叫你住進安老院、頤養天年嗎？是你自己不肯去，要歹命骨。有陽光的地方你不去，偏要躲在黑暗角落，討煩惱，也不看看幾歲了？愛逞強，活一百歲、能擔一百斤嗎？」陳朝水幫他洗腦。

陳烈民低頭看自己剛才被雞啄過的手，思慮一陣，「你幫我申請。」

「好呀！本來今天要邀你加入老人會，現在不留你了。留你下來，乏人照顧，不如將你送走，去過快樂的生活，免淒清寂寞。」

十

陳烈民盤膝而坐，蹙眉愁容已不再。他對著一面小鏡子用梳子梳著那一頭方理過的、稀疏的白髮。

陳朝水等人驚訝地讚嘆：「理頭三日水，有風度、又有角度。」

「儉腸無人知、儉毛三削代，有錢沒錢顧門面。」陳烈民全神貫注地梳整。

陳朝水笑呵呵地：「你就要走，等一下辦一桌，打打牙祭。」

「上山頭，亦不用辦這麼熱鬧。日頭赤焰焰，燒心肝，免辦酒菜啦！隨便茶會，坐坐就好。」陳烈民不好意思讓大家為他送行。

莊世義開了他一個玩笑：「這是你最後一頓餐，葷腥一點啦！」

「是要殺頭、還是槍斃？我要棄葷從素、吃齋念佛了。」

「整世人吃魚吃肉，要死的夭壽，才要吃蘿蔔。沒油沒肉、日子難過。」

「你別削皮削骨了。」

相互話家常後，一輛車子，緩緩駛來，最後，停在屋外，陳烈民在村人的簇擁下，上了車。行注目禮。

車漸行漸遠……。

原載一九九〇年十一月二十九日至十二月九日《正氣副刊》

留下倩影待回憶

一

寒風揚著衣服，黃君凱將手插進褲袋，波波肆虐的冷氣團，顫了顫，遍體生寒，悄悄地打起了哆嗦，在若明若暗的天候裡，急速地行走。

儘管寒流閃過，翁錫銘仍懷著瀟灑自信的笑容，腰板挺直，毫無瑟縮之容。

「你不冷嗎？」黃君凱側過頭來問他。

翁錫銘真情率性地吐露：「沉醉於桃花源的洞天福地裡，面對輕吟低唱的和諧曲調，已忘記加諸在身上的冷意。這種溫淳的畫面，已融化了所有的寒凍。」

風將樹枝吹得搖搖晃晃，他們仍然恣意馳騁，雙眸瀏覽週遭的景緻。

「走了這段路，我有個感想。」黃君凱吸了一口氣說：「到處荒草霸佔，這一片肥沃的土地，無人整理，實在可惜。」

翁錫銘聆聽了他的細述之後說：「嗯，我也有同感。」

踩響一山的沉寂，叩訪了好友王書坤。

王書坤老遠即看到他倆，和氣相迎，「恭候多時了。」

一入屋，香味撲鼻，王書坤得意地說：「我媽知道你們要來，出門前，特地燉了一隻土雞，幫我歡迎客人。等我們把那隻土雞解決了，我這鄉下小孩再帶你們都市小孩下鄉繞繞，看我們種田人，辛苦和喜悅的一面。」

「鄉下都是綠色的。」黃君凱說。

「你喜歡黃色呀？見了葷腥，喉嚨就癢。」翁錫銘調侃。

黃君凱臉紅一陣，沉吟片刻，細加解釋：「你聽我把話說完嘛！鄉間綠色多，到處青蔥蓊鬱，有益視覺。都市高樓大廈，樹木沒農村多，儘擺一些盆景。」

「這樣說就對了。」翁錫銘喜孜孜地哈個腰，笑吟吟地說：「說說笑笑，時間好打發。」

王書坤走到瓦斯爐旁邊，掀起鍋蓋，一漩渦的湯霧，蒸氣騰騰，廚房瀰漫著一大片水氣。落座，三人食得津津有味。

食罷，王書坤帶著他倆漫步郊野，腹中有熱氣，不覺得冷，反有一股暖流，暖融融地集於一身。

陽光露臉，細沙仍然於冷風中飛繞。他們走過高挺的竹林，瘦削的竹葉間，有著片片溫柔的光網。這片竹林，在亮度的襯托下，格外耀眼。

每走過一段路、每遇見一事物，王書坤都會做精闢的解說。

兩人凝聽他的解析，黃君凱突然指著來方：「你們看。」

三對眼睛，若有所盼的眼神，不約而同地望向同一處。

白若雲騎著輕型機車，裙襬飄揚，在陽光下，綻放姿彩。她的眸子深邃晶瑩，自然的雙眼皮、濃郁的眉毛、堅挺的鼻樑、對稱的嘴唇，薄而紅潤。臉上輕粧淡雅，肌膚光滑而潤澤。飄逸在風中的秀髮，輕輕柔柔。這女孩，蘊含氣質於內，呈現美感於外。

熟悉的身影，倏然掠過，白若雲露出潔白的皓齒，煥發的容顏，來自平日的關懷。她的身影來到，啟唇微笑，那輕柔甜美的音調，朝著臉龐俊秀、英氣勃發的王書坤，關心地問：「今天放假呀？」

王書坤微微地點頭。當車駛過，嬌甜之音，依稀耳畔，清晰如初，輕輕地撩撥起漣漪。

黃君凱凝視注目的焦點，打從心底喜歡，急忙問：「書坤，你認識她呀？」

「我們村子裡的，叫白若雲。」

「幾歲？」

「年齡是女孩子的秘密，她沒講，我也不知道。」

儘管車已駛遠，黃君凱依然望著她的背影，眸子裡，漾亮著笑，對著王書坤說：「介紹一下吧！」

翁錫銘瞳子一轉，摀住黃君凱的嘴說：「強龍不壓地頭蛇，你難道看不出來，人家郎有情、妹有意，你別從中作梗，壓迫書坤好不好？」

「這……」黃君凱無言以對。

王書坤倒是熱心展現，有風度地說：「我幫你打聽看看，你等消息。」
「我是不是搶你所愛？」黃君凱說：「你如果喜歡，別忍痛割愛。」
「我們常見面，日久生情。」王書坤說。
黃君凱不甘示弱地說：「我對她一見鍾情。」
「那，我們公平競爭。」
「你的建議，我很滿意。」
翁錫銘流轉起眼波說：「你們可別為了一個女孩子，升起戰火，友誼變調，轉而仇懟。」
「芝麻小事，我們君子風度。」王書坤說。
「戰場本來就有輸有贏，勝敗都會保持風度。」黃君凱說。

二

小鄉村，卻是商店林立。許多人，棄農從商，紛紛經營起小吃、冰果、撞球、雜貨。以飲食最受消費者青睞，到處可見「臭豆腐」的字樣。也有商家，一路招牌，寫明指標、貼滿廣告，掛著香肉上市，以廣招顧客的到來。

每逢假日，王書坤必定光臨白若雲所經營的小吃店。在那裡，圍攏著裊裊的麵香，吃得又飽又暖。而實際上，王書坤話語心中藏、深情埋心坎。他與白若雲十分投緣，見面的時刻，要真情率性的表露，沒勇氣。日子匆匆而過，好幾年了，雖屬同村，居家距離尚有一段，他都無畏風雨，只想見白若雲，睹手姿，溫馨粲然，亦就足夠。

這些年來，未聞白若雲有男友，心感安慰，繼續耐心、耐性的等候。

王書坤等開花結果，黃君凱卻給他出了難題。他們是多年的莫逆之交，進入同一單位，由陌生到熟悉、再到情誼的篤厚，他必須和黃君凱在白若雲面前，平起平坐，一切從頭開始。

想到這裡，他約了黃君凱、翁錫銘一同前往。

一場意外的收穫，又有一番奇遇。

屋外寒風凜冽，店內賓客已滿，白若雲勉強找了位置給他們。大鍋熱湯無限量免費供應，許多人為了暖身，拿湯瓢盛了起來。白若雲穿梭顧客之間，溫和如昔。王書坤點了幾道菜，白若雲遞上菜餚。她的後頭，跟著一位標緻的女孩，頭髮很長，繫了馬尾，柔嫩得如出水的臉頰，翁錫銘看得出神，深深地被震懾住了。

兩人離去，翁錫銘不顧美食當前，急著問：「書坤，那女孩是誰？」

「白若雲的親戚，叫趙曉晴，禮拜天的生意好，她都會來幫忙。」

翁錫銘的嘴角揚起了微笑，「好美！好想把她娶回家。」

「鄉下女孩較保守，想跟她們戀愛，談何容易？許多家裡做生意，年輕的時候，都留在家裡幫忙。到適婚年齡，佳偶、怨偶都有。」

駐足小吃店，盎然生意的一天。相辭，夜空已星光點點、星斗滿天，閃閃耀動。而心情的雀躍，分別在三人的心中浮動。

仰視蒼穹，星光猶似多情地向他們眨眼。

三

意外的收穫，翁錫銘的睫毛下，有一股異樣的神采。

黃君凱雙手捧著面孔，沉吟了老半天。王書坤趨前，拍著他的肩膀，低聲稟明：「有位余小姐找你。」

「哦，余嘉莉！幫我擋一下。」黃君凱低聲說。

「為什麼不理人家？」

「我有我的理由，不必多問、亦別亂想。」

「你在搞什麼？」

一旁的翁錫銘窺見黃君凱的眉頭緊皺，也走了過來，雙手掩著臉孔，打了一個呵欠，「昨日被折騰得幾乎鬆散的骨架再也經不起任何的抖動，本想好好休息一下，以恢復體力，但被你們的聲音給吵醒，盹不下去了。現在是什麼情形？」

「君凱故做神秘！」王書坤說。

「都自己人，有什麼好隱瞞？」翁錫銘說。

「我不講，事情就一直晦暗不明。」黃君凱說：「好吧！告訴你們就是了。昨日放假，我答應去看余嘉莉，但失約了。」

「你怎麼可以不守信用呢？」王書坤質問。

黃君凱平靜地說：「我想斷線，這樣你們懂了吧？」

王書坤岔開話題：「你已經有了余嘉莉，還要追白若雲，這樣分散心力，兩面不討好。」

「余嘉莉太潑辣，我喜歡白若雲這樣的女孩，出去放心、回來安心。」

「她一定有吸引你的地方。」

「剛開始交往，我看到的都是優點，但時日一久，醜態百出。」

余嘉莉在外頭站了許久，眼瞳中，不耐煩地竄出凶光，滾燙的肝火冒升，橫眉一豎，忍不住嘟囔。

余嘉莉推門而進，怒視黃君凱。

黃君凱四下掃射，收回了目光，拉著余嘉莉往屋外走去。邊回頭說：「我那兒，幫忙照顧一下。」

「好的。」王書坤說。

「忙你的。」翁錫銘說。

四

黃君凱蹙眉愁容，強顏歡笑，忙不迭地道歉：「抱歉，我昨天有事，失約了。」

「你無法來，連一通電話也沒時間打嗎？」余嘉莉興師問罪。

「我忘了。」

「你把我擺在第幾？說要帶我去賞鳥，結果呢？等了你一天，連個鬼影都沒見著！」余嘉莉疾言厲色地對他吼叫。

「我都已經道過歉了。」

「不管，我要你現在就帶我去。」

「我在上班啦！」

「不會請假呀！」

「我捧的是磁碗，不是摔不破的鐵碗，妳不要毀了我的前途。」

「眼裡只有前途，就沒有我。」余嘉莉嘀咕著，翹起唇角。

「別鬧了。」

「你今天不陪我，我們就玩完了！」余嘉莉罵紅了眼、說絕了話。

「這是妳說的？我求之不得。」黃君凱忽有一念頭，在腦際閃著，「分手之前，我有個良心建議，改掉妳的驕氣吧！」

「我還要你來管，滾……」余嘉莉怒不可遏。

黃君凱不去理會，走了一段路，余嘉莉追了上來，瞳眸竟溢出圓滾晶瑩的淚珠，一把抱住黃君凱。

黃君凱一扭腰枝，微感不快，「放手！」

余嘉莉緊擁著他，「不要離開我……」

「妳的一意孤行，我無法妥協。」

「難道我們真的有緣認識、無緣結連理嗎？」

「天意注定，我們的緣，到此為止。」

余嘉莉臉一沉，「你不讓我有棲息的地方？」

「我深深領悟，熱情如火屬短暫、細水長流較久遠。總言之，我們是不同世界的人。」

余嘉莉見無法挽回，眼圈兒又紅了，取出手帕，抹一抹眼鼻，心中的那份怨尚未消散，眉頭一鎖，不悅地說：「你不要我，還有很多人在排隊。」

黃君凱悶聲不響，離開了她。

黃君凱走了，余嘉莉茫然無助，前所未有的傷痛，無情的肆虐著，她聲淚俱下。狼狽地嘟嚷，心頭發涼。而轉念一想，愛得清、分得明，將以淚水，一筆勾銷。

五

回到了辦公室，黃君凱一臉寒氣，心事，彷彿比石頭還重。陣陣亦幻亦真的惆悵襲擊，那奇異的舉動，讓王書坤與翁錫銘的心中起了強烈的震動。

翁錫銘迎上前去，「不要一副晚娘面孔，談得如何？」

黃君凱不理會，好似沒聽見一般。

翁錫銘又關切地問：「怎麼了？」

「對不起，我心情不好，待時機成熟，一定和盤托出。」

和諧的心靈驟然失衡，對這偶發事件，不免各有猜測。

黃君凱經不起再三追問，實情實稟，王書坤聽後說：「若沒有白若雲的出現，余嘉莉在你心中，仍屬完美。」

「你道此言、說此話，彷如譏諷我，見一個、愛一個似的。」黃君凱又驚又疑。

「我只是看你拒人於千里之外的神情，有所惋惜。得來不易的緣，輕易地在人群中擠散。」

「如果緣分未盡，自然後會有期。」黃君凱伸腰嘆道：「我看很難！」

翁錫銘則說：「另一波戰事就要開始了。」

王書坤問他：「兩男追一女，你幫誰打氣，以提供一個思考和行動的契機？」

「誰都不幫。」翁錫銘語氣肯定地說：「我若幫你，君凱怨我；我幫君凱，你定恨我，如果兩邊都幫，豈不成了半忠奸、抹玻璃兩面光，牆頭草，風吹兩邊倒。」

黃君凱思及王書坤所出難題，讓翁錫銘難以招架，心頭一陣觸動，雙眉一揚，眼一瞇，「再這樣下去，永無休止，森嚴的氣象可畏。我決定，退出這場戰爭，書坤的愛情可貴，我們的友誼長青，天下之廣，美女如雲，像白若雲這樣的女孩，為數不少。趙曉晴，就是其中一個。」

翁錫銘聽後，頗有微辭：「君凱，你這樣，太不夠意思了。你和書坤保住友情，就可以對我懷著敵意嗎？」

黃君凱鞠躬哈腰地：「我的疏忽，害你無緣無故受驚嚇。我的原意，是告訴自己，鼻子一摸，知難而退。」

黃君凱的保證，全數湧進翁錫銘的耳朵，開心地：「你的心胸真寬闊、性情也渾厚，是女孩子依賴的好對象。」

黃君凱無奈地說：「對你的恭維，我沒有歡喜的心情。你倆神采奕奕，我卻愁容滿面。一樣人，不一樣命。」

六

朦朧的光芒，越來越透亮。縷縷清爽的晨風，吹拂著剛甦醒的大地。白若雲站在窗旁，右手持線、左手持針，窗外的光線湧入，她對準針孔，穿過手中的線。尾端打結後，縫著一件襯衫。

一早，王書坤儀容整齊地來，見了她，禮貌地點頭。

白若雲直起身子，臉上綻開笑靨。

王書坤說：「麻煩妳，煮一碗麵。」

白若雲放下手邊的工作，朝瓦斯爐走去，不一會兒，瀰漫著陣陣麵香。

王書坤左顧右盼，四下無人，鼓足了勇氣：「白小姐，我能跟妳做朋友嗎？」

白若雲蹙起眉心，「你指的是男女朋友嗎？」

王書坤十分尷尬地：「是的。」

白若雲臉色一變，「來不及了，我就要訂婚了。」

王書坤如萬蟻蝕心、燒灼肝肺，「我不知道妳這麼快就有對象。」

白若雲嘆了一口氣：「父母之命。」

「你們有交往嗎？」

「完全不認識，父母主婚。」白若雲一對亮晶晶的眼珠盯著他，有一絲遺憾。

七

從戴上訂婚戒指、再到舉行結婚典禮，許裕昌將伴隨白若雲一生。

白若雲集清新、高雅、柔美於一身。許裕昌將全部的心神，專注於她的身上，對她輕憐蜜愛。

白若雲斜倚欄杆，靜悄悄地沐浴在夕暉中，沉思冥想。雖然許裕昌沒有王書坤的玉樹臨風、英俊不凡，但對他仍有深刻的期許。

許裕昌由後走來，連叫數聲，白若雲沒答腔。他將手環住她的腰際，臉頰貼近她。

白若雲回神，瞪起一對亮晶晶的眼珠，眼神一瞅，慌得手一鬆，身子往後退。

「這些日子，都看到妳一臉愁容。」

「我本來就比較嚴肅。」

「是嗎？」許裕昌露出質疑的目光。

白若雲驚慌，「你懷疑什麼？」

許裕昌的目光十分銳利，「妳剛進門，怕妳不習慣。」

白若雲鬆了一口氣：「我想家。」

許裕昌被她的眼神所感動，告訴自己，不該對愛妻有所懷疑。她是把鄉土親情，藏在記憶深處！他應以愛心待她，而非粗暴的痕跡，使她驚魂懾魄。

大地籠罩在一片黑沉沉的夜幕裡，用餐時刻，喜歡小酌的許裕昌，酒味隨風飄散。

一場輕微的地震，即將發生。

「睡前的盛宴，不能因為妳的心情，就一直懸著。」許裕昌貪婪地看著她，熄燈，將白若雲摟緊。

白若雲掙扎，開了燈，臥房照耀得通明。

「夫妻間的體認，是義務。」許裕昌親吻她的臉頰，白若雲瞇眼看他。

許裕昌解開她的鈕釦，脫去了她的衣衫，撲擊到她的身上，追尋著享受和刺激，他的冀望終於實現。

白若雲露出了雪白的肌膚，許裕昌伸手將燈熄上，貪婪地壓住了她，灼熱的肌膚，在黑暗中掩擁。

白若雲掩不住悲傷心情，偷偷拭淚。而床單，殷紅一片。

數月之後，白若雲肚臍微凸。將為人父，許裕昌喜悅盈盈。

婚後的白若雲，逐漸適應，先前的緊張與不平的心緒已剷除。小生命即將到來，她漾著幸福的神采。而唯一的惶愧，她在情不自禁下，道出心中語。王書坤憐惜與不捨，而她已嫁做人婦，留下倩影，苦了王書坤，空回憶。

八

相逢恨晚，明知深情埋心坎，愛戀恍如一夢，就是抛不開。

王書坤瞪著空洞的眼窩，凝向死寂灰燼的天空。他的眼神渙散、神色茫然，凝聚著無限的哀怨。

記憶猶新，人兒難尋，感傷油然而生，面色淒涼，王書坤孤零而蒼白。抑鬱和挫敗，被破碎的夢簇擁著。

王書坤找一個角落坐下，用雙手環住腳，身子往前傾，將頭部埋在雙腿之間。一團喜悅，轉眼，已消逝得無蹤跡，只留下倩影空回憶。焦首煎心，苦苦尋覓亦無影。時間快速地掠過，王書坤忌諱心病被提起，上班時，緊閉尊口。下了班，亦小心翼翼地隱藏行蹤。大夥兒看在眼裡、疼在心裡，讓他寧靜，不去打擾。

佳人離去，倩影留，記憶猶新，人難尋。重眉深鎖，空回憶，徒增苦楚，情殤逝。

原載一九九〇年十二月二十一日至十二月三十一日《正氣副刊》

後記

《輾過歲月的痕跡》，是我的第三本書，也是我的第一本小說集。儘管它是少女時期的作品，但畢竟是心血的結晶，沒有割捨它的理由。這似乎也是我出版這本書的最大原委。

收錄於書中的十二篇作品，約十三萬言，於一九八九年至一九九〇年，分別發表於「正氣副刊」，屈指一算，迄今已近二十個春夏秋冬。

回想少女時期對文學的熱愛，未曾因農忙與店務繁瑣而懈怠。或許年輕，體力足、精神好，白晝繞著田園轉，又得兼顧雜貨店的生意，靜與動之間，在那兒尋覓靈感，復將它們深深地藏匿於腦海與心田，直到了夜深人靜，在寧謐的臥室中，挑燈夜戰，將它書寫成章。

在彼時那段青春美麗的歲月裡，思緒隨著心智的成熟而飛揚，點點滴滴的靈感，諸多來自戍守在這塊土地、身著草綠服的官兵身上。週遭的景物、童年的記憶，或經歲月輾過的痕跡，都是我欲追求的創作題材。回首來時路，酸甜苦辣涵蘊其中。無論生命中遭遇多少風霜雨雪、無論眼前是阻擋我的深山峻嶺，愛上文學這條不歸路，我無怨無悔。

努力，不一定有收穫；不努力，則一定沒機會。在我二十餘年的創作過程中，即使中途停筆多年，但我已從當年的生澀，逐漸進入到寫實的情境。明知前後期的作品相差懸殊，面對抉擇，念舊的我，則依然不忍心將它們割捨。終究，這些不成熟的文字，曾經在我小姑獨處的人生旅途中，陪我一起成長，在寬廣的文學園地與我同遊，並同時豐盈了我的內涵，讓我沒有虛擲寶貴的時光，亦讓我體會到生存的真義與生命的真實價值。

轉眼，青春歲月已離我遠去，即使我依然保有一顆坦蕩而年輕之心，並擁有一個幸福美滿的家庭，但在我心中，時有所感，總覺這世界仍然構造得太不完美了。心想事成只不過是一句悅人的話語，未圓的美夢依舊在遙遠的深邃裡。如同作品裡的許多情節，我亦有感到茫然和不知所措的時候。

感謝同在這片土地相互扶持和鼓勵的朋友們！

感謝在文學園地裡讓我成長和茁壯的「正氣副刊」、「浯江副刊」與「金門文藝」，讓我在現實的文壇上能夠盡情地揮灑，並佔有一席之地。

感謝您，親愛的讀者們。

二〇〇八年六月於金門夏興

國家圖書館出版品預行編目

輾過歲月的痕跡 / 寒玉著. -- 一版.
-- 臺北市 : 秀威資訊科技, 2008. 07
面； 公分. -- (語言文學類 ; PG0192)
ISBN 978-986-221-050-5(平裝)

857.63　　97013312

語言文學類　PG0192

輾過歲月的痕跡

作　　者 / 寒　玉
發 行 人 / 宋政坤
執行編輯 / 黃姣潔
圖文排版 / 林蔚靜
封面設計 / 蔣緒慧
數位轉譯 / 徐真玉　沈裕閔
圖書銷售 / 林怡君
法律顧問 / 毛國樑　律師
出版印製 / 秀威資訊科技股份有限公司
台北市內湖區瑞光路583巷25號1樓
電話：02-2657-9211　傳真：02-2657-9106
E-mail：service@showwe.com.tw
經 銷 商 / 紅螞蟻圖書有限公司
台北市內湖區舊宗路二段121巷28、32號4樓
電話：02-2795-3656　傳真：02-2795-4100
http://www.e-redant.com

2008 年 7 月　BOD 一版
定價：440 元

讀 者 回 函 卡

感謝您購買本書，為提升服務品質，煩請填寫以下問卷，收到您的寶貴意見後，我們會仔細收藏記錄並回贈紀念品，謝謝！

1.您購買的書名：＿＿＿＿＿＿＿＿＿＿＿＿＿＿＿

2.您從何得知本書的消息？

☐網路書店 ☐部落格 ☐資料庫搜尋 ☐書訊 ☐電子報 ☐書店

☐平面媒體 ☐ 朋友推薦 ☐網站推薦 ☐其他＿＿＿＿＿

3.您對本書的評價：(請填代號 1.非常滿意 2.滿意 3.尚可 4.再改進)

封面設計＿＿ 版面編排＿＿ 內容＿＿ 文/譯筆＿＿ 價格＿＿

4.讀完書後您覺得：

☐很有收穫 ☐有收穫 ☐收穫不多 ☐沒收穫

5.您會推薦本書給朋友嗎？

☐會 ☐不會，為什麼？＿＿＿＿＿＿＿＿＿＿＿＿＿＿＿

6.其它寶貴的意見：＿＿＿＿＿＿＿＿＿＿＿＿＿＿＿

＿＿＿＿＿＿＿＿＿＿＿＿＿＿＿＿＿＿＿＿＿＿＿

＿＿＿＿＿＿＿＿＿＿＿＿＿＿＿＿＿＿＿＿＿＿＿

＿＿＿＿＿＿＿＿＿＿＿＿＿＿＿＿＿＿＿＿＿＿＿

讀者基本資料

姓名：＿＿＿＿＿＿＿＿＿＿ 年齡：＿＿＿ 性別：☐女 ☐男

聯絡電話：＿＿＿＿＿＿＿＿ E-mail：＿＿＿＿＿＿＿＿＿＿

地址：＿＿＿＿＿＿＿＿＿＿＿＿＿＿＿＿＿＿＿＿＿＿＿

學歷：☐高中(含)以下 ☐高中 ☐專科學校 ☐大學

☐研究所(含)以上 ☐其它＿＿＿＿＿

職業：☐製造業 ☐金融業 ☐資訊業 ☐軍警 ☐傳播業 ☐自由業

☐服務業 ☐公務員 ☐教職 ☐學生 ☐其它＿＿＿＿＿

請貼
郵票

To：114

台北市內湖區瑞光路 583 巷 25 號 1 樓

秀威資訊科技股份有限公司　　　收

寄件人姓名：

寄件人地址：□□□

(請沿線對摺寄回,謝謝!)